ars vivendi

Vera F. Schreiber legt nach langer Karriere im Technologiebereich ihren Debütroman vor. Bei ihren Recherchen zu Wissenschaftsfeindlichkeit, Verschwörungstheorien und Rechtsextremismus konnte sie sich auch auf Insiderwissen stützen.

VERA F. SCHREIBER

GALLWITZ

ROMAN

ARS VIVENDI

Deutsche Originalausgabe

1. Auflage August 2024

www.arsvivendi.com

Druck und Bindung: Pustet, Regensburg
Gedruckt auf holzfreiem Werkdruckpapier Munken Premium Cream

MIX
Papier aus verantwortungsvollen Quellen
FSC® C014889

Printed in Germany

ISBN 978-3-7472-0639-3

Gallwitz

PRÄAMBEL

Wir halten diese Wahrheiten für ausgemacht, daß alle Menschen gleich erschaffen worden, daß sie von ihrem Schöpfer mit gewissen unveräußerlichen Rechten begabt worden, worunter sind Leben, Freyheit und das Bestreben nach Glückseligkeit.

Diesen Satz von 1776 hatten sie im Geschichtsunterricht auswendig lernen müssen. Und auch jene Textstelle war besprochen worden, wonach *die Erfahrung von jeher gezeigt* habe, *daß Menschen, so lang das Uebel noch zu ertragen ist, lieber leiden und dulden wollen*, bevor sie Verhältnisse umstoßen, *zu denen sie gewöhnt sind.*

Wenn also alle Menschen das Recht haben, nach Glück zu streben, überlegte sie: Gilt das auch für Menschen, die dann glücklich sind, wenn sie mutwillig das Glücksstreben anderer zunichtemachen? Wenn diese ihnen die Freiheit nehmen und das Leben vergällen? Und wann ist der Zeitpunkt gekommen, an dem man nicht mehr *leiden und dulden und das Übel ertragen* muss, sondern das Recht hat, das Gewohnte umzustoßen und ein neues Glück in einem neuen Leben zu suchen, wenn nötig, auch mit drastischen Mitteln?

PROLOG

Jana Gallwitz geht die Fußgängerzone hinunter in Richtung Fluss. Obst- und Gemüsehändler bemühen sich um Kundschaft und präsentieren ihre Waren. Geputzte Kohlköpfe und polierte Äpfel werden zu Pyramiden aufgeschichtet, Feldsalat und Rucola mit Wasser bespritzt. Wer möchte, kann Ananas- oder Mangostückchen von einem Teller verkosten. Am türkischen Stand gibt es eine ansehnliche Palette aus marinierten Oliven, Peperoni, Artischockenherzen und eingelegten Garnelen, dazu Krautsalat, Zaziki, bunte Vorspeisen und Fladenbrot. Normalerweise findet der Wochenmarkt auf dem St.-Martins-Platz statt, aber wegen der Abstandsregeln hat die Stadtverwaltung die Verkaufszone bis in die angrenzenden Straßen ausgeweitet.

Janas Weg führt sie am geschlossenen *Altstadt Kinopalast* vorbei, in dem in den letzten fünfundzwanzig Jahren täglich wechselnd in der Matinee-Vorstellung *The Rocky Horror Picture Show*, *The Blues Brothers* oder *Once Upon A Time In The West* im Original liefen. Ein im Schaukasten vergilbter Charles Bronson mit Mundharmonika verschafft ihr ein virtuelles Hörerlebnis.

Auf dem Fluss streiten sich Enten um Brezenstücke, die ein Mädchen von der Steinbrücke wirft. Diese wird von Trödlern und fliegenden Händlern mit Beschlag belegt. Sie bieten Freundschaftsbänder, Räucherwerk und »hand-crafted« Indianerschmuck aus »925 Sterling

Silver« und »genuine turquoise stones« an. Zwei Vietnamesen verkaufen Lederjacken und Nietengürtel.

Alle Fieranten und die meisten Passanten tragen Masken, auch die Polizeistreifen, die zu zweit unterwegs sind, Funkgeräte und Kameras sichtbar an der Uniform befestigt.

Gleich nach der Brücke biegt Jana Gallwitz in die Arkaden ein. Vom *Wiener Café* hat man einen guten Blick auf das gemächlich dahinfließende Wasser, in dem sich die Mittagssonne spiegelt.

Ein schöner Herbsttag – nicht zu hektisch, nicht zu melancholisch.

Ein Schild an der Glastür weist auf die Maskenpflicht hin. Sie nimmt eine FFP2-Maske aus der Handtasche, setzt sie auf und betritt das Café. Ihr Lieblingsplatz direkt am Fenster ist frei. Sie zieht die Wildlederjacke aus und hängt sie über die Stuhllehne. Beim Abnehmen der Maske verfängt sich ein Brillenbügel im Gummiband.

»Herrschaftszeiten«, schimpft sie, während sie die Teile entwirrt.

»Guten Tag, Frau Doktor. Lange nicht mehr gesehen.« Der große schlanke Kellner tritt an ihren Tisch. Er trägt seine Dienstkleidung, weißes Hemd, schwarze Hose, eng anliegende schwarze Weste. Über dem linken Arm hängt eine gestärkte Serviette. Die schwarzen Haare sind kurz geschnitten mit exaktem Linksscheitel.

»Hallo, Ivo. Wie geht's? Warst du im Urlaub?«

»Ja. Bei den Großeltern in Dubrovnik.«

»Und – alles gut?«

»Die ganze Familie war da. Die Eltern aus Köln, der Bruder aus Graz. Auch mit Frau und Kindern. Ein Glück, dass wir endlich wieder reisen konnten. Wer weiß, ob das im Herbst so bleibt. Die Oma hat andauernd gekocht. Schauen Sie, wie ich zugenommen habe.« Er macht ein Hohlkreuz und lässt die Hand über der Körpermitte kreisen.

Jana lacht. »Hör auf zu kokettieren, Ivo. Ich seh nichts. Seit wann bist du zurück?«

»Seit letzter Woche. Unsere Kleine ist in die Schule gekommen.«

»Was? Schon? In welche geht sie denn?«

»In die Adam-Ries-Schule. Gleich da drüben. Alisa kommt immer nach dem Unterricht hierher, und wir gehen zusammen nach Hause.«

»Gefällt's ihr?«

»Und wie!« Ivo strahlt. »Sie möchte am liebsten auch samstags und sonntags in ihre Klasse. Die Karte, Frau Doktor, oder ein kleiner Brauner wie immer?«

»Nein, Ivo. Heute mal was anderes. Was tut ihr eigentlich in den Fiaker?«

»Was Sie wünschen. Rum oder Sliwowitz.«

»Geht auch ein doppelter Cognac?«

»Aber gern. Ein besonderer Anlass?«

»Könnte man so sagen.«

Die U-Bahn fährt in den Bahnhof Klinikum West ein. Die Türen öffnen sich. Jana steigt aus und folgt dem Wegweiser mit dem roten Kreuz. Sie nimmt die Rolltreppe und geht an den wartenden Taxis vorbei zum Besuchereingang. Ein Dutzend Personen steht in einer Schlange. Manche tippen auf dem Smartphone herum, andere telefonieren.

»So ein Schwachsinn!«, echauffiert sich ein Zwei-Zentner-Mann in einem verschlissenen Trachtenjanker, an dessen rechtem Ärmel der mittlere von drei Hornknöpfen fehlt. »Jetzt darfst du nicht mehr in Begleitung da rein. Und nur noch eine Stunde am Tag.« Er zerrt sich die Maske unters Kinn, um an seiner Zigarette zu ziehen.

Langsam geht es vorwärts. Nach einer ersten Glastür trifft Jana auf zwei kräftige Männer in schwarzen Hosen und Pullovern. Auf den neongelben Westen steht *Security*. Einer hat sich links postiert, der andere rechts neben einem Stehpult mit Schreibunterlage.

»Personen mit ausgefüllten Besucherscheinen zu mir, bitte«, ruft der Linke.

Inzwischen ist nur noch eine ältere korpulente Dame vor Jana. Die Dame gibt dem Sicherheitsmann ihre Unterlagen.

»Bitte noch den Besucherschein.«

»Den was?«

»Den Besucherschein.«

»Hab ich nicht.«

»Dann müssen Sie ihn noch ausfüllen. Bei meinem Kollegen rechts, bitte.«

Unwillig wechselt die Frau auf die andere Seite und drängt sich in die Schlange, begleitet vom Murren der dort Anstehenden.

Jana zeigt dem Mann ihren Ausweis und das PCR-Testergebnis vom Vormittag.

»Impfnachweis?«

Sie öffnet die CovPass-App und hält ihm das Handy hin.

»Zu wem wollen Sie?«

»Hartmut Gallwitz, vierter Stock.«

»Sie kennen den Weg?«

Sie überquert den freien Platz zwischen den Klinikgebäuden. Auf den Metallbänken sitzen Männer in längs gestreiften Bademänteln und rauchen. Ein Rettungswagen fährt mit Blaulicht an der rechten Seite vorbei zur Notaufnahme.

Die Tür zum Robert-Koch-Haus öffnet sich automatisch. Die Absätze ihrer Pumps klacken auf den Granitfliesen. Der Wartebereich in der Information ist fast menschenleer. *Derzeit geschlossen* steht auf einem Schild vor dem Zeitungskiosk. In der Cafeteria machen Schwestern und Pfleger Pause. Sie sehen müde aus. Langsam geht Jana zum Treppenaufgang. Ein junger Mann mit dunklem Teint und grünem Kittel schiebt ein Patientenbett an ihr vorbei. Die Person auf dem Bett stöhnt mit geschlossenen Augen. Alle Besucheraufzüge sind gesperrt.

Zwei Krankenschwestern kommen die Treppen herunter und unterhalten sich. Polnisch, erkennt Jana. Genauso hatte es sich angehört, wenn ihre Kollegin Dorota bei der European Medicines Agency mit ihrer Schwester in Krakau telefonierte.

Auf der vierten Etage angekommen, ist sie außer Atem. Ihre Brille ist angelaufen. Sie bleibt stehen und lüftet die Mund-Nase-Bedeckung. Dann drückt sie auf den Klingelknopf neben der Tür. Hinter dem Glas sieht sie vermummte Gestalten umhereilen. Türkise Kittel, blaue Gummihandschuhe, Hauben, Schutzbrillen und FFP3-Masken. Niemand nimmt Notiz von ihr. Sie klingelt nochmals. Schließlich kommt eine rundliche Krankenschwester herbei.

»Ja, bitte?«, knarzt es aus der Gegensprechanlage.

»Jana Gallwitz. Ich habe einen Termin mit Doktor Söllner.«

»Sie müssen durch die Schleuse.«

Die Schwester betätigt einen Taster. Eine Tür auf der rechten Seite öffnet sich. Jana tritt in den Raum und desinfiziert sich die Hände. Sie hängt ihre Jacke an den Haken, zieht Jeans und Pullover aus und legt sie auf den Hocker. In einem Regal liegen Päckchen mit Einmalkleidung. Sie nimmt eines der Größe S und reißt die Folie auf, schlüpft in den weißen Overall, zieht einen blauen Kittel über und verknotet die Bänder oberhalb der Taille. Die Pumps legt sie ab und schiebt die Plastiküberschuhe über die Strümpfe. Die FFP2-Maske tauscht sie gegen eine FFP3 aus und setzt den Gesichtsschild auf. Zwei paar Handschuhe übereinander komplettieren die Schutzausrüstung.

Durch die gegenüberliegende Tür gelangt sie auf die Intensivstation.

Ein Instrumentenwagen wird an ihr vorbeigerollt. Die Kabinen links und rechts sind belegt. Überall Monitore, auf denen Zahlen aufleuchten oder Kurven über den Bildschirm huschen. Ein Konzert von Pieptönen. Über einer der Kabinen beginnt ein rotes Licht zu blinken, zugleich wird akustisch Alarm ausgelöst. Zwei Stationsmitarbeiter hasten herbei und beschäftigen sich mit der Gestalt unter dem weißen Laken – konzentriert, routiniert, irgendwie auch erschöpft. Kein Zweifel, hier geht es um Leben oder Tod.

›*Alien*‹, denkt Jana. ›*Aufbruch nach Pandora.*‹

Sie bleibt vor der vorletzten Kabine auf der rechten Seite des Ganges stehen. Die Person auf dem Intensivbett liegt auf dem Rücken.

›Jetzt sieht er aus wie seine Leibspeise‹, fällt ihr ein beim Anblick von Kopf, Armen und Beinen, die unter dem Tuch hervorragen. ›Wie eine Presswurst vom Metzger Reinhard.‹ Von dem Körper führen zwei dicke rote Schläuche zu einer Anordnung aus Zylindern, Gasflaschen, Manometern, Pumpen und Monitoren. Ein Beutel mit gelber Flüssigkeit ist an einer Strebe unterhalb der Liegefläche befestigt. Am aufgequollenen Mittelfinger klemmt der Sauerstoffsensor. Am Rollgestell neben dem Bett hängen drei Infusionstropfer und entleeren ihre Inhalte in die Venen des Patienten.

Der Arzt in der Kabine löst eine Klemme, bevor er langsam an die Trennscheibe mit der Gegensprechanlage kommt.

»Guten Tag, Frau Gallwitz.«

»Guten Tag, Herr Doktor.« Jana Gallwitz lässt ihren Blick über den verkabelten Kranken gleiten. Dann sieht sie dem Arzt direkt in die Augen.

»Was Neues?«

»Leider nein. Alle Tests zeigen keinerlei Verbesserung. Mit einer Wiederaufnahme der Spontanatmung ist nicht zu rechnen. Die Hirnschädigungen durch die Blutgerinnsel sind definitiv irreversibel. Es tut mir leid.«

›Da liegst du nun, Hartmut Gallwitz. Als naives Versuchskaninchen hast du mich beschimpft, weil ich mich impfen ließ. Und stirbst jetzt an einer Krankheit, die es gar nicht gibt. An einem Fake, ausgedacht von Wissenschaftlern, um der Pharmaindustrie Milliarden zuzuschanzen, und von der Verbrecherregierung, um uns zu knechten. Mein Ehemann – ein Opfer seiner *Plandemie*. Zerfressen vom braunen Virus, das auch mich fast umgebracht hätte.‹

Der Arzt schaut sie fragend an.

Sie hält dem Blick stand.

»Sie kennen die Patientenverfügung«, sagt sie mit fester Stimme.

Der Arzt schweigt.

»Schalten Sie ihn ab.«

»Sind Sie sicher?«

»Ja.«

Draußen zieht sich Jana die Maske vom Gesicht und atmet tief die milde Herbstluft ein. Sie nimmt ihr Handy und schaut im Postfach nach neuen Eingängen. Nichts. Dann schreibt sie eine WhatsApp: *Das war's. Ich fahr jetzt heim und erledige das Nötigste. Wir sehen uns am Wochenende.*

Hinter ihr gibt es plötzlich einen Tumult.

»Lass mich durch, Mann!«

Jana dreht sich um. Am Klinikeingang legt sich eine Dünne um die fünfzig mit dem Security-Mann an. Sie hat dunkelrote schulterlange Locken. Ihr schwarzer knöchellanger Filzrock, die weiße Folklorebluse und die bestickte grüne Miederweste lassen sie aussehen wie die Frontfrau von Thorfeuer.

»Zeigen Sie mir Ihren Impfnachweis, einen tagesaktuellen negativen Coronatest und die Besuchsberechtigung.«

»Ich bin Lebensgefährtin von Patient auf Intensivstation. Ich muss zu ihm«, ruft die Frau.

»Ohne Impfnachweis, Test und Besuchsberechtigung kommen Sie hier nicht durch.«

»Das wir werden sehen. Sofort du holst deine Vorgesetzten, Mister Atatürk!«

»Der Vorgesetzte steht vor Ihnen.«

Die Rothaarige will sich an ihm vorbeidrängen, wird aber vom zweiten Wachmann aufgehalten und lässt sich bühnenreif zu Boden fallen.

»Rührt mich nicht an, Dreckskanaken. *Idi k tschortu, mersawetz*«, keift sie.

Jana tritt näher und beugt sich zu der Frau hinunter, die gerade versucht, dem Sicherheitsmann in die Hand zu beißen.

»Guten Tag, Bogdana. Schön, Sie hier zu sehen.«

Dann wendet sie sich an den Eingangskontrolleur.

»Ach, bitte. Könnten Sie nicht eine Ausnahme machen und Frau Petrowskaja rauflassen? Mein Mann wartet schon auf sie.«

»*Suka antifa*!«, tönt es von unten.

Jana wendet sich ab. Sie beschließt, zu Fuß zum Heinrich-Böll-Platz zu gehen, um die Straßenbahn stadtauswärts zu nehmen. Die frische Luft wird ihr guttun.

Im Garten vor dem Sandsteinhaus der Familie Gallwitz hängen nur noch wenige reife Äpfel an den Bäumen. Die übrigen liegen auf der Erde, halb verfault und von Wespen und Vögeln angefressen. Der heiße, trockene Sommer hat dem Apfelwickler ideale Lebens- und Fortpflanzungsbedingungen beschert. Die verwitterten Fensterrahmen und die Pfosten der Verandaüberdachung müssten neu gestrichen werden. Im Regenfass ist kaum Wasser, und die Eichendauben sind undicht geworden.

›Hier ist in allem der Wurm drin‹, denkt Jana. Sie schließt auf. Durch die nach Westen gerichtete Terrassentüre scheint die Sonne.

Mit einem Glas Johannisbeerschorle geht sie nach oben in ihr Arbeitszimmer und nimmt die längst vorbereitete Liste aus der Schreibtischschublade. Sie greift zum Telefon und wählt die Nummer, die unter *#1: Beerdigungsinstitut Friede* aufgeführt ist. Da der Anschluss belegt ist, wählt sie die nächste Nummer: *#2: Notariat Dr. Meier-Lohr, Berliner Testament.*

ERSTER TEIL

1

Weihnachten 1958

Das Drama des hintangestellten Kindes begann für Hartmut Gallwitz am zweiten Weihnachtsfeiertag. Seine Mutter kam von der Entbindungsstation zurück und brachte ein Brüderlein mit. Hartmut war vier Jahre alt; der Kleine sollte Siegfried heißen. Der Vater war am Vormittag noch schnell mit Axt und Säge in den Wald gefahren und hatte eine krumme Fichte geholt. Er stellte das Bäumchen in einen Blumentopf mit Schottersteinen aus dem Garten und diesen auf einen Suppenteller. Dann goss er mit einer Bierflasche Wasser über den Schotter. Als Weihnachts- oder Begrüßungsdekoration warf er eine rosa Luftschlange vom letzten Kinderfasching über die Zweige. Hartmut staunte, denn dieser Christbaum sah ganz anders aus als der im Kindergarten oder die in den Schaufenstern der Kaufhäuser. Keine Kerzen, keine Kugeln, kein Lametta.

Klein Siegfried wurde in den alten Stubenwagen gelegt und zum Baum geschoben. Er begann zu plärren und fuchtelte mit den Armen. »Warum schreit der jetzt?«, fragte der Vater. »Hat er Hunger oder Blähungen?« Die Mutter antwortete nicht, sondern gab dem Kind ihren Zeigefinger zum Festhalten.

Es dauerte nicht lange, bis Oma und Opa vorbeischauten. Hartmut stellte sich an den Wagen und zeigte stolz auf seinen Bruder.

»Er heißt Siegfried«, sagte er. Sein Vater packte ihn am Hemdkragen und zog ihn zurück. »Lass mal die Großen ran, Kurzer. Die wollen ihn auch anschauen.« Die Großen hatten dicke Hintern und Bäuche. Hartmut konnte nichts mehr sehen. Niedergedrückt ging er in sein Zimmer, holte die Schachtel mit den Zinnsoldaten unter dem Bett hervor und kippte den Inhalt auf den Spieltisch. Er stellte ein Peloton aus sieben Füsilieren zusammen, die mit angelegten Flinten auf einen Mann zielten. »Peng!«, rief er und gab dem Exekutierten einen Schubs. »Toter Papa.«

Hartmut Gallwitz blieb ein schmächtiges Kind. Wenn Turnlehrer Vogler in der Grundschule zu Beginn der allwöchentlichen Leibeserziehung die dreiundzwanzig Jungen der Größe nach antreten ließ, stand Hartmut als Vorletzter in der Reihe. Nur Paul Schmied war kleiner.

An Heiner Vogler war alles grau. Trainingsanzug, Turnschuhe, Haarkranz und Gesichtsfarbe. Auch der Lederhandschuh, den er an der Unterarmprothese trug. Seine linke Hand hatte er am Omaha Beach verloren, als er und seine Kameraden 1944 die Landung der US-Truppen in der Normandie verhindern sollten. Am Handgelenk der Rechten hatte er einen Lederriemen befestigt, den zu fürchten nicht nur Hartmut Gallwitz gelernt hatte. Schaffte ein Schüler die zehn Liegestütze nicht, ohne abzusetzen, oder landete er nach dem Sprung über den Kasten nicht auf beiden Füßen, bekam er ihn zu spüren.

»Reißt euch zusammen, ihr Waschlappen! Sonst zieh ich euch die Hammelbeine lang, dass ihr vierzehn Tage rückwärtsgeht«, war einer von Voglers Lieblingssprüchen.

Fast genauso schlimm war Dr. Rätke, die matronenhafte Schulzahnärztin. Zweimal im Jahr überprüfte sie in der Aula die Zahngesundheit und ließ die Klasse, ebenfalls der Größe nach, Aufstellung nehmen. Ohne den Holzspatel zu wechseln, drückte sie jedem die Zunge nach unten und kontrollierte ausgiebig die Gebisse. Hartmut bekam regelmäßig einen Würgereiz und die immer gleiche Diagnose.

»Lauter Löcher und schwarze Stummel. Isst du nur Mohrenköpfe und Bonbons? Oder habt ihr keine Zahnbürste zu Hause?« Die anderen feixten. Hartmut war sich keiner Schuld bewusst. Er putzte täglich zweimal die Zähne, und übermäßig viele Süßigkeiten gab es in der Familie Gallwitz auch nicht. Wahrscheinlich war es die genetische Disposition mütterlicherseits, die ihm ein Gebiss beschert hatte, das nur den Zahnarzt glücklich machte.

Überhaupt war die Schule insgesamt für ihn kein Ort ungetrübter Freude. In der Grundschule galt er als zu verspielt.

»Wir hätten ihn einfach noch ein Jahr zurückstellen müssen«, klagte Mutter Hildegard regelmäßig, wenn Wilhelm Gallwitz die Stirn über die schulischen Leistungen seines Sohnes runzelte und lospolterte.

»Quatsch. Du verzärtelst den Buben«, lautete seine Standardantwort. »Der Kurze muss einfach mehr rangenommen werden. Ab sofort kriegt er von *mir* Nachhilfe.«

Hildegard Gallwitz wusste, dass das eine leere Drohung war. Ihr Mann war technischer Vertriebsleiter für Textilmaschinen. Die Anlagen, die sein Arbeitgeber entwickelte und herstellte, wurden in alle Welt exportiert. Für Projektierungen und Verkaufsgespräche war Hartmuts Vater oft und viel unterwegs, in Asien, Osteuropa, Nord- und Südamerika. Nur wenn ein Angebot für Afrika zu bearbeiten war, meldete er sich krank oder bestand darauf, dass ein Nachwuchsmitarbeiter in seinem Team auch einmal »Auslandserfahrungen« sammelte.

Die Wahrscheinlichkeit, dass Wilhelm Gallwitz Zeit für die Hausaufgabenbetreuung von Hartmut finden würde, war somit gleich null. Rechnen oder Sachkunde waren weniger das Problem des Jungen. Schlechte Noten hagelte es meist in Deutsch. Hartmut machte immer wieder die gleichen Rechtschreibfehler; er wusste nie, wann es »das« oder »daß« heißen musste, und »seit« und »seid« verwechselte er ständig. Kommaregeln waren ihm ein Rätsel.

»So schafft er es nie aufs Gymnasium«, knurrte der Vater, als die muttersprachlichen Fähigkeiten seines Sohnes im Jahreszeugnis einmal mehr mit »mangelhaft« bewertet wurden.

»Außerdem eine Vier in Musik. Wofür bezahle ich eigentlich die Klavierlehrerin?«

»Dann bezahl sie halt nicht, Papa«, klang es aus dem Korridor. »Sag der Frau Apfel einfach, dass sie nicht mehr kommen braucht.«

»Du hältst die Klappe, Junior. Das hast du nicht zu bestimmen!«, wurde zurückgebellt.

Die Unterweisungen an dem schwarzen Familienerbstück waren Hartmut ein Graus. Seine Füße reichten kaum bis zu den Pedalen, Noten in Tastenkombinationen und Melodien umzusetzen fand er langweilig, und die Klangfolgen mit dem Ticken des Metronoms zu synchronisieren gelang ihm allenfalls per Zufall.

Hartmut spielte lieber draußen mit den Nachbarskindern. Seinen Bruder nahm er nicht mit. »Du bist noch zu klein für unsere Spiele«, beschied er ihn. Als Siegfried einmal darauf bestand, mitzukommen, gab Hartmut ihm eine Ohrfeige und ließ ihn greinend stehen. Inzwischen hatte er Wege gefunden, bei Wettbewerben nicht immer Letzter zu sein. Einmal hatten sie einen Lutscher am Ast eines Baumes in der Grünanlage der Wohnsiedlung aufgehängt. Zu fünft waren sie dann zum Geländer eines Kellerabgangs gegangen.

»Alle hier aufstellen«, hatte Dieter befohlen. Er war zwar ein halbes Jahr jünger, dafür aber einen halben Kopf größer als Hartmut und Anführer der Nachbarschaftsclique.

»Wer zuerst dort ist, bekommt den Lolli. Auf die Plätze – fertig – los!«

Alle fünf stürmten davon. Hartmut bog ums Eck und schnappte sich an der Hauswand sein Fahrrad. Er sprang auf, überholte die vier und zupfte den Lutscher vom Ast. Er riss das Zellophan herunter und steckte ihn sich in den Mund.

»Hey, das gilt nicht! Beschiss! Gib sofort den Lutscher her, Fiesi«, protestierten die anderen.

Erstaunlicherweise taten dergleichen Schwindeleien der Freundschaft von Hartmut und Dieter keinen Abbruch. Ständig steckten sie die Köpfe zusammen, streunten durch die Gegend. Sie schürten Lagerfeuer und klauten Kartoffeln von den nahe gelegenen Äckern.

Wilhelm Gallwitz' Prophezeiung traf ein. Hartmut schaffte es nicht aufs Gymnasium, auch nicht nach der fünften Klasse in der Hauptschule. Außer Deutsch war Englisch der Stolperstein. Vokabeln und Grammatik wollten einfach nicht in seinen Kopf, mit der Aussprache war er heillos überfordert. Mutter Hildegard gab ihr Bestes, aber da sie selbst nur acht Klassen Volksschule hatte, waren ihre Möglichkeiten begrenzt. Immerhin gelang Hartmut nach der Sechsten der Wechsel in die Realschule. Mit Ach und Krach und externer Aufgabenüberwachung erreichte er das Klassenziel – bis in der Achten pubertäre Wurstigkeit und außerschulische Interessen zu zweimal »mangelhaft« im Jahreszeugnis führten.

Am Abend der Zeugnisausgabe zitierte der Vater seine beiden Söhne ins Wohnzimmer. Er ließ sie ihre Zeugnisse nebeneinander auf den Tisch legen.

»Was steht hier für Deutsch?«, wollte er von Hartmut wissen.

»Das siehst du doch«, gab der zurück.

»Lies vor, laut!«, befahl der Vater und gab seinem Sohn einen aufmunternden Schlag auf den Hinterkopf.

»›Mangelhaft‹«, knurrte Hartmut widerwillig.

»Laut, hab ich gesagt!« Nächster Schlag.

»›*Man-gel-haft*!‹«, brüllte Hartmut.

»Ganz genau!«, bestätigte der Vater. »Und was steht hier in Siegfrieds Zeugnis für Deutsch, hm?« Wilhelm Gallwitz klopfte mit dem Zeigefinger aufs Papier.

Vor Wut und Trotz brachte Hartmut keinen Laut hervor.

»›Sehr gut‹, steht hier!«, tobte der Vater. »Und da, bei Heimat- und Sachkunde: ›sehr gut‹. Und bei Rechnen auch! Sogar bei Religion und Turnen: ›sehr gut‹!«

Hartmut liefen die Tränen übers Gesicht. Er stürmte aus dem Raum und knallte die Tür zu. Im Kinderzimmer zertrat er Siegfrieds auf dem Fußboden ausgelegte Modelleisenbahn und kickte die Trümmer unter die Betten. Aus Brüdern wurden endgültig Feinde, lebenslang.

Einen Vorteil hatte die »Ehrenrunde«: Hartmut kam in die Klasse, die sein Freund Dieter besuchte. Der war inzwischen fast eins achtzig groß und hatte ein breites Kreuz. Der ideale Bodyguard für Hartmut. Dieter war es auch, der Hartmut in den Kajakverein mitnahm, welcher unten am Fluss sein Vereinsgelände hatte.

»Kajakverein? Willst du zu den Eskimos? Oder als Winnetou auf dem Kanal rumpaddeln?«, hatte Wilhelm Gallwitz gehöhnt, als Hartmut ihm das Aufnahmeformular hingehalten hatte. »Nix da. Du gehst in den Reitclub. Die Kavallerie war immer die Elite des deutschen Heeres. Außerdem ist Reiten gut für die Haltung. Und viele einflussreiche Leute mit Geld sind dort Mitglied. Auch die Töchter vom Apotheker haben ihre Pferde im Tattersall.«

Doch nach energischer Intervention der Mutter und als Gegenleistung für Hartmuts hochheiliges Versprechen, die Mittlere Reife zu schaffen, hatte Wilhelm Gallwitz schließlich zähneknirschend unterschrieben.

2

Mit dreizehn beschlossen Dieter, Hartmut und Gerhard vom berüchtigten Ortsteil »Ziegelanger«, eine Bande zu gründen. Der Schwarz-Weiß-Film *Im Zeichen des Zorro* hatte sie schwer beeindruckt. Es handelte sich zwar um einen alten Hollywood-Schinken, aber der Schönling Tyrone Power als kalifornischer Robin Hood mit verwegenem Oberlippenbart begeisterte sie. Don Diego Vega, adeligen Geblüts, der sich als schwarzer Mann mit Maske für die geknechteten Bauern einsetzte und seinen Gegnern mit scharfem Degen ein Z in die Stirn fetzte, bot den Jungs auf ihrer Suche nach hehren Idolen ein hohes Identifikationspotenzial.

»Ja, völlig klar«, gab Dieter die Linie vor, »wir sind hier nicht in Amerika. Aber vielleicht könnten wir auch bei uns etwas für die Armen und Unterdrückten tun.«

»Genau«, stimmte Gerhard ein. »Wir könnten doch beispielsweise für die Oma Hertrich einkaufen gehen. Und ihren Müll runtertragen.«

»Oder dem alten Doktor Lutz seinen Dackel Gassi führen. Der kann ja schon fast nimmer laufen«, wusste Hartmut.

»Wer jetzt?«, fuhr Dieter mit kalter Logik dazwischen.

»Der Hund«, sagte Hartmut. »Und der Doktor.«

»Und Fechten müssen wir lernen«, mahnte Gerhard an. »Aber wo kriegen wir Degen her?«

»Vom Nickl Deuerling«, antwortete Dieter so prompt, als hätte er die Frage längst vorausgesehen und für sich beantwortet. »Der hat Lötstangen aus Kupferblech. Dem sagen wir, dass wir ein Modell-U-Boot bauen und ein paar Teile zusammenlöten müssen.«

Nikolaus Deuerling hatte eine Flaschnerei und in so gut wie jedem Haushalt des Viertels schon einmal irgendetwas installiert oder repariert. Er kannte die Jungen von klein auf und schenkte ihnen drei der rotgolden glänzenden Stangen.

In der Veste Marienberg gab es Kasematten, riesige leer stehende Hallen, in denen »der Hitler« noch gegen Ende des Krieges Ersatzteile für die Me-109 produzieren wollte, angeblich. Die eisernen Zugangstore waren vermutlich gestohlen worden, und außer dem durch die Schießscharten einfallenden Tageslicht gab es keine Beleuchtung. Die ideale Arena für ein heimliches Fechttraining.

Das Metall der Lötstangen war so weich, dass man ein Ende problemlos u-förmig zu einem Griff umbiegen konnte. Allerdings war es auch so weich, dass sich der »Degen« bei einem Stoß oder Schlag sofort verbog oder gar abknickte, was nicht nur ein ästhetisches Problem darstellte. Zorros Jünger gaben schnell auf, weil sie das dauernde Zurechtbiegen ihrer Waffen unwürdig fanden.

Eine Woche später war das Problem gelöst. Zorro, der Fuchs, sollte in Kalifornien weiter nach dem Rechten sehen. »Wir nennen uns ›Kellerwald-Bande‹«, schlug Dieter vor. Er verzichtete darauf, für sich und seine Mannen ein moralisches Konzept zu definieren. Die Bande sollte ihre Legitimation aus sich selbst beziehen.

Der Kellerwald bestand aus Fichten, Kiefern und Buchen und erstreckte sich zwischen der Wohnsiedlung und dem Standortübungsplatz der Amerikaner. Sein Boden war sandig, kreuz und quer von zahlreichen schmalen Pfaden durchzogen und mit Gräben und Kuhlen durchsetzt. Für Kinder und Jugendliche war er ein

Abenteuerland. Baumhäuser aus alten Brettern, Tipis aus Holzlatten und Plastikplanen, Unterstände mit Dächern aus verflochtenen Ästen und Zweigen. Der ideale Ort für »Räuber-und-Schander«-Spiele oder Indianerrituale, einschließlich des Rauchens von selbst gefertigten »Friedenspfeifen« mit ausgehöhlten Kastanienhälften als Kopf und einem Strohhalm als Stiel. Dieter, Bandenchef von eigenen Gnaden, sorgte für den Tabak: kalte Zigarrenstummel seines Großvaters. Sie schmeckten grauenhaft, aber einen Indianer schrecken weder Husten noch Durchfall oder Erbrechen, und auch Banditen sind hart im Nehmen.

»Wer bei uns mitmachen will, muss Blutsbrüderschaft schwören«, fuhr Dieter fort.

»Warum?«, fragte Hartmut.

»Weil sich das so gehört für eine Bande«, behauptete Dieter kurz angebunden. »Und jeder muss eine Mutprobe bestehen.«

»Unbedingt«, beeilte sich Hartmut beizupflichten.

»Wir machen natürlich auch eine«, stellte Dieter mit größtmöglicher Selbstverständlichkeit fest. »Damit die anderen nicht sagen können, wir drücken uns.«

Davon war Hartmut weniger begeistert, getraute sich aber nicht zu widersprechen und stocherte im Ameisenhaufen herum.

Dieter verschränkte die Arme vor der Brust, warf den Kopf in den Nacken und ließ den Blick durch die Reihe der Bäume in eine Ferne schweifen, die nur er sah. Er hatte schon eine klare Vorstellung, wie er seinen Heldenmut geschichtsträchtig unter Beweis stellen würde.

»Ich fange an und nehme das Dohlennest an der Festungsmauer aus.«

Dieters Darbietung verlief tatsächlich beeindruckend. Barfuß kletterte er auf den Buckelquadern die Kante der über zwanzig Meter hohen Mauer hinauf bis zum steinernen Wachhäuschen. Etwas unterhalb hatten Wind und Wetter einen Spalt ausgewaschen, in dem jedes Jahr ein Dohlenpaar nistete. Es gelang Dieter trotz der Gegenwehr der Dohlenmutter, zwei Eier aus dem Nest zu nehmen. Beim Versuch, sie in die Hosentasche zu stecken, entglitten sie ihm, kullerten über die Sandsteine und zerbrachen. Zwar schaffte Dieter den Abstieg, ohne nach unten zu schauen, wurde aber am Fuß der Mauer von einer Polizeistreife empfangen, die ihn zu Hause ablieferte, was damals schmerzhafte Konsequenzen hatte.

Zwei Wochen später skizzierte Dieter in seiner Funktion als Bandenchef seinem Stellvertreter Gerhard, wie er sich dessen Mutprobe vorstellte. Er solle dem Wolfshund Pauli, der droben auf dem Schwedenhof an der Kette lag, seinen Fressnapf wegnehmen. »Du besorgst dir einen Knochen und schmeißt den in Richtung Garagen. Pauli wetzt hin, du greifst dir den Napf, bringst ihn her, und das war's schon.« Das war es dann aber doch nicht. Pauli hatte Gerhards pantomimischen Ansatz drei Sekunden lang verfolgt. Dann war er wie der Blitz aus seiner Hütte geschossen, hatte Gerhard in die Wade gebissen und umgeworfen, sich über ihn gestellt und so lange gebellt, bis der Bauer aus der Scheune kam und den Jungen befreite. Wegen der Bisswunde wurde Gerhard vom Vater zum Arzt gebracht, nachdem er zuvor eine Ohrfeige kassiert hatte. Weil, trotz der zerbrochenen Dohleneier, Dieters Mutprobe akzeptiert worden war, wurde auch die von Gerhard anerkannt, obwohl er nicht einmal in die Nähe von Paulis Napf gelangt war.

Nachdem die Bande wieder vollzählig und einsatzbereit war, befand Dieter in einer Pause auf dem Schulhof: »So, Siss, jetzt bist du dran.« *Siss* wurde Hartmut von seinen Klassenkameraden genannt, weil das englische »this« bei ihm wie »siss« klang.

»Wie, dran?« Hartmut hätte sich am liebsten eine Tarnkappe aufgesetzt. Stattdessen rieb er sich das Kinn, auf dem der erste Flaum spross.

»Mit deiner Mutprobe, du Mäusemelker«, sprach Dieter, ganz autoritärer Anführer, reckte den Unterkiefer vor und verschränkte die Arme vor der Brust. »Wir werden unsere Blutsbrüderschaft so besiegeln, wie es bei den alten Germanen Brauch war.«

Die beiden anderen rissen die Augen auf und sahen ihn fragend an.

»Die haben sich barfuß und mit nacktem Oberkörper in eine Sandkuhle gestellt, sich die Haut aufgeritzt und dann das Blut zuerst in einen Becher Met oder Bier tropfen lassen.«

»Und weiter?«

»Dann hat jeder davon getrunken, und den letzten Schluck haben sie in ihre Fußabdrücke im Sand geschüttet, als Opfergabe für Mutter Erde.«

Gerhard und Hartmut sahen sich an. Dieters Kenntnis germanischen Brauchtums hinterließ Eindruck.

»Ähh«, machte Gerhard nach Sekunden der Ratlosigkeit. »Was soll dabei eine Mutprobe sein?«

»Wenn du Suppenkasper mich nicht dauernd unterbrechen würdest, wüsstest du es schon«, schoss Dieter zurück und ließ den Blick durchs Weltall schweifen. »Wir lassen unser Blut nicht in Met tropfen. Wir lassen es auch nicht in Bier tropfen. Nein. Wir sind ja keine Weicheier«, verkündete er einem imaginären Publikum. »Wir vermischen es mit Schnaps!«

»Ja, und?« Gerhard ließ nicht locker.

»Den Schnaps, den beschaff ich!«, platzte Hartmut erleichtert heraus. Er wusste, wo sein Vater die Doppelkorn-Flasche deponierte.

»Ganz recht«, sagte Dieter und grinste irgendwie diabolisch. »Und du wirst ihn nicht etwa aus dem Fernsehschränkchen deines Alten stibitzen.«

»Nein?« Hartmut war enttäuscht und beunruhigt.

»Nein«, bestätigte Dieter genüsslich. »Du wirst ihn stehlen. Und zwar im Laden von der alten Ultsch. Dort stehen die Flachmänner direkt neben der Kasse. Und drei davon wirst du mitgehen lassen.«

Die »Col.-Waren-Handlung Ultsch, seit 1906« lag auf halbem Weg zwischen der Schule und der Siedlung, in der die drei Jungen wohnten. Bei ihr gab es so ziemlich alles, was man hin und wieder brauchte oder vergessen hatte, vom Kaufhaus Tietz mitzubringen: Glühbirnen, Schuhcreme, Einmachgummis. Aber auch bunte Bonbons in großen Gläsern, Tabakwaren, Zeitschriften und Groschenromane. Dazu Malbücher und Buntstifte, Schulhefte, Tintenpatronen und sonstigen Krimskrams, der im Kindergarten oder in den Schulen benötigt wurde. Die meisten Artikel waren ordentlich in Holzregalen hinter dem u-förmigen Verkaufstresen aufgereiht. Nur Schreibwaren und Postkarten hatten eine eigene Ecke hinten rechts. Die mit einer Handkurbel funktionierende Registrierkasse befand sich auf der Verkaufsfläche vorne links neben dem Eingang.

Maria Ultsch und ihre ehemalige Kolonialwarenhandlung waren Relikte aus einem anderen Zeitalter. Decke und Mobiliar waren aus schwarz lackiertem Holz. Die Tresen hatten gläserne Oberflächen, unter denen Tabakpfeifen, Zigarrenkisten und Füllfederhalter mit Goldfedern zu sehen waren. Auch der Fußboden war aus Holz; im Winter wurde Sägemehl auf die Dielen gestreut, das den Schneematsch aufsaugte und leicht auszukehren war.

Frau Ultsch war immer schwarz gekleidet; sie war hilfsbereit und serviceorientiert. Für Hartmuts Vater Wilhelm besorgte sie Landserhefte. Einmal in der Woche holte er sich bei ihr die aktuelle Ausgabe der *Deutschen National-Zeitung*. Trotz ihrer siebenundsiebzig Jahre dachte Maria Ultsch nicht daran, ihr Geschäft aufzugeben, das auch als Klatschbörse diente. *Die Gräbner'sche kriegt im Dezember das vierte Kind. Die Ruth Stoiber hat's mit einem Ami. Der Dr. Weiland wird demnächst Abteilungsleiter, weil er das Fließband schneller laufen lässt als die andern.*

Wahres, Halbwahres und Unwahres erfuhr man zuverlässig bei der »Marie«. Sie war eine hagere kleine Person mit grauem dünnen Dutt und trug einen knöchellangen Faltenrock. Dazu im Sommer eine Bluse und im Winter einen Wollpullover. Sie war nie verheiratet gewesen, wohl auch wegen ihrer ausgeprägten Hakennase und der Warze auf der Wange, aus der drei schwarze Haare sprossen. Die Assoziation mit der Hexe aus *Hänsel und Gretel* stellte sich bei vielen Kindern umstandslos ein.

An einem sonnigen Mittwochnachmittag betrat die Gründungsriege der Kellerwald-Bande den Laden. Die oben am Türrahmen angebrachte Klingel bimmelte erbärmlich.

»Schönen guten Tag, Frau Ultsch«, begrüßte Dieter die alte Frau, die dabei war, Packungen einer Stange Overstolz in das Regal hinter dem Verkaufstresen einzusortieren. »Tach«, »Tach«, sagten auch Gerhard und Hartmut artig.

»Guten Tag, die Herren«, erwiderte Frau Ultsch. »Was darf's denn heute sein? Das neue *Micky Maus*? *Tarzan* ist auch da. Oder *Perry Rhodan*?«

»Nein. Wir brauchen Vokabelhefte«, antwortete Dieter.

»Ihr wisst doch, die Schreibwaren sind da drüben im Eck.«

Die drei verständigten sich mit raschen Blicken. Dieter und Gerhard gingen in den hinteren Teil des Ladens. Hartmut folgte mit einigem Abstand, blieb dann aber bei der Vitrine mit den Revell-Modellbausätzen stehen. Maria Ultsch packte inzwischen eine Stange Eckstein No. 5 aus.

»Frau Ultsch, können Sie uns bitte mal helfen?«, rief Dieter aus der Schreibwarenecke.

»Links unten«, rief sie über die Schulter zurück.

»Das sind aber nicht die richtigen«, reklamierte Gerhard.

»Wie, nicht die richtigen?«

»Karierte, aber mit einem Strich in der Mitte will der Zitzl.«

»Karierte Vokabelhefte? Nie gehört. Was soll denn das wieder für ein neumodisches Zeug sein?« Frau Ultsch schob die letzte Packung ins Fach und ging um die Ladentheke herum zu den Schreibwaren. Hartmut studierte nach wie vor die Kartons mit den Flugzeugmodellen.

»Suchst du was Bestimmtes?«, fragte sie ihn im Vorbeigehen.

»Ja, die Heinkel 291.«

»Eine Heinkel 291 hat's nie gegeben, Dussel. Von der 219 hab ich vor vier Wochen den letzten Satz verkauft. Ich kann sie dir aber bestellen«, bot sie an.

»Vielleicht später. Ich muss erst noch ein bisschen sparen.«

Maria Ultsch blieb stehen, stellte sich vor Hartmut hin und verschränkte die Arme vor der Brust. Ihr Blick war der einer erfahrenen Ladenbesitzerin. »Tu das«, sagte sie schließlich kopfnickend und widmete sich den beiden anderen.

»Also. Das sind die Vokabelhefte, die alle Schüler hier kaufen.« Sie zog ein Exemplar aus dem Regal, schlug es auf und hielt es den beiden vor die Nase. »Erst vorgestern war die Stauffert Brigitte da und hat sich eins geholt. Die ist doch auch in eurer Klasse beim Zitzmann, oder?«

Dieter und Gerhard sahen sich an.

»Dann hat die Gitti den Zitzl nicht richtig verstanden«, versuchte sich Dieter an einer Erklärung.

»Schauen Sie, Frau Ultsch.« Gerhard nahm ein kleines Heft mit Karoseiten aus dem Fach. »Da muss ein senkrechter Strich sein.« Er fuhr mit dem Finger in der Mitte des Blattes von oben nach unten. »So!«

Frau Ultsch schaute aber nicht auf das Papier. »Dann malt euch doch euren Strich selber«, sagte sie kalt und blickte in den Panoramaspiegel an der Decke. Hartmut stand mit dem Rücken zu ihr vor dem Tresen bei der Kasse.

»Also überlegt euch, welche Hefte ihr nehmen wollt. Die kosten alle fuffzich Pfennich«, informierte sie Dieter und Gerhard und marschierte zurück. »Bei dir, Hartmut, kommen dann noch die Flachmänner dazu. Wie viele hast du eingesteckt?«

Hartmut wurde rot. »Nix, ähm – gar nichts hab ich eingesteckt. Überhaupt nichts«, stammelte er.

»Du stellst sie sofort zurück in den Karton, du Früchtchen! Oder soll ich die Polizei rufen?«, fragte Frau Ultsch unaufgeregt. »Na – wird's bald?«

Hartmut zögerte einen Moment und sah zu den anderen Bandenmitgliedern hinüber, die taten, als ginge sie das Ganze nichts an. Dann holte er eine Taschenflasche mit Weinbrand aus der Jacke und stellte sie auf den Ladentisch. Der Boss der Bande und sein Stellvertreter verdrückten sich derweil wie ehrlose Ganoven unter dem Gebimmel der Ladentür.

»Da fehlen noch zwei«, sagte Maria Ultsch und fragte süffisant: »Wo können die bloß hingekommen sein, Hartmutchen?«

Ehrlich zerknirscht holte Hartmut die beiden anderen aus seinen Jackentaschen.

»Na, geht doch«, lobte Frau Ultsch. »Um eine alte Frau zu beklauen, braucht man nicht viel Mut. Aber Freunde, die stiften gehen, nachdem sie einen in die Pfanne gehauen haben, braucht man auch nicht. Oder?«

Wilhelm Gallwitz erfuhr am nächsten Morgen von der gescheiterten Mutprobe seines Sohnes, als er bei Frau Ultsch seine Zeitung abholte. Nach der Schule, aber vor dem Mittagessen, bestellte er Hartmut ins Esszimmer, wo er mit Zeige- und Mittelfinger auf die Tischplatte trommelte und auf ihn wartete.

»Ich habe nichts von Hinsetzen gesagt«, schnauzte er Hartmut an, als der sich einen Stuhl heranrücken wollte. »Heute früh habe ich mir meine Zeitung bei der Marie Ultsch geholt. Die ist ja immer auf dem Laufenden, was hier im Viertel so alles passiert. Zum Beispiel, dass der Baptist Hänfling einen Herzinfarkt erlitten haben soll. Wahrscheinlich hat er sich wieder fürchterlich über diese Lusche von einem Sohn aufregen müssen.« Wilhelm Gallwitz lehnte sich mit höhnischem Sadismus auf seinem Stuhl zurück. »Und dem Müller Paul sein Fritzi hat jetzt das Gymnasium geschmissen und lernt beim Papa Automechaniker. Sehr gut. Was will denn der aufgestellte Mausdreck auf dem Gymnasium, hä?«

Sohn Hartmut stand als einsamster Mensch des Planeten im kalten Esszimmer.

»Ich hab dich was gefragt, du halbes Hemd.« Wilhelm Gallwitz schlug mit der flachen Hand auf den Tisch. »Oder sind wir jetzt schon so weit, dass man seinem eigenen Vater nicht mehr antwortet?«

Hartmut ließ die Schultern hängen, sah zu Boden, war den Tränen nahe. »Ich weiß auch nicht«, brachte er noch heraus.

»Und dann hat mir die Marie erzählt, dass da drei Schüler in den Laden gekommen sind. Zwei wollten Hefte haben, die es gar nicht gibt, und einer wollte ein Modell einer Heinkel 291 haben, die es auch nie gegeben hat. Was sagt man zu solchen Hampelmännern, hm? Keinen Arsch in der Hose, aber eine alte Frau bescheißen wollen!«

Wilhelm Gallwitz stand auf. »Und mein Herr Sohn vorne dran!« Er schlug Hartmut mit der flachen Hand auf den Hinterkopf.

»Einen Dieb haben wir jetzt also im Hause Gallwitz. *Einen Dieb!* Inzwischen weiß das die ganze Stadt. Möchtest du dich vielleicht jetzt zu einer Äußerung bequemen?« Nächster Schlag auf den Hinterkopf.

»Aber Papa. Es war doch bloß eine Mutprobe«, stammelte Hartmut. »Ich konnte doch nicht wissen, dass die alte Ultsch trotz ihrer dicken Brille –«

Wilhelm Gallwitz packte ihn am Ohr. »Mutprobe«, herrschte er seinen Sohn an. »Gleich kannst du beweisen, wie mutig du bist, Bürschchen.«

Er zerrte Hartmut am Ohr ins Schlafzimmer, riss die Kleiderschranktür auf und deutete auf die aufgehängten Gürtel. »Du darfst dir einen aussuchen.«

»Nein, Papa. Bitte nicht«, winselte Hartmut.

»Feige auch noch«, wütete der Vater und zog einen braunen Riemen aus der Haltespange. Er wickelte das Ende mit der Schließe um die rechte Hand und schlug zu. Hartmut schützte seinen Kopf mit beiden Armen, so gut es ging. Er wusste, dass er nur eine Chance hatte, die Quälerei vorzeitig zu beenden: Er musste so laut und lange schreien, bis die Mutter einschreiten würde. Eine gefühlte Ewigkeit lang prasselten die Schläge auf ihn ein. »Du Hundskrüppel – dich werde ich Mores lehren – lügen, stehlen und als Nächstes morden – unseren guten Ruf in den Dreck ziehen – hör sofort auf zu plärren, Saukerl –«

Endlich kam die Erlösung. »Wilhelm, hast du den Verstand verloren?«, rief die entsetzte Mutter unter der Tür. »Du schlägst den Buben ja tot!«

»Na und? Um diesen Haderlumpen wär's nicht schad«, schrie Wilhelm mit rotem Kopf und zog seinem Sohn den Gürtel ein letztes Mal über den Rücken. »Ich dulde keine Verbrecher in meinem Haus!«

3

Wie viele Jungen seines Alters mit einem autoritären Vater sehnte sich auch Hartmut nach Beachtung und Anerkennung, und sei es bloß für einen kurzen Moment öffentlicher Wahrnehmung. In der Fußballmannschaft seiner Klasse mühte er sich redlich ab. Meistens wurde er nur dann aufgestellt, wenn einer der Stammspieler ausfiel. Aber mit seinem blinden Eifer zog er Gegenspieler auf sich, so er denn einmal den Ball bekam oder ihn sich gar erspielte. Ein einziges Tor hatte er bisher in seiner Karriere als Innenverteidiger geschossen, ein Zufallstreffer, weil der Torwart zu weit vor seinem Gehäuse stand, aber spielentscheidend.

In Zweikämpfen agierte er körperbetont und auch durchaus trickreich. Eine Finte, die der brachiale Heiner Vogler seinen Schülern verraten hatte, war ihm besonders im Gedächtnis geblieben.

»Was macht ihr, wenn der gegnerische Mittelstürmer noch vor dem Sechzehner versucht, euch mit dem Ball davonzulaufen, und der Tormann ganz allein vor seinem Kasten steht?«

Ratloses Schweigen.

»Ihr haut den Kerl um.«

»Aber dann werden wir ja vom Platz gestellt.«

»Das wirst du nur, wenn du blöd danebenstehst, die Hände hebst und zum Schiri sagst: ›Ich hab doch gar nichts gemacht!‹ Nein. Du beugst dich zu dem Mann auf dem Boden runter, tust so, als wolltest du dich entschuldigen, verwuschelst ihm die Haare und sagst zu ihm: ›Na, Arschloch, biste gestolpert?‹«

Die Jungen hatten sich entgeistert angeschaut.

»Der Kerl, den du umgehauen hast, wird nämlich deinen Arm wegschlagen und dich beschimpfen, was der Schiri und die Zuschauer als unsportliches Verhalten und Tätlichkeit bewerten. Und wenn jemand vom Platz gestellt wird, ist es der andere. Du aber hast deinem Tormann geholfen, seinen Kasten sauber zu halten.«

Eine weitere der seltenen Gelegenheiten, in denen Hartmut – wenn auch nur ganz kurz – im Mittelpunkt stand, hatte sich ebenfalls im Rahmen eines Fußballspiels ergeben. Die Mannschaft der Realschule spielte gegen die vom Gymnasium. Hartmut war nicht aufgestellt worden und stand zusammen mit anderen hinter dem Tor der eigenen Mannschaft. Der Schiedsrichter hatte gerade einen Elfmeter für die Gymnasiasten gegeben. Der Schütze wartete auf den Pfiff. Dieter war der Tormann. Er zog sich die Handschuhe zurecht und stellte sich breitbeinig wie ein Gorilla auf die Torlinie. Hartmut erinnerte sich an den Tipp, den Heiner Vogler den Torleuten für eine solche Situation gegeben hatte.

»Schaut beim Schützen auf die Fußspitze seines Standbeins! Der Schuss geht dorthin, wo die hinzeigt.«

Der Schütze lief an, und kurz bevor er abzog, rief Hartmut: »Dieter, der geht nach links!«

Als Dieter jedoch schon im Anflug auf die rechte Seite war, verließ Hartmut reaktionsschnell seine Position neben dem linken Pfosten und schnappte sich den Ball. Ein vielstimmiger Aufschrei. Gelächter. Ungläubiges Kopfschütteln. Wütende Pfiffe des Schiedsrichters.

Der Strafstoß wurde wiederholt. Derselbe Schütze trat erneut an. Dieter flog nach links, der Ball nach rechts. Hartmut war einen halben Tag lang Gesprächsthema in beiden Schulen.

*

Der Kajakverein wurde für Hartmut immer mehr zum zweiten Zuhause. Auf dem Fluss machten sie Ausfahrten im Einer, Zweier oder Vierer. An Ästen, die vom Ufer über das Wasser ragten, hingen rot-weiß gestreifte Stangen für einen Slalomkurs. Ein alter Bauwagen neben dem Vereinsheim diente den Jugendlichen als Treffpunkt, wo sie nicht unter Dauerbeobachtung durch die Erwachsenen standen. Bis tief in die Nacht wurde »getagt« und »gefeiert«, was die damals gängigen Umschreibungen für kindische Orgien und blamable Darbietungen vor weiblichem Publikum waren. Und geraucht wurde natürlich auch. HB mit Filter, Roth-Händle und Lucky Strike ohne. Letztere waren das ultimative Statussymbol, wenn man sich lässig eine aus der Packung mit der blauen Banderole der Unverzollten schütteln konnte. Hartmut machte es sich zur Gewohnheit, nach solchen Abenden den Eingang durch den elterlichen Keller zu nehmen, seine verräucherten Klamotten in der Waschküche aufzuhängen und das Fenster zu kippen. Im Bauwagen, von den Jugendlichen mit einem selbst gemalten Türschild als »Kulturzentrum« ausgewiesen, mangelte es nie an Getränken.

Das »Kulturzentrum« trug auch zur erotischen Fortbildung bei. Die von einem Vereinsmitglied gestiftete Eckbank verfügte über eine Truhe. Darin sammelten sich die seinerzeit verfügbaren Zeitschriften wie *FKK*, *Wochenend*, *Gondel* und andere Nackedeimagazine. Eines Tages kam Dieter mit dem *Playboy* daher.

»Hab ich von nem Ami aus den Murphy Barracks. Das da ist doch was für den Kindergarten«, urteilte er fachmännisch über den bisherigen Bestand an Erotikliteratur. Auf dem Titelbild posierte eine laszive Blondine im eng anliegenden blauen T-Shirt und violetten Hotpants mit einem Rennrad. Dessen Sattelstange führte genau zwischen ihre Beine.

»Wat ne scharfe Ische, wa? Kiek dir ma die Beene an.« Der Preuß nahm Dieter das Magazin aus der Hand und fing an zu blättern. »Der Preuß« hieß Werner, war hellhäutig, blond und pummelig. Seine Familie war vor vier Jahren aus Berlin hergezogen; der Vater hatte eine Abteilungsleiterstelle in der Medizintechnik eines Großkonzerns übernommen.

»Hey, lass mich auch was sehen!« Hartmut stellte sich auf die Zehenspitzen, um über Werners Schulter einen Blick aufs Cover zu erhaschen.

»Willste dir jetzt gleich een runterholen oder erst später?«

Hartmut lief rot an.

Mit den Mädchen war das so eine Sache. In seiner Klasse im technischen Zweig gab es nur fünf. Isolde hatte dicke Oberschenkel, Karin war pickelig, und Ulrike roch nach Mottenkugeln. Mit keiner von denen hätte er ins *Dolomiti* zum Eisessen, geschweige denn ins Kino gehen wollen, ungeachtet der Tatsache, dass keines der Mädchen ihn überhaupt eines Blickes gewürdigt hätte. Und Inge und Siglinde hatten bereits feste Freunde.

Claudia wäre da schon eher nach Hartmuts Geschmack gewesen. Sie war so alt wie er, schlank und lebhaft. Die rotbraunen Haare hatte sie meist zu einem Pferdeschwanz gebunden. Sie ging in die neunte Klasse des Gymnasiums und war die beste Wildwasserfahrerin im Verein. Bei den landesweiten Juniorenmeisterschaften hatte sie im Jahr zuvor die Silbermedaille geholt. Im Training trug er ihr das Boot, half ihr, die Spritzdecke zu befestigen, und machte auf Regatten Salamibrötchen für sie. Sie nahm seine Dienstleistungen wohlwollend entgegen. Mehr nicht.

»Die ziert sich bloß ein bisschen«, hatte Dieter konstatiert, nachdem er Hartmuts Bemühungen mitbekommen hatte. »Das gehört bei denen dazu. Die Weiber wollen erobert werden. Mit Schmackes.«

»Wie, ›Schmackes‹?«

»Na rangehen, knutschen. Und zack – Zungenkuss.«

Hartmut riss die Augen auf. »Zack? Echt jetzt?«

»Ja, was glaubst du denn? Und dann schau dir mal ihren Knackarsch an. Der will doch angefasst werden.«

»Na, ich weiß nicht.«

»Aber ich. Hey, Leute«, rief Dieter in die Runde. »Wusstet ihr, dass der Siss noch Jungfrau ist? Null Ahnung von Tuten und Blasen.«

Hartmut wurde wieder rot.

»Du bist so ein Arschloch«, zischte er und ging davon.

Die Pfingstwanderfahrt auf dem Regen schien die perfekte Gelegenheit zu sein, um Claudia endlich näherzukommen. Eine Woche Zeltlager mit der Jugendabteilung. In fünf Tagesetappen vom Blaibacher See bis nach Regensburg. Hartmut verpackte Kleidung, Schlafsack und Zelt in Plastiktüten und stopfte alles in einen Rucksack.

»Das soll für eine ganze Woche reichen?« Mutter Hildegard schaute skeptisch auf das Trumm, das sich ihr Sohn auf den Rücken lud.

»Mehr braucht's nicht«, kommentierte Wilhelm Gallwitz. »Im Krieg hatten wir auch nicht mehr, als wir tragen konnten. Der Herr Sohn macht das aus Jux und Tollerei. Bei uns war's für Volk und Vaterland.«

»Du hast den Führer vergessen«, sagte Hartmut und verzog sich rasch, um seinem Vater keine Gelegenheit für Handgreiflichkeiten zu bieten.

Vor dem Heim stand der Vereins-Bulli, in den Proviant, Kochausrüstung, zwei Biertischgarnituren, Paddel und Spritzdecken verstaut wurden.

»Du kannst gleich mithelfen, die Kajaks auf den Anhänger zu verladen«, wurde Hartmut vom Jugendleiter Eckhard Böhner empfangen. Auch Dieter war schon da.

Sie hoben die Kajaks auf die Lagerstreben, fädelten die Spanngurte durch die Ösen und zurrten sie fest. Die Einer kamen nach oben, die Zweisitzer auf die unterste Ebene. Nachdem alle Boote aufgeladen waren, koppelte Eckhard den Anhänger an den Bulli. Inzwischen war auch der Kleinbus eingetroffen, um die neun Jungen und drei Mädchen an den Blaibacher See zu fahren. Vor der Gepäckladeklappe herrschte Gedränge. Hartmut hielt Ausschau nach Claudia. Sie hatte Reisetasche und Rucksack bereits dem Busfahrer übergeben, der sie im Laderaum verstaute, und stieg gerade in den Bus. Hartmut versuchte sich mit seinem Gepäck an den anderen vorbeizuschieben.

Ein Ellbogenstoß vom Preußen stoppte ihn. »Hinten anstellen, du Flitzpiepe.«

Als er endlich an Bord war, lag ein Strohhut auf dem Platz neben Claudia.

»Ist neben dir noch frei?«

»Hast du Tomaten auf den Augen? Da sitzt die Petra.«

Frustriert sah sich Hartmut nach einem anderen Platz um.

Am Blaibacher See wartete der Bulli mit dem Bootsanhänger. Eckhard teilte die Boote und das Landkommando ein. Sie verstauten ihr Tagesgepäck in den Kajaks. Hartmut hatte gehofft, mit Claudia im Zweier fahren zu können, aber Eckhard entschied anders. Über die flachen Stufen der Einstiegsstelle ließen sie die Boote zu Wasser.

»Ihr bleibt auf Sichtkontakt«, ordnete Eckhard an, als die Ersten ablegten.

Vom See aus schlängelte sich der Regen durch unberührte Natur. Nicht umsonst hieß die Strecke »Bayrisch Kanada«. Mancherorts reichte der Mischwald aus Tannen, Fichten, Buchen und Eichen bis ans Ufer. Dann wieder gab es breite Kiesbänke. An schattigen Stellen blühten noch Sumpfdotterblumen. Gemächliche Abschnitte wechselten sich ab mit flotter Strömung. Am einen oder anderen Schwall musste man sich die richtige Route suchen, um nicht an einem Felsbrocken hängen zu bleiben.

Nach eineinhalb Stunden nutzte die Gruppe eine Umtragestelle für die Mittagsrast. Hildegard Gallwitz hatte ihrem Sohn vier Semmeln mit Frikadellen eingepackt und einen halben Sandkuchen. Nichts davon war nach der Pause übrig.

Nach zwei weiteren Stunden erreichten sie hinter Cham den Anlegeplatz für die erste Übernachtung. Schon von Weitem war der blaue Bulli auf einer Wiese neben dem Fluss zu sehen. Eckhard, der aus der Gegend stammte, hatte vom Bauern die Erlaubnis zum Campen eingeholt. Die Wiese gehörte zu einem Rindermastbetrieb, das Gras war kurz geschnitten. Neben der alten Scheune gab es ein Plumpsklo und am Stall einen Wasserhahn, welche die Wanderfahrer benutzen durften.

Sie brachten die Boote an Land und begannen mit dem Aufbau der Zelte.

»Da vorn machen wir das Lagerfeuer. Haltet zehn Meter Abstand und stellt eure Zelte im Halbkreis um die Feuerstelle auf. Die Mädchenzelte zwischen meinem Zelt und dem von Lars«, bestimmte Eckhard. Lars, achtzehn Jahre alt, groß und gut aussehend, war Co-Trainer der Leistungssportler.

Hartmuts tarnfarbenes Zweimannzelt stammte aus den Fünfzigern, hatte seinen Eltern als Unterkunft bei ihren ersten Italienreisen gedient und wurde in der Familie als »Dackelgarage« bezeichnet.

»Ich hol unser Gepäck«, sagte Hartmut, als er und Dieter ihre Konstruktion sturmfest verankert hatten. Nach ein paar Schritten sah er ein blaues Knäuel, unter dem sich etwas bewegte.

»Verdammter Mist.« Es war Claudia.

»Probleme?«

»Die doofen Stangen. Krieg sie nicht hoch.«

»Nicht verzagen, Hartmut fragen.«

»Ha-ha. Warum stehst du dann noch dumm rum? Hilf mir lieber.«

»Aber ja doch, Gnädigste. Stell die hintere Stange auf und warte, bis ich sie abgespannt habe. Wo sind deine Heringe?«

»Irgendwo neben der Packtasche.«

Hartmut fand das Säckchen, in dem ein Gewirr von Schnüren herrschte. Er zog, zerrte und löste Knoten, bis er die Leinen sortiert hatte. »Schon mal zugeguckt, wie man Leinen aufwickelt?« Er fand die Frage angemessen aggressiv.

»Blödmann. Mein Bruder hat das Ding letztens gehabt. Los, spann die Stange ab. Ich schwitz mich zu Tode hier drin.«

»Und du schaust dir nicht an, was du einpackst?«, fragte Hartmut, während er die hintere Zeltstange sicherte.

»Besserwisser.«

»Nullchecker. Jetzt die vordere Stange.«

Ein paar Schläge auf den Hering an der Eingangsseite, und das Gröbste war geschafft.

»Du kannst jetzt rauskommen. Langsam, und halt deinen Poppes flach.«

Zuerst erschienen nackte Füße, dann lange schlanke Beine, die in einer sehr knappen Sporthose endeten. Das Ringel-T-Shirt war hochgerutscht. Zwischen Hosenbund und Oberteil waren drei Handbreit sonnengebräunter Rücken und die BH-Schließe zu sehen. Claudia rappelte sich auf und zupfte das Trikot zurecht.

»Danke«, schnaufte sie.

»Warum hat Petra dir nicht geholfen?«

»Die übernachtet in Margits Zelt nebenan.«

»Und du schläfst allein hier drin?«

»Logo. Drei Mädchen, zwei Zweierzelte. Dann schläft eine allein. Höhere Mathematik.«

»Wann fangen wir an zu grillen?«

»Wenn ihr Oberindianer es geschafft habt, das Feuer anzuzünden. Solltet ihr nicht Holz besorgen?«

Die Feuerstelle bestand aus Backsteinen und einem darübergelegten Grillrost. Darauf brutzelten Schweinebauchscheiben und Würste. Loderten die Flammen auf, wurden sie mit Bier gelöscht. Hartmut, Dieter, Lars und Helmut, ein sommersprossiger Rotschopf, packten Folienkartoffeln in die Glut und hielten Holzstöcke mit aufgespießtem Brot darüber. Eine große Schüssel Salat wurde herumgereicht.

Nach Einbruch der Dunkelheit holte Eckhard seine Gitarre aus dem Bulli. Deutsche »Fahrtenlieder« waren schon lange nicht mehr angesagt. Aber sein Standardrepertoire von englischen Popsongs fand nicht bei allen Anklang. »Immer dieselben Schnulzen. Dit sind doch olle Kamellen«, nörgelte der Preuß nach einer Weile. »Hat keener nen Kofferradio mit? Oder nen Kassettenrecorder?«

»Dann sing doch du uns was vor mit deiner großen Klappe«, sagte Margit, die den Preußen schon lange auf dem Kieker hatte.

Um zehn beendete Eckhard die Abendunterhaltung. »So, Leute. Morgen um sieben ist die Nacht um. Sammelt die leeren Flaschen ein und stellt die Getränkekisten zusammen. Vor allem löscht das Feuer. Und dann ab in die Zelte.«

Claudia, Petra und Margit holten sich Eimer aus dem Bulli und marschierten auf dem schmalen Pfad durch die Büsche zum Fluss.

»Wartet«, rief Lars. »Ich komm mit und schau nach den Booten. Nicht, dass die sich über Nacht selbstständig machen.« Er sprang auf. Die Bank, auf deren anderem Ende Hartmut saß, kippte, und Hartmut landete auf dem Hintern.

»Pass doch auf, dumme Sau!«

»Siss is an accident«, gab Lars zurück und folgte den Mädchen.

Drunten am Flussufer knipste er die Handleuchte an. »Claudia, kannst du mir mal leuchten?«

Die beiden begannen, Boot für Boot Taue und Knoten zu überprüfen; Petra und Margit schleppten volle Eimer zur Feuerstelle.

»Na prima. Unser Pippi-Zug ist bereits im Großeinsatz«, konstatierte Margit beim Anblick der Kajakfahrer, die im Kreis um die qualmenden Überreste des Lagerfeuers standen und nach Jungmännerart die letzten Glutnester löschten.

Nach und nach wurde es ruhig auf dem Platz. Nur Hartmut war noch nicht in sein Zelt gekrochen. Er hatte seinen Rucksack ins Freie gezerrt und kramte darin herum. Zwischendurch spähte er zum Ufer.

»Suchst du was?«, fragte Dieter.

»Meine Zahnbürste.«

»Dein Waschbeutel liegt doch hier am Fußende.«

»Ach so.«

Hartmut schlüpfte ins Zelt. Eine Weile starrte er zum Dachfirst und lauschte. Dann wälzte er sich herum.

»Mann, hast du Ameisen in der Hose? Gib endlich Ruhe«, knurrte Dieter.

»Ich muss noch mal pinkeln.« Hartmut strampelte den Schlafsack weg und kroch zum Zelteingang.

»Mach bloß wieder zu, sonst haben wir lauter Stechviecher drin.«

Hartmut ging zum Fluss. Sein Seemannsgang war in erster Linie dem Bier geschuldet.

»Los, wach auf, Schnarchzapfen.« Dieter schüttelte seinen Zeltgenossen an der Schulter. »Schon zwanzig nach sieben. Es gibt gleich eine Besprechung mit Eckhard.«

»Wassis?« Hartmut rieb sich die Augen. Sein Schädel brummte.

»Claudias Zelt ist mitten in der Nacht zusammengebrochen.«

»Na, so was. Und was gibt's da zu besprechen?«

»Sie meint, es war Sabotage.«

Waschbeutel und Handtuch unterm Arm, machte sich Dieter auf zur Katzenwäsche. Hartmut tastete halb blind nach der Sprudelflasche.

Bald darauf saßen alle auf den Bierbänken rund um die Überreste des Lagerfeuers. Die Mädchen löffelten Müsli aus Plastikschalen. Die Sonne strahlte, aber es war noch kühl.

»Guten Morgen, Leute. Bevor wir aufbrechen, haben wir miteinander zu reden. Heute Nacht hat es einen Zwischenfall gegeben. Kurz nach Mitternacht ist Claudias Zelt zusammengefallen.« Eckhard sah in die Runde.

»Einfach so?«, wunderte sich Helmut und stocherte mit einem Grashalm in seinen Zähnen herum.

»Von wegen«, grantelte Claudia.

Hartmut litt unter Schwindel und Übelkeit. ›Ein Zelt war zusammengefallen. Soso. Das von Claudia. Aha.‹ In seinem verkaterten Hirn reihten sich verschwommene Szenen aneinander. Da war das Gebüsch, in das er sich geduckt hatte. Dann die beiden Gestalten auf dem Baumstamm am Flussufer. Lars, den Arm um die Schultern des Mädchens gelegt. Der Schlehendorn, der sich in Hartmuts Wade gebohrt hatte. Das Kichern des Mädchens. Die ausgedehnte Knutscherei. Die Schnakenbisse im Nacken und auf Armen und Beinen. Die Engumschlungenen auf dem Rückweg zum Zeltplatz. Das feuchte Gras. Seine nassen Füße. Luftmatratzenquietschen, Flüstern und Stöhnen aus dem blauen Zelt.

»Hat irgendwer was gehört oder beobachtet?« Eckhards Frage unterbrach Hartmuts Kopfkino.

»Nö.«

»Ein Mordsgekreische gab's. Mitten in der Nacht.«

»Nix.«

»Petra, Margit, ihr auch nicht? Euer Zelt war direkt daneben.«

»Wir haben geschlafen.«

»Und du, Siss?«, mischte sich Lars in die Befragung ein.

»Nach drei Bier? War ich weg vom Fenster. Vielleicht ist das Zelt ja durch – ähm, wie sagt man – *innere Einwirkung* eingestürzt.«

»Aber du warst doch noch mal pinkeln. Hast du da nichts gesehen?« Dieters Frage kam Hartmut sichtlich ungelegen.

»Ich kann mich an nichts erinnern«, antwortete er mürrisch. »Ich hab mit der Sache nichts zu tun. Ich zieh doch keine fremden Heringe raus.«

Eckhard fixierte ihn und sagte nichts. Die anderen schwiegen betreten und vermieden es, Hartmut anzusehen. Nach einem Blick auf die Uhr erklärte Eckhard: »Ich muss telefonieren. Packt schon mal zusammen.«

Er stand auf und ging zum Bauernhof. Bei seiner Rückkehr waren die Zelte abgebaut, und die Gepäckstücke lagen verladebereit auf dem plattgedrückten Gras. Eckhard stellte sich vor Hartmut und verschränkte die Arme. Hartmut betrachtete die Spitzen seiner Turnschuhe.

»So, du Hering. Dein Vater holt dich in zwei Stunden hier ab. Zu Hause kannst du über Kameradschaft und Saufen nachdenken.«

»Mensch, Eckhard«, stotterte Hartmut. »Ich hab doch gar –«

»Du hast noch einen langen Weg vor dir, mein Freund. Ein Mann steht zu dem, was er tut. Auch wenn er mal Scheiße baut.« Dann wandte er sich an die anderen, die die Szene teils neugierig, teils feixend beobachtet hatten.

»In einer Stunde legt die heutige Paddelgruppe ab. Ich warte hier mit dem Landkommando, bis Hartmut abgeholt wird. Dieter zieht zu Lars ins Zelt. Das dürfte euch beide ja wohl aushalten, was, Lars?«

Hartmut saß mit gesenktem Kopf auf seinem Rucksack, als der weiße Opel Rekord über die Wiese geholpert kam. Wilhelm Gallwitz stieg aus und marschierte stracks zu seinem Sohn.

»Papa, es tut –«

Eine schallende Ohrfeige unterbrach ihn.

»Du hirnverbrannter Volltrottel. Ich kann es schon wieder nicht fassen, dass ich dein Vater sein soll.«

Hartmut hatte sich im Auto hinter seinen Vater gesetzt, damit der ihn nicht fortwährend im Rückspiegel kontrollieren konnte. Der Zorn eines wehrlosen Sohnes trieb ihm das Wasser in die Augen. Er hasste seinen Vater aus tiefstem Herzen. ›Warum ist der nicht im Krieg geblieben, verschollen in irgendwelchen russischen Sümpfen oder von einer Mine in Fetzen gerissen? Oder wegen Feigheit vor dem Feind vom Standgericht erschossen. Oder im sibirischen Straflager an der Ruhr oder an Typhus krepiert. Ich werde es dir heimzahlen‹, schwor er sich. Tränen rannen ihm über die Backen. ›Ich werde mir jeden einzelnen Hieb merken bis in alle Ewigkeit. Und der Tag wird kommen, an dem du dafür bezahlen wirst. Du bist kein Vater, du bist ein Teufel. Fahr zur Hölle, Wilhelm Arschloch Gallwitz!‹

Hartmuts Nase lief. Er schniefte.

»Was treibst du dort hinten?«, wollte sein Vater wissen.

»Nichts.«

»Setz dich gefälligst in die andere Ecke, damit ich dich im Spiegel sehen kann.«

Hartmut putzte sich geräuschvoll die Nase. »Lass mich in Ruhe.«

Während draußen die Landschaft vorbeiflog, der Opel vor sich hin brummte und die Reifen rhythmisch über die Fugen des uralten Autobahnbelags hämmerten, fantasierte sich Hartmut eine Rachestrategie zusammen. Am Tag nach seiner Volljährigkeit würde er das sogenannte Vaterhaus für immer verlassen. Er würde sein eigenes Leben führen. Nicht einen Pfennig würde er von seinem Vater annehmen. Er würde sich seinen Unterhalt selbst verdienen. Sein Vater sollte sich weder von seiner Schuld freikaufen noch ihn mit Geld erpressen können. Nie mehr würde er nach Hause zurückkehren, auch nicht an Weihnachten. Nie würde er anrufen, zu keinem Geburtstag, zu keinem Feiertag. Nie würde er eine Karte aus dem Urlaub schreiben. Sollte der Alte krank werden oder ins Heim kommen, würde ihn das kaltlassen. Die Härte, die dieser Choleriker immer als oberste Männlichkeitstugend propagierte, würde auf ihn selbst zurückfallen. Eines Tages würde er, Hartmut, Anerkennung erfahren. Und ganz groß rauskommen. Und es allen zeigen.

Hartmut schloss die Augen, legte den Kopf gegen die Fensterscheibe und nickte erschöpft ein.

4

Silvester 2018

Jana Gallwitz war mit den Vorbereitungen für das Fondue fast fertig. Rinderlende, Schweinefilet und Putenbrust lagen in mundgerechten Würfeln auf der Cromarganplatte. Schüsseln mit Brokkoliröschen und Champignons standen auf der Anrichte. Sechs verschiedene Saucen hatte sie im Lauf des Vormittags zubereitet. Fertigprodukte wären ein Verstoß gegen ihre selbst definierten Ansprüche als passionierte Köchin gewesen. Sie bezweifelte nicht, dass sich alle wieder gleich auf ihren Knoblauchdip stürzen würden. Auch ihre Currysauce mit zerdrückter Banane und fein geriebenen Mandeln galt im Bekanntenkreis als meisterlich. Zum Garen der Zutaten verwendete sie Brühe.

»Ölfondue kommt nicht infrage«, hatte sie ihren Mann schon vor Jahren zurechtgewiesen. Das Haus stinke eine Woche lang wie eine Frittenbude, das Fett sei schwer verdaulich, »und außerdem will ich nicht, dass jemand nach ein paar Gläsern Wein gegen den Tisch rumpelt, den Topf umschmeißt und uns die Bude abfackelt.« Die Brühe hatte sie selbst gekocht: Rinderbeinscheiben, Suppengemüse und eine Gewürzmischung, die auch ihr Mann nicht kannte.

»Deckst du den Tisch?«, bat sie ihn und schnitt das frische Baguette in fingerdicke Scheiben. »Weißwein und Bier habe ich auf die Terrasse gestellt; im Kühlschrank ist kein Platz mehr.«

Hartmut Gallwitz holte die Fondueteller aus dem Wohnzimmerschrank.

»Wo sind die Gabeln?«

»In der Schublade rechts unten. Vergiss die Garkörbchen fürs Gemüse nicht.« Jana sah auf die Uhr. Zwanzig vor acht. »Die Schusters werden bald da sein«, sagte sie, stieg hinauf zum Schlafzimmer und zog sich um.

Wenig später klingelte es. Jana ließ Dieter und Sibylle ein, nahm ihnen die dicken Winterjacken ab und hängte sie an die Garderobe.

»Danke für die Einladung.« Sie umarmten einander, und Sibylle überreichte ihr einen Strauß aus roten Amaryllen, Mistelzweigen und Tannengrün.

»Das ist für den Hausherrn«, sagte Dieter. Hartmut war hinzugekommen und nahm die Geschenktasche mit aufgedrucktem Feuerwerksmotiv und einer Flasche Silvaner entgegen.

»Schön, dass es auch heuer wieder geklappt hat.« Sibylle stellte ihre Winterstiefel ins Schuhregal und schlüpfte in die bereitgestellten Filzpantoffeln mit dem aufgenähten S.

Gallwitz' und Schusters feierten Silvester seit vielen Jahren zusammen. Die Verbindung zwischen Hartmut und Dieter hatte – trotz mancher Gereiztheiten – die Jugendzeit überdauert, auch wenn sie beruflich unterschiedliche Wege gegangen waren.

Hartmut war nach dem Fachabitur an seinem achtzehnten Geburtstag ausgezogen und hatte sich freiwillig zur Bundeswehr gemeldet. Mit seinen Ersparnissen und der Übergangsbeihilfe hatte er sich anschließend an der Akademie eines renommierten Unternehmens zum Programmierer ausbilden lassen. Nach einigen Jahren bei einem Maschinenbauer machte er sich selbstständig.

Dieter war in den mittelständischen Betrieb für Holz- und Kunststoffverarbeitung seines Vaters eingestiegen. Inzwischen führte er die

Firma, deren Hauptprodukt Sitzschalen für Büro- und Konferenzstühle waren.

Sibylle und Jana machten aus dem Zweier- ein Vierergespann. Die beiden Frauen hatten sich auf Anhieb verstanden. Sibylle war äußerlich der Gegenentwurf zu Jana, blond und groß, mit breiten Hüften und üppiger Oberweite. Gemeinsam unternahmen die Ehepaare Kajakfahrten, Skitouren und Bergwanderungen. Als Tobias, der erste Sohn der Schusters, zur Welt kam, wurde Hartmut sein Patenonkel. Miriam, das zweite Schuster-Kind, hatte sich bei ihrem ersten Liebeskummer an Janas Schulter ausgeweint. Und Nico, der letzte Sprössling, hatte als Dreikäsehoch seinen Eltern stets gedroht, er ziehe jetzt zu »Onkel Muthard und Tante Jaja«, wenn etwas nicht nach seinem Kopf ging. Inzwischen waren alle Kinder aus dem Haus.

»Campari Orange oder einen Hugo zur Begrüßung?«, fragte Jana.

»Holundersirup aus eigener Produktion?«

»Hier gewachsen, handgepflückt und selbst zubereitet.«

»Dann den Hugo, bitte«, entschied Sibylle.

»Wer fährt heimwärts?«, wollte Dieter wissen.

»Ich habe dich herchauffiert, also bist du für die Rückfahrt dran.«

»Aha. Habt ihr alkoholfreies Bier im Haus?«

»Komm mit raus. Da kannst du dir was aus dem Sortiment aussuchen. Und ich zeig dir gleich, was ich für Mitternacht vorbereitet habe«, sagte Hartmut.

Seine Frau verdrehte die Augen. »Er hat vergessen, dass Tobi, Miriam und Nico nicht mehr mitfeiern und wir folglich keinen Kinderzirkus brauchen«, sagte Jana. »Einen ganzen Kofferraum voll Knallkörper hat er heute Morgen hergekarrt.«

»Das neue Jahr muss angemessen begrüßt werden«, rechtfertigte sich Hartmut.

»Mit dem Ergebnis, dass alles vernebelt ist, der Dreck überall auf der Straße liegt und Grumpolds Flocky sich tagelang vor Angst nicht mehr vor die Tür traut«, entgegnete Jana humorlos.

»Gehörst du neuerdings auch zum Club der Spaßbremsen?« Die Tonart, in der die Gastgeber miteinander verkehrten, ließ erkennen, dass der Haussegen bei Gallwitz' schon länger schiefhing. »Die grünen Ökofaschisten aus dem Rathaus haben bereits jegliches Feuerwerk in der Altstadt verboten. Aber das reicht denen nicht. Am liebsten würden sie diese schöne deutsche Tradition ganz abschaffen. Aber zu deiner Beruhigung: Für dich und Sibylle habe ich ein Päckchen Wunderkerzen mitgebracht. Dieter und ich kümmern uns um die echten Knaller.«

Die beiden Männer gingen hinüber zum Schuppen. Das Sandsteinhaus war nicht unterkellert, sondern hatte einen angebauten Erdkeller. »Die Altvorderen wussten, wie man's macht«, pflegte Hartmut zu sagen, wenn er mehr oder weniger Interessierten die geologischen Gegebenheiten des Ortes erklärte. »Der Grundwasserspiegel liegt hier bei eins zwanzig. Da schwappt dir die Brühe regelmäßig ins Untergeschoss. Wie bei den neuen Doppelhäusern da drüben.« Gallwitz' hatten den ehemaligen Schweinestall an der Westseite des Grundstücks renoviert und ausgebaut. Das Nebengebäude bot nicht nur Platz für Gartengerätschaften, sondern diente auch als Werkstatt. Auf einem Gartentisch hatte Hartmut seine Einkäufe vom Vormittag ausgebreitet.

»Sakra!« Dieter begutachtete das Sortiment. *Remmidemmi*, eine Feuerwerksbatterie mit sechsundzwanzig Schuss. *Madhouse*, ein Verbundfeuerwerk, das einhundert Sekunden lang Blitz und Donner versprach. Drei Pakete Kanonenschläge *Deto-Nation blue*. Dazu noch ein siebenundvierzigteiliges Familienraketensortiment mit dem verheißungsvollen Namen *Bombenstimmung*.

»Weißt du noch, wie wir früher unsere Kracher selber gebastelt haben?«, fragte Dieter. Auf dem Schießplatz der Amerikaner hatten sie leere Patronenhülsen gesammelt und sich aus Salpeter, Holzkohle und den Schwefelstreifen aus Mutters Kloßküche ein Pulver zusammengemischt. Sie stopften es in die Hülsen und entzündeten es über eine Wachsschnur. Besonders effektvoll – und auch besonders gefährlich – war es, wenn sie einen leeren Marmeladeneimer darüberstülpten. Man musste sehr schnell in Deckung gehen, weil der Eimer mit einem Riesenknall meterweit durch die Luft flog. »Mann, das hätte ganz schön ins Auge gehen können«, fasste Dieter den jugendlichen Leichtsinn zusammen.

»Wir waren halt noch richtige Kerle«, ergänzte Hartmut mit verklärtem Stolz. »Wir haben uns was getraut. Nicht wie diese verweichlichten Bubis von heute, die im Kindergarten mit Puppen spielen müssen, damit ihnen von klein auf das politisch korrekte Rollenverständnis eingetrichtert wird.«

»Nicht zu vergessen unsere Mutproben«, bemerkte Dieter. Eine Anspielung, die Hartmut überhörte.

Sibylle war Jana in die Küche gefolgt.

»Sind die Grumpolds heuer gar nicht mit von der Partie?«, fragte sie und deutete auf den für vier Personen gedeckten Esstisch. Auch das Nachbarsehepaar war regelmäßig an Silvester zu Gast gewesen.

»Die haben abgesagt.«

»Sind sie in Urlaub gefahren?«

»Nein. Wohl eher, um Konflikte zu vermeiden.«

Sibylle zog fragend die Augenbrauen hoch.

»Veit und Hartmut hatten sich in letzter Zeit öfter in der Wolle.«

»Was? Die beiden? Die haben sich doch immer bestens verstanden und stundenlang über die Bundeswehr schwadroniert.«

»Womit sie uns heftig auf die Nerven gegangen sind«, mokierte sich Jana. »Kürzlich sind sich Veit und Hartmut richtig in die Haare geraten.«

»Über Politik?«

»Genau.«

»Veit kommt aus der Sozi-Ecke, richtig?«, fragte Sibylle.

»Richtig.«

»Und Hartmut hat einen zunehmenden Rechtsdrall?«

»Leider«, seufzte Jana. Es sei um die Auslandseinsätze der Bundeswehr gegangen. Hartmut habe sich darüber aufgeregt, dass die Regierung die Mandate verlängert hatte. Veit habe die Einsätze als Präventivmaßnahmen gegen Terrorismus und zur Bekämpfung von Fluchtursachen verteidigt. Hartmut habe sie als grundgesetzwidrig bezeichnet. Deutsches Geld werde »verprasst«, und deutsche Soldaten würden »verheizt«.

»Wo sind die überhaupt eingesetzt? Ich muss gestehen, ich verfolge das nicht so genau.«

»Zum Beispiel in Afghanistan und Afrika. Im Kosovo sind auch noch welche.«

»Kämpfen die da?«

»Nicht wirklich. Sie sollen in diesen Ländern für Recht und Ordnung sorgen und einheimische Sicherheitskräfte ausbilden.«

Jana warf Eiswürfel in den Standmixer und füllte das Crushed Ice in die Gläser. Darüber goss sie Holundersirup und etwas Limettensaft.

»Veit hat Hartmut argumentativ ziemlich in die Enge getrieben«, erzählte sie. Ob er denn wirklich glaube, dass sich moderne Sicherheitspolitik geografisch eingrenzen ließe, habe er ihn gefragt. Es sei schließlich in unserem Interesse, wenn in Krisenländern für die Durchsetzung des Rechts gesorgt werde. Wenn einheimische Polizeikräfte geschult würden und die Bevölkerung dort ein Leben in einigermaßen geordneten Verhältnissen führen könne.

»Das geht uns nichts an«, habe Hartmut dagegengehalten. Es koste den deutschen Steuerzahler Unsummen. »Das geht uns sehr wohl was an«, habe Veit ihm widersprochen und ihn gefragt, ob er schon mal etwas von Fluchtursachen gehört habe. Oder von internationalem Terrorismus. Außerdem habe das Bundesverfassungsgericht schon 1994 geurteilt, dass solche Einsätze durch das Grundgesetz gedeckt seien.

»Das heißt, er hat versucht, Hartmut mit Fakten zu überzeugen? Komm, ich schneide die Deko-Limetten.«

Sibylle nahm das Gemüsemesser aus dem Messerblock. Jana holte eine Flasche Prosecco aus dem Kühlschrank, löste die Bügelagraffe und drehte den Korken vorsichtig über dem Spülbecken heraus.

»Veits Argumente haben die Auseinandersetzung erst so richtig angeheizt. Hartmut behauptete, die Sozis seien ›lupenreine Wendehälse‹. Erst würden sie friedensbewegt zu Ostern gegen eine effiziente Bewaffnung Deutschlands marschieren und jetzt am liebsten jedem deutschen Soldaten einen blauen Helm aufsetzen. Das Wohl unseres Volkes sei denen schon immer völlig egal gewesen.«

»Ein Seitenhieb auf Veit persönlich.«

»Der hat nur noch gesagt: ›Diskutieren mit dir ist zwecklos. Drisch weiter deine Phrasen, aber lass mich damit in Ruhe.‹ Die Unterhaltung hat damit geendet, dass Hartmut den Veit als ›Antifanten‹ beschimpft hat.«

Jana füllte gerade die Gläser mit Soda auf und zupfte Minzblätter in die Cocktails, als Dieter und Hartmut ins Esszimmer zurückkamen. Der eine mit einer Flasche Jever Fun, der andere mit einem Wernesgrüner Pils.

»Dann sind ja alle versorgt. Auf einen schönen Silvesterabend. Prost, Freunde, auf unser Wohl!«

Wenig später garten die ersten Fleischstücke im Fonduetopf.

»Was ist denn in der rosa Sauce?« Dieter deutete auf eines der Schüsselchen.

»Sahnemeerrettich mit Preiselbeeren.«

»Mmh. Her damit.« Dieter kleckste sich einen vollen Löffel auf den Teller.

»Waren die Kinder über Weihnachten bei euch?«, wollte Jana wissen.

»Alle drei. Plus Tobis Freundin Hülya. Ein richtig volles Haus hatten wir.«

»Sag nicht, er hat noch immer diese Türkin.« Hartmut sah seinen Freund schräg von der Seite an und verzog missbilligend den Mund.

»Doch. Scheint was Ernstes zu sein«, erwiderte Dieter. »Sie ist mit ihm nach Aachen gegangen, als er seinen Job angetreten hat, und macht an der TH dort ihren Master in Ökotoxikologie. Die beiden wohnen zusammen.«

»Dann habt ihr sozusagen ein ›Multikulti-Jahresendfest‹ gefeiert.« Hartmut rümpfte die Nase. »Sehr schön. Und ganz im Zug der Zeit. Weihnachtsmärkte heißen seit Neuestem ›Wintermärkte‹, der Christbaum ›Lichterbaum‹, und der Weihnachtsengel wird zur ›geflügelten Jahresendfigur‹.«

Jana stand auf und holte sich eine Fernbedienung vom Wohnzimmertisch. »Wir haben dieses Jahr sogar zwei ›Lichterbäume‹. Einen drinnen und einen draußen.« Sie drückte auf die Tasten, und die LED-Kerzen auf der raumhohen Nordmanntanne im Wohnbereich leuchteten auf. Vor der Terrassentüre blinkten die Lämpchen der Kette, die im Kirschbaum hing.

»Fast wie bei den Amis«, lachte Sibylle.

»Ein bisschen Kitsch muss sein«, sang Jana.

»Die Murksel sorgt schon dafür, dass sich unsere Traditionen denen der Migranten und sogenannten ausländischen Fachkräfte anpassen«, fuhr Hartmut starrsinnig fort. »In ihrer alten Heimat im Osten hat man den Nikolaus und das Christkind ja auch durch Väterchen Frost ersetzt. Und Tobi findet Kopftuchmädchen sexy?«

»Hartmut, hol uns doch mal eine Flasche Wein aus der Speisekammer. Ich hätte gern ein Glas Trollinger, und Sibylle sicher auch«, versuchte Jana ihren Gatten abzulenken.

»Was ist denn mit dem los?«, fragte Dieter, nachdem der Hausherr den Raum verlassen hatte.

»Neuerdings schießt er sich auf den Islam ein. Die Religion ist für ihn eine ›aggressive Ideologie‹. Der Koran rufe zu Krieg, Gewalt gegen Frauen, religiöser Diskriminierung und Volksverhetzung auf«, erklärte Jana.

»Da sollte er mal im *Alten Testament* das *Buch Ezechiel* lesen«, warf Dieter ein.

»Muslime stehen bei ihm unter dem Generalverdacht, Kriminelle oder Terroristen zu sein. Die Axtattacke im Zug bei Würzburg, das Drahtseil über dem Gleis der ICE-Strecke bei Allersberg und natürlich das Weihnachtsmarktattentat in Berlin sind Wasser auf seine Mühlen. ›Alles Verbrecher, kommen als Flüchtlinge getarnt, vergewaltigen und morden. Alle raus, und zwar sofort!‹, sagt er.«

Hartmut kam mit zwei Flaschen zurück. Den Damen schenkte er Rotwein ein. Für sich hatte er eine Tonflasche mit Schnappverschluss mitgebracht. *Original Wikinger Met* verhieß das Etikett mit Lettern in Celtic Garamond. Das angebrochene Pils hatte er offenbar vergessen. Aus dem Wohnzimmerschrank holte er einen Metallständer und ein Gefäß, das aussah wie ein Kuhhorn.

»Met. Das Getränk der Götter. In diesen Zeiten müssen wir uns auf unsere altgermanischen Bräuche und Traditionen besinnen.«

»Die Wikinger hatten schon Schnappverschlüsse?« Dieter machte große Augen, tat überrascht und wollte witzig sein.

»Blödmann!« Hartmut Gallwitz schien sich jenem Punkt zu nähern, an dem der Alkohol im Gehirn Humorschwingungen als Aggression weiterleitet.

Er füllte das Gehörn und nahm einen kräftigen Schluck. »Probier mal.« Er hielt es Dieter hin.

Der winkte ab. »Ich muss fahren.«

Auch Sibylle verzichtete dankend. »Zu viel durcheinander.«

»Deine Saucen schmecken wieder fantastisch. Schade, dass ich schon satt bin«, lobte sie und legte ihr Besteck beiseite. »Übrigens, wir gehen Mitte März wieder auf die Skihütte im Gasteinertal. Habt ihr nicht Lust, mitzukommen?«

»Im März geht leider nichts bei mir. Da zieht meine Agency nach Amsterdam. Alle haben Urlaubssperre«, sagte Jana.

»Was? Ihr zieht aus London weg?«, fragte Dieter.

»Eine Konsequenz aus dem verdammten Brexit. Weil die Briten aus der Union aussteigen, müssen EU-Agenturen aus Großbritannien in ein anderes Mitgliedsland verlegt werden. Die Europäische Bankenaufsichtsbehörde trifft's auch.«

»Na, das kostet eine Stange Geld. Und alle Mitarbeiter müssen umziehen. Mit Kind und Kegel«, spekulierte Sibylle.

»Amsterdam ist für mich ganz gut machbar. Es hätte auch Athen, Bukarest, Sofia oder Zagreb werden können. Die haben sich alle als Standort beworben.«

»Da hast du noch mal Glück gehabt.«

»Für die Beschäftigten ist das nicht angenehm. Aber viel schlimmer wird es für die Verbraucher. Für Arzneimittel, die bislang eine zentrale Zulassung hatten, müssen die Hersteller jetzt eigene Regulierungsprozesse im UK durchlaufen«, erklärte Jana. »Da kann es eng werden mit der Versorgung.«

»Mit so was haben die Brexit-Knallköpfe sicher nicht gerechnet.«

»Von wegen Knallköpfe!« Hartmut zeigte sich empört über Dieters Bemerkung. »Die machen das einzig Richtige! Raus aus der Eurokratendiktatur! Das muss Deutschland auch schnellstmöglich tun! Der Bundestag ist zu einem Abnick-Parlament verkommen!«

»Jetzt hör doch mal auf, dauernd auf den Tisch zu hauen«, versuchte Jana ihn in seinem Furor zu bremsen. »Der Tisch kann doch nichts dafür, dass deine Welt untergeht.«

Hartmut warf ihr einen giftigen Blick zu. »Ach, halt doch du deine Klappe!«, fuhr er ihr über den Mund und wütete weiter. »Die Mutti und ihr Freund Macron schmeißen unsere Steuergelder für Projekte raus, die dem deutschen Volk nichts nützen. Deutschland braucht seine Souveränität zurück! Und als Allererstes gehört der Euro abgeschafft! Unsere Alimentierung der Südländer muss aufhören!«

»Du glaubst doch nicht wirklich, dass es Deutschland nach einem EU-Austritt und der Rückkehr zur D-Mark besser ginge«, versuchte es Dieter erneut. »Was denkst du, welche Rolle unser Land in der Weltwirtschaft spielen würde? Bei Playern wie USA, Russland, China und Indien. Und welche globalen Unternehmen investieren noch in einem braunen Deutschland, das antiglobalistisch und EU-feindlich ist, hm?«

Hartmut schenkte sich nach und blieb stur. »Der Euro ist ein Währungsexperiment, bei dem der Deutsche draufzahlt.«

»Da sagen Studien aber was anderes. Und meine eigenen Erfahrungen auch. Die Exporte meiner Sitzschalen in andere EU-Staaten sind seit 2002 um vierzig Prozent gestiegen. Keine Zollformalitäten, weniger Transaktionskosten, keine Wechselkursschwankungen«, argumentierte Dieter.

»Und weder Geldumtausch noch Staus am Grenzübergang, wenn wir nach Österreich oder Italien fahren«, ergänzte Sibylle.

»Du willst also die Schulden der Griechen, Portugiesen, Spanier und Italiener zahlen, während die am Strand liegen und Rotwein saufen? Ich nicht!« Die Zornesader auf Hartmuts Stirn pochte. *»Diese EU muss sterben, damit das wahre Europa leben kann!«*, deklamierte er.

»Jetzt denk doch mal vernünftig, Mann.« Dieter bemühte sich um einen beschwichtigenden Ton. »Eine Rückkehr zur D-Mark dauert

Jahre. Und die Folgen für die Wirtschaft sind unabsehbar. Exporte brechen ein, weil deutsche Produkte viel zu teuer werden. Was das für den Arbeitsmarkt bedeutet, brauche ich dir ja wohl nicht zu erklären. Du warst doch selbst Unternehmer.«

Jana sah nach dem Rechaud.

»Ausgegangen. Soll ich Brennpaste nachfüllen?«

»Nein, ich glaube, wir haben genug. Komm, ich helf dir abräumen«, bot Sibylle an und begann die Teller zusammenzustellen.

»Wenn der nur endlich mit seinen Tiraden aufhören würde«, schimpfte Jana, während sie in der Küche die Saucenschälchen mit Frischhaltefolie abdeckte und in den Kühlschrank stellte.

»Dein Hartmut ist schon ziemlich neben der Spur. Ich dachte, in dem Alter hätten die Männer die Midlife-Crisis hinter sich.«

»Ich fürchte, der ist in der Endlife-Crisis. Sieht sich als alleinigen Weltenversteher. Alles rundherum ist bedrohlich und böse. Wenn er so weitermacht, kriegt er nen Herzkasper.«

»Vielleicht packt er es nicht, dass er seinen Job schon an den Nagel gehängt hat und du noch arbeitest?«

»Das haben wir doch seit einer Ewigkeit so vereinbart, und in einem Jahr höre ich ja auch auf.«

»Dann wird er sich schon wieder einkriegen. Komm, wir machen jetzt ein Selfie von uns vieren vor eurem Weihnachtskirschbaum und schicken den Kindern einen Silvestergruß«, schlug Sibylle vor.

»Machen wir«, sagte Jana und stellte die Außenlichterkette auf Dauerbeleuchtung um.

Draußen hörte man die ersten Böller krachen.

»Dieter, du nach hinten. Du musst noch etwas nach rechts, Hartmut. Ja, jetzt alle schön lächeln.« Sibylle schoss eine Reihe von Bildern.

Zurück im warmen Esszimmer, wischte sie durch die Galerie auf ihrem Smartphone.

»Oje, furchtbar. Auf dem hier gehe ich nicht gerade als Influencerin für Anti-Faltencreme durch. Auf dem hast du die Augen zu, Jana. Und auf dem schaut Hartmut aus wie Ulbricht selig.« Die Mehrzahl der Aufnahmen landete im virtuellen Papierkorb.

»Aber das da ist nett.« Das Foto zeigte die vier lachend, Hartmuts Methorn gemeinsam in die Höhe haltend. »Alle einverstanden?«

»Schick's los.«

Sibylle wählte die Familiengruppe aus, tippte die Neujahrswünsche ein und drückte auf die Sendetaste.

»Noch ein Glas Trollinger?«, fragte Hartmut und schenkte sich selbst Met nach.

»Bist du sicher, dass dein Kopf morgen noch durch die Tür passt?« Jana gab die besorgte Ehefrau. »Für mich erst mal Wasser.«

»Für mich auch.«

Sibylles Smartphone pingte.

»Miriam. Sie wünscht uns einen guten Rutsch.«

»Wo feiert sie denn?«, wollte Jana wissen.

»Die ist mit einer Gruppe von Kommilitonen auf einem Schiff in der Nordsee.«

»Oho! Wir hatten als Studenten nicht das Geld für eine Kreuzfahrt«, stellte Hartmut ungefragt klar.

»Du hast studiert?« Jana hatte offenbar den ihr von Hartmut hingeworfenen Fehdehandschuh aufgenommen. Zwar lagen ihr Streitereien und lautstarke Auseinandersetzungen nicht, und Gleiches mit Gleichem zu vergelten fand sie eigentlich primitiv. Aber indem ihr Mann sie vor Freunden desavouierte, hatte er eine rote Linie überschritten. »Davon hatte ich ja keine Ahnung.«

»Das ist nicht das Einzige, wovon du keine Ahnung hast!« Hartmuts Artikulation wurde zusehends feuchter.

»Sie ist dort keineswegs zum Vergnügen«, korrigierte Dieter nicht ohne Stolz. Seine Tochter mache an der Uni Kiel bei einem

Forschungsprojekt zur Offshore-Energiegewinnung mit. Soweit er verstanden habe, untersuchten sie einerseits, welche Windparkgröße und welche Anordnung der Windräder die beste Stromausbeute liefern. Andererseits forschten sie an den Auswirkungen solcher Anlagen auf die Umwelt, wie zum Beispiel durch Veränderungen des Meeresbodens aufgrund von Fundamenten und Kabeltrassen, aber auch über Einflüsse auf Meerestiere und Vogelschwärme. Miriam entwerfe in ihrer Masterarbeit Modelle zur Chancen-Risiko-Bewertung.

»Ach, du grüne Scheiße. Windanlagen!« Hartmut schlug erneut mit der flachen Hand auf den Tisch. »Erst verspargeln sie damit die Landschaft, und jetzt verschandeln sie uns auch noch den Meerblick und schreddern die Zugvögel.« Er verdrehte die glasigen Augen und griff fahrig zum Methorn.

»Sie hat doch einen Bachelor in Physik, oder?«, fragte Jana.

»Ja. Ihre Fachrichtung ist ein Spezialgebiet und heißt Wind Engineering. Der Professor meint, in Zukunft gebe es einen immensen Bedarf an Spezialisten für –«

»Wind Engineering! Ein Master in heißer Luft!«, fuhr Hartmut dazwischen. »Ist sie jetzt Anhängerin dieser autistischen schwedischen Klima-Hysterikerin? Und schwänzt jeden Freitag die Vorlesungen?«

»Hartmut!« Jana sah ihren Gatten streng an.

»Eine Physikerin glaubt an das Märchen vom Klimawandel. Ich fass es nicht!«, ereiferte er sich weiter. »Wetter hat es schon immer gegeben! Und Sonne und Wind sind nicht planbar. Nur Dummköpfe und Volksschädlinge kommen auf die Idee, unsere Energieversorgung davon abhängig zu machen. Was ist denn, wenn es am ersten Weihnachtsfeiertag trüb ist, kein Wind weht und ihr eure Gans braten wollt? Blackout, sage ich euch. Blackout! Kohle und Kernkraft schaffen die ab. Unsere Wirtschaft und unser Wohlstand gehen zum Teufel wegen solcher Traumtänzer wie Miriam!«

»Hartmut, jetzt reicht's langsam.« Sibylle rang um Fassung. »Hör auf, unsere Tochter zu beleidigen.«

»Beleidigen? Soll ich auch noch Beifall klatschen zu dem Irrwitz? Irgendwas ist in eurer Erziehung schiefgelaufen!« Hartmuts Gesicht war inzwischen dunkelrot. In den Mundwinkeln sammelte sich Speichel an. »Ausgerechnet mein Patenkind treibt's mit Muselweibern, und Miriam spielt die Ökotussi. Fehlt bloß noch, dass Nico mit nem Neger rummacht. Alle Errungenschaften der bunten Gesellschaft in einer Familie vereint. Halleluja!«

»Und wenn's so wäre«, polterte Dieter. »Halt *du* bloß den Mund, du Totalausfall. Selber kein Kind zustande bringen, aber andere beschimpfen.«

»Pah! Grandioser Schuss in den Ofen, Herr Schuster! An mir lag's nämlich keineswegs. Aber meine sogenannte Frau hat ja unbedingt bei dem Pharmagroßversuch ›Pille‹ mitmachen müssen.«

Janas Miene gefror. Einen Moment lang herrschte Schweigen. Dann stand Dieter auf.

»Das war's dann, Hartmut. Du hast sie nicht mehr alle. Gute Besserung, Herr Gallwitz. Komm, Sibylle, wir fahren heim.«

Dieter ging zur Garderobe, um die Jacken zu holen. Sibylle rutschte von der Eckbank und griff nach ihrer Handtasche.

»Tut mir leid, aber –«, wandte sie sich an Jana, die ebenfalls aufgestanden war. Sie strich ihr kurz über den Arm.

Während Schusters sich anzogen, blieb Hartmut sitzen und starrte vor sich hin. Jana ging mit den Gästen zur Haustür. »Ich kann euch gar nicht sagen –«

»Schon gut, Jana. Ist ja nicht deine Schuld. Nur schade, dass es jetzt auch dich trifft. Du bist uns jederzeit willkommen. Vielleicht kommt Hartmut zur Vernunft, wenn er merkt, dass er sich mit seinem Verhalten ins Abseits manövriert«, sagte Dieter und umarmte sie.

»Wenn was ist, melde dich«, fügte Sibylle hinzu.

»Danke. Kommt gut nach Hause. Trotzdem ein gesundes neues Jahr!«

Jana schloss die Tür ab und atmete tief durch. Sie ging zurück ins Esszimmer. »Bist du jetzt völlig durchgeknallt?«, fuhr sie ihren Mann an und griff nach der Metflasche, mit der Hartmut gerade das Horn erneut füllen wollte.

»Den Knall habt eher ihr. Alle plötzlich linksgrün versifft.«

»Mit dir kann kein Mensch mehr eine normale Unterhaltung führen. Sofort landet jedes Gespräch bei der Politik, bei deinem Regierungsbashing und euren braunen Thesen. Das hält nicht einmal dein bester Freund aus Kindertagen aus!«

Auf dem Weg zur Toilette benötigte Hartmut die volle Breite des Korridors. Jana ging in die Küche und schüttete die für Mitternacht vorbereitete indische Hühnersuppe in den Ausguss.

»Fort damit!« Der Schöpflöffel landete klirrend in der Spüle.

Die Klospülung rauschte. Dann fiel die Terrassentür zu.

Jana stieg die Treppe hinauf, ging ins Gästezimmer und schloss sich ein. Die Bettwäsche roch nach Sommerfrische. Ohne sich auszuziehen, kuschelte sie sich in die Zudecke.

Wie konnte das alles nur passieren?
Was war geschehen?
Wann hatte es angefangen?

Hartmut und sie hatten sich auf einem Software-Engineering-Kongress in Garmisch-Partenkirchen kennengelernt. Sie hatte sich ihr studentisches Budget als Rezeptionistin aufgebessert. Er war da gerade Chefprogrammierer in einem mittelständischen Unternehmen geworden. Abends an der Bar kamen sie ins Gespräch und stellten fest, dass der Dialekt nicht ihre einzige Gemeinsamkeit war.

Hartmut zeigte sich als unterhaltsamer, aufgeschlossener junger Mann. Ohne erkennbare Hintergedanken lud er sie zu einem Mai Tai ein, half ihr auf den Barhocker und hielt ihr beim Hinausgehen die Tür auf. Am Abreisetag wanderten sie noch spontan die Partnachklamm hinauf. Auf der Hütte überredete er sie zu einem wunderbaren Kaiserschmarrn. Hatte sie sich bereits da in ihn verliebt?

Von draußen wummerte plötzlich Musik ins Zimmer. Party bei den Grumpolds? Oder im *Brandenburger Adler* auf der anderen Straßenseite? Jana Gallwitz zog sich die Decke bis über beide Ohren. Immer neue Erinnerungsfetzen tauchten in ihrem Kopf auf.

Sie im langen weißen Kleid, Hartmut im schwarzen Doppelreiher, wie sie durch das Spalier aus Paddeln schreiten, das die Kanuten vor der Kirche gebildet haben.

Ihr Mann mit dem sechsjährigen Tobi im Garten der Schusters, wie sie einen ausbruchssicheren Stall für Klopfer, das Kaninchen, bauen. Ein Stapel Bretter, eine Rolle Maschendraht, Dachpappe, Säge, Hammer, Nägel. »Respekt, Männer!«, hatte Sibylle gestaunt, während sie mit dickem Bauch im Gartenstuhl auf der Terrasse saß. »Das ist ja ein richtiges kleines Haus geworden.«

Sie beide als Aktivisten in der kirchlichen Flüchtlingshilfe. Anfang der Neunzigerjahre hatten sie Flüchtlinge aus den Balkankriegen betreut; Kroaten und Bosnier, die den Gräueln und Bombardierungen entkommen waren und es nach Deutschland geschafft hatten. Für die Familien hatten sie mit den Behörden verhandelt und ihnen Kleidung, Unterkünfte und Sprachunterricht besorgt.

Aufmerksam, liebevoll und mitfühlend. So hatte sie Hartmut damals erlebt.

Aber dann war da dieser Morgen 2015 in Val d'Isère. Traditionell fuhren sie im Februar zu mehreren zum Skifahren dorthin und quartierten sich im *Savoyarde* ein. Sie waren in der Dunkelheit aufgebrochen, um schon am Nachmittag auf der Piste zu sein. Alle waren geübte Fahrer, die sich im Winter mit Skigymnastik fit hielten. Am Abend hatte sich die Gruppe bei Fondue, Raclette und Spezialitäten der französischen Küche im Restaurant getroffen – aufgedreht vom Sport in der kalten Luft auf eintausendachthundert Metern vor der grandiosen Alpenkulisse. Die Wangen glühten, auch vom Wein, und die Stimmung war ausgelassen.

»Was machen wir morgen an deinem Geburtstag, Jana?«, hatte Dieter gefragt.

»Wir suchen uns im Espace Killy eine Piste, wo wir gemütlich anfangen und mit einem Einkehrschwung abschließen können«, hatte sie vorgeschlagen.

»Und am Abend lädt sie uns in die Bar ein«, bestimmte Hartmut.

Der nächste Morgen. Ein brummiges »Moing« vom Nebenmann. Er stellt sich vors Fenster, gähnt ausgiebig und kratzt sich am Bauch. Klirren, plätschern und gurgeln aus dem Bad. Er zieht sich an. »Ich geh schon mal runter zum Frühstück.« Die Tür fällt ins Schloss. Sie kommt zwanzig Minuten später. Er sitzt am Tisch, schmiert sich Marmelade auf ein Baguette und trinkt Kaffee. »Moing«, sagt er wieder, mit vollem Mund. Sie setzt sich und gießt sich Kaffee ein. »Was guckst du so?«, fragt er.

Ihr Handy meldet sich. »Hallo, Mama! – Ja, danke. – Nein, wir gehen gleich auf die Piste und feiern abends.«

Er glotzt begriffsstutzig. »Ach so, ja. Tschuldigung. Du hast ja heute Geburtstag. Hab ich doch glatt vergessen. So was Blödes aber auch.«

Der hohle Klang dieser mehr als lahmen Entschuldigung reihte sich nahtlos bei den Impulsen ein, die Janas Gefühlsradar schon seit Monaten aufnahm. Sie zu einem schlüssigen Bild zusammenzufügen hatte sich ihr Verstand bislang geweigert. Jetzt führte kein Weg mehr an der Erkenntnis vorbei: Ihr Mann hatte sich längst aus der Beziehung mit ihr verabschiedet. Er hatte sich umorientiert. Sie war ihm lästig geworden. Was ihn noch in ihrer Nähe hielt, waren seine Feigheit und das Geld, das sie aufs gemeinsame Konto einzahlte. Eine bipolare Spannung, die sich bei Hartmut in einem latenten Dauergrant entlud.

Die Rockmusik draußen war jetzt laut genug, dass Jana Textstücke verstehen konnte. Von »blutigen Küssen« wurde gegrölt und von »bitteren Pillen«, was sich auf »drei Promille« in der nächsten Zeile reimen sollte. Anschließend diagnostizierte der Sänger mit rauchiger Stimme, er sei Teil der Lösung und zugleich sein größtes Problem.

Das war nicht die Art von Musik, die Veit und Henriette hörten. Eher das, was Hartmut in letzter Zeit ins Haus gebracht hatte. Janas Geschmack traf es auch nicht. Sie versuchte die Geräuschkulisse auszublenden. Dachte an die Zeit, in der sie diese vermüllte Sandsteinruine in ein gemütliches Zuhause verwandelt hatten. Mehr als drei Monate lang waren das Aborthäuschen im Hof und die Gartenwasserleitung ihr einziger Komfort gewesen. Aber Schritt für Schritt und großenteils in Eigenleistung hatten sie das einstige Abrissobjekt in ein Schmuckstück verwandelt. Glücklich und zufrieden waren sie gewesen. Voller gemeinsamer Pläne und Ziele.

Die Reihe von Absonderlichkeiten setzte sich fort. Bei Jana verfestigte sich der Eindruck, ihr Mann sei nicht mehr derselbe.

Eines Abends fand sie ihn nackt und bewusstlos neben der Badewanne liegend. Sie rief den Notarzt, der Hartmuts Kreislauf stabilisierte, aber darauf bestand, ihn zur genaueren Abklärung ins Krankenhaus mitzunehmen. In Anwesenheit von Arzt und Sanitätern begann Gallwitz seine Frau zu beschimpfen, was ihr einfalle, wegen einer solchen Lappalie die Rettung zu holen. Auf gar keinen Fall werde er sich in die Klinik transportieren lassen, »bloß weil du wieder mal die Dramaqueen spielen musstest«.

Monate später landete er dann doch dort. Er war nachmittags mit dem Rad zur Südstadt-Kirchweih gefahren. Offenbar hatte er mehr getrunken, als sein Gleichgewichtssinn vertragen konnte. Statt sich auf den Heimweg nach Osten zu begeben, war er Richtung Südwestpark aufgebrochen, hatte – ohne Helm – ein Verkehrsschild gerammt, sich eine blutige Nase und eine Gehirnerschütterung eingehandelt. Jana wurde vom Südklinikum verständigt und holte ihn am Morgen ab. »Was hast du denn in dieser Gegend gesucht?«, hatte sie gefragt. Er habe auf der Kirchweih eine Frau kennengelernt. Die habe er noch besuchen wollen. »Ja, da schau an!«, hatte Jana höhnisch kommentiert. »Mein Mann, der Damenbesucher.« Zwar verkatert, doch kein bisschen zerknirscht hatte Hartmut erklärt, er und »Annalena« hätten verabredet, dass er ihr »bei der Verwirklichung ihres Kinderwunsches helfen würde«.

Und dann noch die Szene beim Check-in im Flughafen von Barcelona. Jana hatte sich im Datum geirrt. Sie waren einen Tag zu früh gekommen. Mit einem Upgrade hätten sie trotzdem noch einen Platz im Linienflieger nach Deutschland kriegen können, doch Hartmut hatte sich die Gelegenheit zu einem lautstarken Auftritt nicht entgehen lassen. Er hatte seinen Koffer auf den Boden geknallt, seine Frau vor dem Schalterpersonal und den wartenden Passagieren heruntergeputzt und geschrien, dass sie mit ihrer Dusseligkeit und Besserwisserei »schon wieder« das gemeinsame Geld zum Fenster hinauswerfe. Aus infantilem Trotz verweigerte er, sich von ihr das Linien-Upgrade spendieren zu lassen. Er werde sich auf ihre Kosten im Flughafenhotel einquartieren und erst am nächsten Tag fliegen, wie gebucht. »Guten Flug!«, hatte sie ihm gewünscht, ihren Aufpreis bezahlt und war allein an Bord gegangen.

Wollte er sie mit seinem Verhalten provozieren? Waren seine bürgerliche Angepasstheit und konsensfähigen Wertvorstellungen von einst nur Fassade gewesen? War er im Innern letztlich doch der

Sohn geblieben, der seinem Vater gefallen wollte, indem er dessen Ansichten und Rücksichtslosigkeiten konservierte? Jana wusste es nicht. Vielleicht war es doch ein Fehler gewesen, über derartige Vorfälle mehr oder weniger schweigend hinwegzugehen; sie als Ausrutscher zu betrachten, weil Männer halt manchmal so sind, besonders wenn sie getrunken haben. Oder gab es ein Gen, das gerade bei den Gallwitz-Männern dann Glückshormone ausschüttete, wenn sie andere – Familienangehörige, Ehepartner, Freunde, vor allem aber Frauen, Verkäuferinnen, Dienstleister und ähnliche »Unterlinge« – niedermachen, beleidigen und beschimpfen konnten?

Jana kletterte aus dem Bett und ging zum Fenster. In der Garage brannte Licht. Tor und Nebeneingang standen offen. Der Krach kam offensichtlich aus dem Radio des Mercedes. Ein heißerer Sänger trank »auf gute Freunde«, auf »alte Götter«, »den ganz normalen Wahnsinn« und zum Schluss »auf ein neues Jahr«.

Hartmut marschierte in der Einfahrt hin und her. Hinter dem Zaun der Grumpolds rannte ein kläffender Flocky neben ihm.

»Ihr werdet schon sehen, was euch blüht. Merkel muss weg«, rief er und begann in schrägen Tönen zu singen.

»Deutschland, Deutschland über alles …«

Jana drehte sich um und stieg wieder ins Bett. Gleich darauf erklang aus der Garage die Prophezeiung, dass »dieser Weg kein leichter sein« werde, dieses Leben aber »so viel mehr« zu bieten habe.

Sie verkroch sich unter der Bettdecke. Gedämpft nahm sie die einsetzende Knallerei wahr.

›Na dann: Prost Neujahr, Hartmut Gallwitz‹, dachte sie. ›Dieses Leben bietet tatsächlich so viel mehr als deine aufgeblasene Wichtigtuerei. Mir reicht's! Ich habe es satt, dieses beständige Fremdschämen an der Seite eines Schwurbelnazis, der noch immer das beleidigte Kind von früher ist. Ich lass mich nicht länger von dir zum Gespött der ganzen Stadt machen. Ich such mir meinen eigenen Weg.‹

5

Jana schloss die Datei mit dem Protokoll der Mai-Sitzung. Sie drückte auf den grünen Button, der dafür sorgte, dass das Dokument per E-Mail an alle Mitglieder des Ausschusses für Humanarzneimittel verschickt und in der internen Datenbank der European Medicines Agency archiviert wurde. Die Kernaufgabe des Ausschusses war die Beurteilung von Qualität, Wirksamkeit und Unbedenklichkeit von Arzneimitteln, für die Pharmaunternehmen eine Zulassung beantragt hatten. Jana war verantwortlich für Vorbereitung und Organisation der monatlichen Sitzungen. Die Arbeit lag ihr und bereitete ihr viel Freude. Sie sah sich an vorderster Front der Wissenschaft im Einsatz. Über ihren Schreibtisch wanderten klinische Studien und Berichte über Testreihen zu neuen Medikamenten. Die Chance, dass schwere oder lebensbedrohende Krankheiten durch eine der gefundenen Substanzen bald heilbar sein würden, gab ihr ein Gefühl von Zufriedenheit und Hoffnung. Darüber hinaus schätzte sie die Kooperation mit Repräsentanten aus den EU-Ländern, Island und Norwegen. Mit Kollegen von nationalen Arzneimittelbehörden und wissenschaftlichen Experten verband sie nach Jahren der Zusammenarbeit eine private Freundschaft. Panagiota Louka und Sally Miller hatte sie während ihrer Urlaube in Griechenland und Irland besucht.

Janas Blick fiel auf den braunen DIN-A-4-Umschlag, der im Korb *Ongoing* auf dem Rollcontainer lag. Sie nahm das Kuvert mit der Aufschrift *Human Resources Services / Confidential* und zog das Formular »Antrag auf vorzeitige Pensionierung« heraus. Die Felder mit den Angaben zur Person hatte sie bereits vor Tagen ausgefüllt. Unter »Datum des geplanten Eintritts in den Ruhestand« hatte sie den 01.01.2020 eingetragen. Jana sah aus dem Fenster. Am Himmel wechselten blaue Abschnitte und Kumuluswolken, die der Westwind immer wieder zerriss und zu neuen Gebilden formte. »Der Antrag auf Ruhestandsbezüge ist sechs Monate vor Antritt zu stellen.« So stand es in den Regularien der EMA. Heute war der siebenundzwanzigste Juni.

›Jetzt unterschreib das Ding endlich und schick es los‹, versuchte Jana sich zu ermuntern. ›Warum zögerst du? Wovor hast du Schiss?‹ Sie und Hartmut hatten schon vor Jahren beschlossen, nicht »bis ins Grab« zu arbeiten. Sie hatten genug verdient und daher ein komfortables finanzielles Polster. Das Haus war längst abbezahlt, und Janas Pensionsanspruch war trotz der Abschläge für einen verfrühten Ausstieg fürstlich. Sie planten, die verbleibenden »guten« Jahre selbstbestimmt und angenehm gemeinsam zu verbringen. Lange genug hatten sie eine Wochenendbeziehung geführt.

Hartmut hatte drei Jahre zuvor aufgehört, Programmieraufträge anzunehmen, hatte Renovierungsarbeiten am Haus erledigt und sich an das Rentnerdasein gewöhnt. Dachte Jana. Sie hatte nicht damit gerechnet, dass ihr der Abschied aus dem Berufsleben so schwerfallen würde. War es das Ende einer vertrauten Routine, das sie beunruhigte? Der Wegfall kollegialer Kontakte? Der Bedeutungsverlust? Nein – so etwas war wohl eher ein Männerproblem.

Tage nach dem Silvestereklat hatte Jana eine Aussprache erzwungen. Sie hatte ihren Mann gefragt, warum er permanent unzufrieden sei und sich in einer Rolle als Dauergroller eingerichtet habe. Sie hätten doch alles, was man zu einem glücklichen Leben brauche:

Gesundheit, Geld, ein gemütliches Zuhause und Freunde. Er hatte geantwortet, es sei keineswegs sicher, dass dies so bleibe. Finanzkrisen, Migrantenströme und absurde Regierungsentscheidungen seien eine Gefahr für Sicherheit und Wohlstand. Dem müsse man sich entgegenstellen. Er wolle nicht tatenlos zusehen, wie ihre hart erarbeitete Lebensbasis zerstört werde.

Früher habe es doch auch Krisen und Flüchtlinge gegeben, hatte Jana eingewandt und als Beispiele Tschernobyl, die Jugoslawienkriege in den Neunzigern und die Weltfinanzkrise 2008 aufgezählt. Da sei er nicht so pessimistisch gewesen und habe sich nicht vor einem nahenden Weltuntergang gefürchtet.

Er habe inzwischen viel tiefere Einblicke als damals und ein Verständnis für die großen Zusammenhänge gewonnen, hatte Hartmut erwidert. Woher er die denn habe?, wollte sie wissen. Aus Quellen, die auf Schwarmintelligenz basierten, und aus Diskussionen mit Leuten, die über den Tellerrand hinausschauten, hatte er behauptet.

Für Jana war dies keine überzeugende Erklärung für Hartmuts Persönlichkeitsveränderung. Zeigten sich jetzt, im Alter, die Folgen einer durch väterliche Missachtung und Brutalität angeknacksten Seele? Hatte er noch immer denselben Minderwertigkeitskomplex? Wenn also das Problem in seinem Innern lag: Diente seine Aggressivität nach außen dann als Ventil?

»Ich möchte, dass wir die nächsten Jahre glücklich, entspannt und auf Augenhöhe zusammen verbringen und nicht im Dauerclinch, wie deine Eltern«, hatte sie zusammengefasst. »Ich halte diese ständige negative Stimmung nicht aus. Sie macht mich krank. Wollen wir es mit einer Paarberatung versuchen?« Hartmut hatte sie verdutzt angesehen.

»Wenn du die Realitäten nicht hören willst, halte ich mich in diesem Hause eben in Zukunft zurück. Zu einem Psychoklempner gehe ich definitiv nicht. Ich komme in und mit meinem Leben bestens zurecht«, hatte er geantwortet. Tatsächlich reduzierte Hartmut seine Tiraden in den nachfolgenden Wochen. Wenn sie im nächsten Jahr auch zu Hause wäre, würde sie ihn ohnehin auf andere Gedanken bringen. Hoffte Jana.

›Sei kein Frosch, du hast dich jahrelang drauf gefreut‹, machte sie sich selbst Mut. Sie nahm den Kugelschreiber und setzte ihre Unterschrift unter das Formular. Sie fotografierte die beiden Seiten, steckte das Blatt in den Umschlag, klebte ihn zu und brachte ihn zum Postausgangskorb *Intern* im Abteilungssekretariat.

»So. Kein Zurück mehr. Ab Januar müsst ihr ohne mich auskommen«, sagte Jana zu Lieke van Dijk, der Teamassistentin.

»Du machst also wirklich Ernst.« Lieke schien betroffen. »Ich hatte mir gewünscht, dass du es dir noch mal anders überlegst. Wer weiß, wen sie mir als Chef vor die Nase setzen. Mit dir war die Zusammenarbeit immer konstruktiv und fair.«

»Danke. Wird schon werden. Du kennst den Laden in- und auswendig und machst einen super Job. Egal, wer kommt, er oder sie wird das zu schätzen lernen«, versuchte Jana Liekes Bedenken zu zerstreuen.

»Du köpfst sicher am Wochenende eine Flasche Schampus und stößt mit deinem Mann auf die baldige Freiheit an. Der wird froh sein, wenn du nicht mehr jeden Sonntag entschwebst und erst am Freitag wiederkommst.«

»Na ja, für ihn hat die große Freiheit dann wohl eher ein Ende«, witzelte Jana.

»Ach was. Ihr habt jetzt jahrelang auf so viel Gemeinsamkeit verzichtet. Zeit, alles nachzuholen. Habt ihr schon Pläne?«

»Im Februar geht's erst mal zum Skifahren. Im Juni wollen wir dann nach Island. Und für die nächste Spielzeit hab ich ein Theaterabo für uns gebucht. Außerdem sucht die Kita bei uns um die Ecke Freiwillige, die den Kindern vorlesen. Das könnte ich mir gut für ein paar Stunden im Monat vorstellen.«

»Hört sich sehr nach Unruhestand an«, lachte Lieke. »Ich freu mich für euch.«

Zwei Stunden später machte Jana Feierabend. Von der Station Sloterdijk waren es nur zwei Metrohaltestellen und zehn Minuten Fußweg zu ihrem Apartment in der Guggenheimlaan. Sie tauschte das Businesskostüm gegen Freizeitkleidung, setzte sich in den Deckchair auf dem Balkon und wählte die heimische Festnetznummer. Nach fünfmaligem Klingeln meldete sich Hartmut.

»Hallo! Ich hab's getan. Er ist draußen.«

»Wer?«

»Der Pensionsantrag.«

»Ach so. Ja. Glückwunsch.«

»Ich komme morgen mit dem Nachmittagsflieger. Besorgst du uns eine Flasche Moët?«

»Kann ich machen. Bei mir wird's aber spät«, verkündete Hartmut.

»Wo bist du denn?«

»Bei einem Vortrag zum Thema Energiewende und Elektromobilität.«

»Interessierst du dich seit Neuestem für E-Autos?«, fragte Jana mit spöttischem Unterton.

»Eher für die Risiken und den Schaden für die Umwelt«, konterte Hartmut.

»Schade. Ich dachte, wir würden auf meinen Antrag anstoßen.« Jana klang enttäuscht.

»Das holen wir am Samstag nach«, versuchte Hartmut zu beschwichtigen.

»Apropos Samstag. Hat Carola sich schon gemeldet wegen der Wanderung nach Speisach?«, fragte Jana.

In Speisach, einem kleinen Ort nahe der Großstadt, fand jedes Jahr am letzten Juniwochenende das Bergfest statt. Unter alten Kastanien und Buchen gab es Bier aus der Dorfbrauerei, Grillfleisch und

Auftritte lokaler Bands. Seit vielen Jahren war der Termin eine feste Größe im Kalender von Jana und Hartmut. Mit zwei befreundeten Ehepaaren nahm man die S-Bahn nach Kohldorf, von wo aus ein idyllischer Wanderweg zum Festgelände führte.

»Ich habe nichts von ihr gehört«, antwortete Hartmut.

»Okay, ich funke sie an. Ich nehme dann morgen ein Taxi.«

»Gute Reise und einen ruhigen Flug«, wünschte Hartmut und legte auf.

Jana öffnete WhatsApp und tippte auf Carolas Nummer. *Wie sieht's aus mit Speisach am Samstag? Wann treffen wir uns? Und übrigens …* Sie hängte die Fotos mit ihrem Pensionsantrag an die Nachricht und drückte auf »Senden«.

Drunten im Sloterpark nutzten Jogger und Radfahrer den sonnigen Abend. Sollte sie auch noch eine Runde drehen? Heute nicht, entschied sie und holte stattdessen das aus dem Kühlschrank, was nach dem Wochenende vergammelt sein würde. Aus einer halben Zucchini, einer Tomate, ein paar Lauchzwiebeln und Gartenkräutern komponierte sie eine Gemüsepfanne mit Schinkenstreifen.

Nach dem Essen holte sie sich eine Flasche Amstel und streckte sich auf dem Sofa aus. Sie horchte in sich hinein. Wo blieb es, dieses Gefühl von Erleichterung und überschwänglicher Vorfreude auf den neuen Lebensabschnitt? Wieder und wieder hatte sie sich ausgemalt, wie es sein würde. Und nun? Sie fühlte sich wie damals als Neunjährige, als sie für das Fahrtenschwimmerabzeichen erstmalig vom Dreimeterbrett gehüpft war. Einmal losgesprungen, gab es kein Zurück. Graziöses Eintauchen oder schmerzhafter Bauchplatscher? Es ist halt ein unumkehrbarer Schritt, versuchte sie ihr Unbehagen zu erklären und schlief ein.

Sie fand sich auf einem schmalen Trampelpfad wieder, der sie durch einen beklemmend dichten Dschungel führte. Von allen Seiten griffen Luftwurzeln, Lianen und Schlingpflanzen nach ihr. Ihre Kleidung war zerrissen, dornige Ranken hatten ihre Haut blutig geritzt. Mit einer stumpfen Machete drosch sie auf Äste und Zweige ein, um voranzukommen. Sie folgte dem Rauschen des Wassers, das lauter wurde. Dann erreichte sie die Hängebrücke. Es gab nur eine hölzerne Laufplanke. Vorsichtig setzte sie den Fuß darauf. Zwei Kokostaue dienten als waagrechte Handläufe. V-förmig gespannte Hanfseile führten unter den Brettern durch. Die Konstruktion wirkte morsch und instabil. Jana hatte keine Wahl. Sie konnte nicht mehr zurück. Sie musste hinüber ans andere Ufer. In der Schlucht unter ihr schäumte und toste der Fluss. Sie glaubte, Krokodile mit aufgerissenen Mäulern zu sehen. Plötzlich fing die Brücke an zu schwingen. Am jenseitigen Ufer standen halb nackte braune Gestalten mit Speeren und johlten. Eines der Kokostaue riss. Jana rutschte von der Planke und fiel und fiel. Bevor sie auf dem Wasser aufschlug, vermeinte sie, das schadenfrohe Gelächter ihres Mannes zu vernehmen. Sie stürzte ins Wasser und geriet sofort in einen Strudel. Alles um sie herum drehte sich. Sie wurde in den Trichter gerissen und nach unten gezogen. Sie bekam keine Luft mehr. Langschwänzige Lemuren tanzten einen Reigen um sie herum. Sie bedrängten sie immer stärker und riefen »Komm, Jana, komm zu uns«. Sie spürte, dass sie erstickte.

Ihr Handy weckte sie. Draußen wurde es bereits hell. *Glückwunsch, Pensionistin in spe*, schrieb Carola. *Mit Speisach wird's leider nichts. Holger hat eine Mordserkältung.* Jana antwortete: *Schade. Gute Besserung an den Gatten.*

Der Flieger landete pünktlich, und der Taxifahrer war ausnahmsweise freundlich und hob ihr den Trolley aus dem Kofferraum. Die Rosen im Vorgarten hatten die erste Blüte hinter sich. ›Die brauchen einen Schnitt‹, dachte Jana, als sie aufschloss. Sie stellte ihr Gepäck im Flur ab und öffnete die Terrassentür. In die Terrakottatöpfe unter der Überdachung hatte sie nach den Eisheiligen Tomatenpflanzen gesetzt. Kleine grüne Früchte zeigten sich bereits. Allerdings hingen die Blätter traurig an den Stielen. Hartmut hatte vergessen, sie zu gießen. Auf dem Wohnzimmertisch lag ein Stapel Post. Obenauf ein handschriftlicher Zettel: *Knauers kommen morgen nicht mit. Müssen Enkel hüten.* Darunter eine Werbesendung vom Bekleidungshaus Leupold für reduzierte Sommermode, ein Angebot für Privatkredite, die Ankündigung des Kehrtermins vom Schornsteinfeger und eine Zahnarztrechnung. ›Die bezahle ich gleich‹, dachte Jana. Sie holte ihr Laptop aus der Reisetasche, ging nach oben ins Arbeitszimmer und startete das Online-Banking. Sie schickte die Überweisung ab und kontrollierte das elektronische Postfach. Die Kontoauszüge der letzten drei Monate lagen dort ungeöffnet. ›Schlamperei‹, dachte sie und lud sie herunter. Im Monatsblatt März fiel ihr eine Lastschrift über zweihundert Euro auf. *Mitgliedsbeitrag* stand unter Verwendungszweck. Empfänger des Betrages war jene Partei, die den Euro abschaffen und die Grenzen dichtmachen wollte. Jana starrte auf den Bildschirm.

»Ich fass es nicht«, rief sie. Ihr war, als hätte sich unter ihr eine Falltür geöffnet. Tränen der Wut schossen ihr in die Augen. »Dieser Verräter!«

Am nächsten Morgen hielt sie Hartmut wortlos den Kontoauszug vor die Nase.

»Was ist damit?«, wollte er wissen.

»Da!«, sie deutete mit dem Zeigefinger auf die Buchung. »Hältst du es nicht für nötig, so was mit mir zu besprechen?«

»Die zweihundert Euro werden wir uns ja wohl leisten können«, entgegnete er lapidar.

»Darum geht es nicht«, fauchte Jana. »Diese Partei ist gegen alles, was ich einmal für unseren gemeinsamen Wertekanon gehalten habe. Ihre Vertreter verbreiten Hass und Hetze. Dem hast du dich in den letzten Monaten ja super angepasst. Nun wird mir manches klar. Vor allem dein Verhalten damals an Silvester.« Sie feuerte das Papier auf den Esstisch.

»Willst du mir jetzt auch noch vorschreiben, was ich zu denken habe? Oder mir verbieten, mich politisch zu engagieren?«, fuhr Hartmut sie an. »Ich tu das für uns beide! Aber du ignorierst ja penetrant, dass hier alles den Bach runtergeht.«

»›Für uns beide‹! Da lachen ja die Hühner. Du bringst mich in eine sagenhafte Bredouille. Hast du vergessen, dass ich bei der European Medicines Agency arbeite? Was glaubst du, was passiert, wenn rauskommt, dass ich mit einem EU-Gegner verheiratet bin? Du kannst dich meinetwegen für jede politische Partei engagieren. Aber nicht für diesen Abschaum!«, rief sie erregt.

»Dieser ›Abschaum‹ ist die einzige Möglichkeit, schnell nach oben zu kommen. Die brauchen Leute, um Ämter und Mandate zu besetzen. Glaubst du, ich habe Lust, mich in einer der Altparteien jahrelang mit Plakatekleben und Klinkenputzen hochzudienen? Ich will was zu sagen haben. Als Mandatsträger! Und der werde ich sein!«

Jana war fassungslos. Ihr wurde unvermittelt klar: Hier ging es längst nicht mehr um eine Privatangelegenheit ihres Ehepartners. Seine Entscheidung würde auch ihr eigenes Dasein immer stärker bestimmen. Sie saß in der Falle.

6

An einem sonnigen Septembermorgen 2020 hatte sie sich mit einem Cappuccino und dem *Spiegel* an den Frühstückstisch gesetzt. Am Gartenzaun zogen die ersten Schulkinder mit ihren unförmigen, aber grellbunten Rucksäcken vorbei. Die Stare, die den Zwetschgenbaum plünderten, weil Gallwitz' dieses Jahr das Schutznetz vergessen hatten, zeigten sich unbeeindruckt. Hartmut kam grußlos ins Zimmer gepoltert und hielt ihr einen ausgedruckten Artikel hin.

»Da hast du es.« Er deutete mit dem Finger auf die Überschrift. *Die Schattenpräsidentin – Kamala Harris, die Frau hinter Joe Biden.* Ein Blick auf die URL genügte: *Compact.* Ein Onlinemagazin, das ihr Mann zu einer seiner bevorzugten Informationsquellen auserkoren hatte, neben *Tichys Einblick, Achgut* und *Deutsche Wirtschaftsnachrichten.*

»Biden bleibt nur zwei Monate im Amt, wenn er die Wahl gewinnt. Dann wird seine Vize die Präsidentin.«

»Wie kommst du denn darauf?« Im selben Moment hätte sie sich am liebsten auf die Zunge gebissen. Wieder einmal hatte sie ungewollt eine Verschwörungserzählung getriggert.

»Es ist ein Komplott.« Hartmut sah sie an, als müsse er einem Dummchen die Welt erklären. »Ein Seniler wird gewählt, damit anschließend eine Mischpoke aus tamilischen und jamaikanischen Migranten die USA auf grenzenlose Einwanderung vorbereitet. Eine Negerin soll jetzt eine Weltmacht regieren.«

»An Obama kannst du dich nicht mehr erinnern?«, gab Jana zurück. »Klar ist Trump viel qualifizierter. Ein Hurenbock, Steuerhinterzieher und Betrüger. Aber weiß und orangeblond noch dazu.«

»Du bist so was von naiv.« Hartmut fläzte sich breitbeinig auf dem Stuhl hin. »Ist ja auch logisch, wenn man sich von Systemmedien wie dieser linken Postille da manipulieren lässt.«

»Darf ich dem Herrn einen Kaffee rauslassen?« Jana hatte bereits genug und floh in die Küche.

»Ja. Übrigens ...« Das Mahlwerk der Kaffeemaschine ratterte. »Hast du gehört, was ich gesagt habe?«

»Nein. Aber du wirst es sicher gern noch mal wiederholen.«

»Wir müssen die Weinverkostung beim Brunner verschieben.« Ignaz Brunner war ein Winzer im Hohenloher Land, mit dessen Erzeugnissen sie regelmäßig das württembergische Sortiment ihres Kellers ergänzten. Das Gut verfügte über mehrere Ferienwohnungen, sodass man nach der Weinprobe nicht nach Hause fahren musste, sondern den Einkauf mit einem entspannten Wochenende zwischen Rebstöcken verbinden konnte.

»Warum?« Jana runzelte die Stirn.

»Weil ich an dem Wochenende nach Konstanz muss.«

»Ahh ja.«

»Zu einer Demo.«

Weitere Erklärungen waren überflüssig.

›Ein Covidiotentreffen‹, war Janas erster Gedanke gewesen. Vor einigen Wochen hatte Hartmut erstmals drüben im Wiesengrund bei einer Kundgebung mitdemonstriert.

»Muss das jetzt auch noch sein?«, hatte sie ihn damals gefragt.

»Es geht um unsere Grundrechte. Und um die Abschaffung der Coronamaßnahmen.«

»Dass ich nicht lache. Schämt ihr euch nicht, die Verunsicherung der Menschen für euren Populismus auszunutzen?«

»Diese angebliche Pandemie dient nur dazu, uns die Freiheit zu nehmen.«

»Die Freiheit, sich zu infizieren?«

»Und gentechnisch manipulieren wollen die uns auch.«

»Wer sind eigentlich ›die‹?«

»Die Eliten. Die Regierung.«

»Aha. Und die Regierung hat ein Interesse, der Bevölkerung zu schaden, die sie gewählt hat und wieder wählen soll. Ist ja auch logisch.«

»Du bist ein systemkonformes Schlafschaf.«

In der Hand eine eingerollte Deutschlandfahne und in der Jackentasche eine großmaschige Jux-Maske vom Braun-8/8-Versand, hatte er daraufhin das Haus verlassen.

Jetzt verkündete Hartmut mit großer Geste: »Wir werden einen Weltrekord aufstellen. Eine Menschenkette rund um den Bodensee.«

»Dir ist schon klar, dass die Ferienwohnung beim Brunner bereits gebucht ist. Und ich hab mich so darauf gefreut, endlich mal wieder rauszukommen.«

»Verschieb's halt. Oder fahr ohne mich hin.«

Jana schluckte. ›Wenn dem diese Schwachsinnsdemos wichtiger sind als ein Ausflug mit seiner Frau‹, dachte sie, ›dann sag ich ganz ab.‹

Sie verräumte ihre Cappuccinotasse in die Spülmaschine. Ihr Handy meldete sich.

»Hallo, Micha. – Ja, heute ging's bei mir. – Super. – Soll ja noch mal schön warm werden. – Bin in zwei Stunden bei dir.«

Bei ihrer Rückkehr ins Esszimmer war Hartmuts Stuhl leer.

Aus seinem Arbeitszimmer drangen Trillerpfeifen, Getrommel, Gerassel, Gebrüll und Rufe. *Weg mit der Corona-Diktatur. Lügenpresse. Wir sind das Volk.* Schwurbel-TV. Jana öffnete die Tür.

Den Oberkörper vorgebeugt und die Brille auf die Stirn geschoben, verfolgte Hartmut das Geschehen auf dem Bildschirm. Ein Mann im Feinrippunterhemd hielt eine schwarz-weiß-rote Flagge vor die Kamera. »Ich hab ein Immunsystem«, erklärte er. »Die Maske, die ich trage, ist in mir drin. Das ist mein Schutz. Und den hat jeder.«

Der nächste Schnitt zeigte eine Fünfzigjährige, die ein selbst gemachtes Plakat *Verteidigt das Grundgesetz!* um den Hals hängen hatte. »Herr Gates propagiert einen Impfstoff, der in das, ähm, in das Genom – ich meine in das genetische –« Ihre Arme beschrieben zwei Halbkreise in der Luft. »Jedenfalls greift er in unser genetisches Material ein. Sehr bedenklich.« Die hochgezogenen Augenbrauen unterstrichen ihre Beunruhigung.

Ein Demonstrant trug tatsächlich eine Maske, schwarz und unter dem Kinn hängend. »Widerstand! Widerstand!«, rief er.

»Geht's in Konstanz dann auch so zu?«, fragte Jana bissig.

Keine Antwort.

»Ich fahr zur Micha. Wenn ich bis zur *heute* nicht zurück bin, übernachte ich dort.« Sie machte kehrt und warf die Tür ins Schloss. Zornig marschierte sie zur Garage. Es war nicht mehr auszuhalten.

Michaela de Angelis wohnte »in der hintersten Provinz«, wie sie immer sagte, in einer kleinen Ortschaft westlich der Metropole. Die Fahrt zu ihr dauerte fünfzig Minuten. Die gut ausgebaute Bundesstraße verlief im Tal entlang eines mäandernden Baches. Auf den sanften Anhöhen rechts und links wechselten sich Waldstücke und Stoppelfelder ab. Bauern fuhren mit schweren Maschinen die Maisernte ein. Auf der langen Geraden in Steinach a./Wald wurde Jana Gallwitz von einem rot blinkenden Traurig-Emoji ermahnt, ihre Geschwindigkeit zu reduzieren. Im Autoradio spielten sie Hits aus den Siebzigern, der Zeit, als Micha und sie zusammen aufs Gymnasium gegangen waren. Seit über vierzig Jahren kannten sie sich. Busenfreundinnen waren sie nicht gerade gewesen, aber eine Grundsympathie und ihre ähnliche Sicht auf die wichtigen und banalen Dinge des Lebens hatten dafür gesorgt, dass sie auch nach dem Abitur in losem Kontakt geblieben waren. Als Jana nach der Pensionierung in die Heimat zurückkehrte und wieder Zeit fand, alte Freundschaften zu pflegen, wurde er intensiver.

Micha hatte zunächst Journalistin werden wollen. Nach der Schulzeit absolvierte sie ein Volontariat bei einer lokalen Zeitungsredaktion. Während der zwei Jahre wurde ihr immer deutlicher vor Augen geführt, wie eng verflochten Lokalpolitik und Lokalpresse waren. Viel zu oft hatte sie sich eher wie eine Hofberichterstatterin und nicht wie die unabhängige und kritische Journalistin gefühlt, die sie werden wollte. Die obligatorischen Besuche der Jahreshauptversammlungen von Feuerwehr, Schützen- und Kleintierzüchterverein, um über die Verleihung silberner oder goldener Ehrennadeln zu berichten und Fotos von den Geehrten zu machen, waren ihr schnell zur faden Routine geworden. Bewerbungen bei überregionalen Zeitungen oder Magazinen waren mangels einschlägiger Netzwerkkontakte erfolglos geblieben. So hatte sie die Journalistenkarriere an den Nagel gehängt und am Institut für Fremdsprachen und Auslandskunde eine Ausbildung zur Korrespondentin für Englisch und Italienisch absolviert.

* * *

Während eines halbjährigen Praktikums in Genua hatte sie Claudio de Angelis kennengelernt. An einem Wochenende war sie mit der Vespa eines Kollegen zu einem Ausflug nach Portofino aufgebrochen. Auf dem Heimweg begann der Roller kurz nach Sori zu stottern und blieb schließlich ganz stehen. Michas Versuche, den Motor mit dem Kickstarter wieder zum Laufen zu bringen, scheiterten. Eine Tankstelle oder Bar, von der aus sie den Pannendienst hätte anrufen können, war nicht in Sicht. Gerade als sie entschieden hatte, das widerborstige Ding am Straßenrand seinem Schicksal zu überlassen und zu Fuß zum nächsten Ort zu gehen, hielt neben ihr ein verbeulter Abschleppwagen.

»*Buonasera, bella ragazza*«, schallte es aus dem offenen Seitenfenster. »*Problema*? Du deutsch? Nix *benzina*?«

Der Fahrer war inzwischen ausgestiegen, ein mittelgroßer Dreißigjähriger mit schwarzen Locken, dunklen Augen, athletischer Statur und ölverschmierter blauer Mechanikerkluft.

»*Sono Claudio*«, stellte er sich vor.

»Michaela.«

Ohne weitere rhetorische Vorbereitung war er in die Rolle des charmanten sachverständigen Nothelfers geschlüpft und inspizierte ihr defektes Gefährt. Die Anzeige der Tankuhr entkräftete seine Vermutung, es sei aus Spritmangel liegen geblieben. Aber auch seine Versuche, den Roller per Kickstarter oder durch Anschieben zum Laufen zu bringen, blieben erfolglos. Er kniete sich auf den Boden, öffnete die Motorabdeckung und tastete sich durch das Innenleben der Vespa.

»Maschin kaputt.« Claudio stand auf und breitete dramatisch die Arme aus. »*Il carburatore è rotto. Piaggio* nix fahre.«

Er zeigte sich überrascht, als Michaela ihm anbot, die Unterhaltung auf Italienisch zu führen. Während er gestenreich erklärte, dass der Vergaser gereinigt und neu eingestellt werden müsse, versuchte Michaela, ihre Optionen abzuwägen. Als hätte er ihre Gedanken gelesen, unterbreitete er den Vorschlag, den Roller aufzuladen, mit ihr zu seiner Werkstatt zu fahren und die Vespa am nächsten Vormittag zu reparieren.

Bevor Micha eine Diskussion über dieses Angebot beginnen konnte, öffnete er die Beifahrertür, ließ die Auffahrrampe herunter und schob den Roller auf die Ladefläche.

Hatte sie eine Wahl? Sie seufzte und willigte ein.

Da Claudio ihr für eine Vergaserreinigung und Neueinstellung nichts berechnen wollte, hatte sie ihn ins *Da Nonna* eingeladen. Entgegen gewisser Befürchtungen ihrerseits erwies er sich als unterhaltsamer und galanter Gesprächspartner. Wie es ihr in Genua gefalle, wie sie zu diesem Praktikumsplatz gekommen sei und was genau sie denn in der Spedition zu tun habe, wollte er wissen. Alles, was in einem Speditionsbüro so anfalle, zählte sie auf: Frachtpapiere, Zollerklärungen, Abschlüsse von Transportversicherungen, Tourenpläne und natürlich die Bearbeitung von Beschwerden. Sie habe dort auch alle möglichen italienischen Schimpfwörter gelernt: *Cretino! Fifone! Stronzo!* Sie lachten.

Ihr Versuch, die Zeche zu übernehmen, scheiterte. Claudio hatte offenbar unter dem Vorwand, zur Toilette zu gehen, die Rechnung bereits beglichen. Anschließend fuhr er sie nach Genua. Micha hörte seinem Geplapper nur halbherzig zu und wappnete sich innerlich. Würde er jetzt eine Gegenleistung für seine Dienste einfordern? Er hielt vor dem Apartmenthaus in der Via San Lorenzo, zu dem sie ihn dirigiert hatte, stieg aus, ging um das Auto herum und half ihr aus dem Wagen. Dann nahm er ihre Hand, strich ihr kurz über den Oberarm und bedankte sich für »diesen wunderbaren Abend«.

Mit dem Versprechen, sie morgen anzurufen, und einem fröhlichen *»Ciao!«* stieg er wieder ein, winkte aus dem Fenster und fuhr davon.

›Das ist doch wirklich der Gipfel!‹, dachte Micha, als sie die Tür zu ihrer Wohnung aufschloss. ›Der Mann kann Gedanken lesen.‹

Es kam, wie es kommen musste. Bevor sie im September mit dem Zug zurück nach Deutschland fuhr, hatte Claudio ihr eine Woche lang seine Heimat an der Südspitze des italienischen Stiefels gezeigt. Danach trafen sie sich regelmäßig, abwechselnd in Italien und in

Deutschland. Schließlich zogen sie an Michaelas Heimatort zusammen, heirateten und bekamen einen Sohn, Luca.

* * *

Jana Gallwitz bog in die Spielstraße ein, stellte den Wagen ab und holte die Badetasche von der Rückbank. Michas Vorgarten war ein Blumenmeer: Phlox in Weiß, Rosa und Lila, Astern und alle möglichen Sorten von Dahlien. Auch Rosen blühten noch. Vor dem Wintergarten war ein kleiner Teich angelegt. Sie klingelte.

Micha de Angelis kam um die Hausecke und sperrte das Gartentürchen auf. »Hallo, Jana. Schön, dass es so spontan geklappt hat. Der Türöffner funktioniert seit letztem Winter nicht, und wir kriegen keinen Elektriker her. Komm rein.«

»Grüß dich, Micha. Ich freu mich so, dich endlich mal wieder leibhaftig zu sehen, statt nur am Telefon zu hören.«

Auf die sonst übliche Umarmung verzichteten sie. Außer ein paar Fältchen hatte sich Micha in den letzten Jahren kaum verändert. Färbte sie, oder war ihr blonder Kurzhaarschnitt echt? Für eine Sechzigerin konnte sich ihre Figur jedenfalls sehen lassen. Schwimmen hielt sie offenbar fit.

»Was hältst du von einer Tasse Kaffee und einem kleinen Waldspaziergang danach? Claudio kommt um halb zwei zum Mittagessen rüber, und am Nachmittag ist es bestimmt warm genug für eine Runde im Pool.«

»Ja, prima.«

»Dann mach's dir doch auf der Terrasse bequem. Ein Glas Wasser zum Kaffee?«

»Gerne.«

Michas Haus lag am Ortsrand. Dahinter nur Felder, Wiesen und Wald.

»Was für eine Sommeridylle«, sagte Jana, als Micha das Tablett auf den Tisch stellte.

»Wenn der Zaun nicht wäre, würden sich die Rehe nachts über meine Gurken und Zucchini hermachen.«

»Der Garten sieht aus, als ob du dich den ganzen Tag nur damit beschäftigst.«

»Schön wär's. Aber der Schreibkram und die Buchhaltung machen sich nicht von allein.«

»Wie läuft Claudios Werkstatt?«

Eigentlich könnten sie nicht klagen, sagte Micha. Alle Bauern der Umgebung brächten ihre Landmaschinen zur Wartung oder Reparatur, weshalb Claudio kaum Zeit für seine Oldtimer finde. Allerdings gebe es Schwierigkeiten mit Ersatzteilen; viele Lieferketten seien unterbrochen.

»Mama?« Die Stimme aus dem Inneren des Hauses klang belegt.

»Ja?«

In der Terrassentür tauchte ein junger Mann auf. Außer weißen Boxershorts mit aufgedruckten Zitronen trug er nur einen braun gebrannten Oberkörper und ebensolche Beine ohne Schuhe zur Schau. Die wirren schwarzen Locken ließen darauf schließen, dass er geradewegs aus dem Bett kam.

»Mama, wo ist denn die Nutella?«, fragte er, ohne von Jana Notiz zu nehmen.

»Dort, wo sie immer ist«, antwortete Micha. »Du kannst dich doch sicher an Jana erinnern.«

»Da ist sie aber nicht.« Dann schien er seinen Fauxpas zu bemerken. »Oh, *scusi*. Bin wohl leicht im Unterzucker. Hallo, Jana.«

»Das Wort ›leicht‹ gefällt mir in diesem Zusammenhang besonders gut.« Micha blickte flehentlich gen Himmel. »Vorratsschrank. Drittes Fach von oben. Mitte.«

Ihr Sohn verzog sich in die Küche.

Jana nahm's mit Humor. »Der kleine Luca. Immer noch ein Schlitzohr. Wie alt ist er jetzt eigentlich?«

»Siebenundzwanzig.«

»Und was macht er?«

»Das ist eine längere Geschichte. Erzähl ich dir beim Spazierengehen.«

Zum Wanderparkplatz fuhren sie in Michas Fiat.

»Masken im Auto?«, fragte Jana.

»Lass mal. Ich mach alle Fenster auf.«

Der Rundweg begann mit einer leichten Steigung durch den Mischwald.

»Macht Luca Probleme?«, griff Jana die unterbrochene Unterhaltung wieder auf.

»Probleme nicht direkt. Aber Corona hat ihm seine Pläne ziemlich verhagelt.«

Luca hatte zunächst Maschinenbau studiert, wohl eher auf Claudios Wunsch hin als aus eigenem Interesse. Bei den Zwischenprüfungen in Mathematik war er durchgefallen und hatte das Studium abgebrochen. In München schrieb er sich für Tourismusmanagement ein. Während der Semesterferien jobbte er als Animateur in Ferienclubs und auf Kreuzfahrtschiffen. Nach Ausbruch der Pandemie war damit Schluss. Die Online-Vorlesungen ödeten ihn an, der Tourismus war insgesamt so gut wie zusammengebrochen und damit auch Lucas einzige Einnahmequelle weg.

»Deshalb musste er auch wieder im Hotel Mama einziehen«, sagte Micha achselzuckend.

»Könnte er nicht in Claudios Werkstatt mitarbeiten?«

»Könnte er, will er aber nicht. Familienunternehmen – nein, danke. Es reiche ja, dass ich meine Karriere aufgegeben habe, um bei Claudio die Bürosklavin zu geben, meint er.«

»Ein Vater-Sohn-Konflikt?«

»Claudio versucht Luca immer wieder klarzumachen, dass er es auch nicht leicht hatte, als er die Werkstatt vom alten Büttner übernommen hat. Ein Italiener! In Deutschland! Auf dem Dorf! Kann der überhaupt was? Haut uns der Makkaroni nicht übers Ohr? Deutsch zu lernen ist Claudio nicht leichtgefallen. Aber der alte Büttner war froh gewesen, dass er einen Nachfolger gefunden hatte, als er nicht mehr arbeiten konnte. Er hat Claudio vorurteilslos unterstützt. Und jetzt sind alle happy, dass sie eine Werkstatt vor Ort haben.«

»Hast du die Sache damals eingefädelt?«

»Büttners Werkstatt lag schräg gegenüber meiner damaligen Wohnung. Eines Tages habe ich gesehen, dass er kaum mehr aufrecht gehen konnte, und ihn gefragt, was los sei. Er hatte einen Bandscheibenvorfall und musste operiert werden. An schwere Arbeit war nicht mehr zu denken. Eine Katastrophe.«

»Und da hast du Claudio ins Spiel gebracht.«

Janas Freundin warf den Kopf in den Nacken, schaute hinauf ins Blätterdach der Buchen, grinste verklärt und seufzte »Hach!«.

»Nachdem klar war, dass das mit uns was Ernstes wird, war es ein Glücksfall für beide Seiten.«

Ihren damaligen Freund Kai-Uwe, »dieses bemooste Haupt«, habe sie »abserviert«. Er sei sowieso nur alle paar Wochen einmal aus Köln angereist, um sich in ihr Bett zu legen und auch sonst bedienen zu lassen. Sie habe ihm nach ihrer Rückkehr am Telefon von Claudio und ihrem Ausflug nach Kalabrien erzählt. Daraufhin habe er sich »fürchterlich aufgepumpt« und gedroht, er werde noch am selben Abend »herfahren und den Ithaker aufmischen«. Sie habe ihm geantwortet, »dass wir in einem freien Land leben« und er fahren könne, wohin er wolle. Sollte er aber vor ihrer Tür auftauchen, werde er diese verschlossen finden, und sollte er »als beleidigte Leberwurst ein Theater aufführen wollen«, werde sie ihn »als Stalker« der Polizei melden.

Jana zeigte sich beeindruckt. »Das heißt, du warst dir sehr bald sicher, dass du dauerhaft mit Claudio zusammen sein willst?«

»Ja.«

»Weshalb?«

»Der Claudio ist eine ehrliche Haut. Er faselt nicht rum, sondern packt an und macht, was er sagt.«

»Da war er damals aber *schon* mutig, oder? In Italien alles aufzugeben und in ein fremdes Land zu ziehen, ohne die Sprache zu beherrschen.«

»*Amore, amore.* Wo sie eben hinfällt. Er war fleißig, was den Deutschen immer imponiert, und freundlich. Und ich hab am Anfang halt übersetzt, wenn Kunden kamen.«

Inzwischen hatten sie den Waldrand erreicht und folgten dem Feldweg nach links zum Forsthaus.

»Und jetzt hätte Claudio gerne, dass Luca den Laden mal übernimmt?«

»Keine Chance. Luca ist kein Handwerker. Ihn zieht es in die Ferne, er kann gut Leute bespaßen. Er hat mehr von italienischem *Allegria* als sein Vater.«

»Das stört Claudio?«

»Er macht sich Sorgen, dass es mit dem Tourismus auch nach der Pandemie nicht mehr so läuft wie zuvor. Dass Luca nie einen festen Job und ein geregeltes Einkommen haben wird.«

»Belastet das eure Beziehung?«

»Manchmal schon. Claudio bräuchte halt etwas Entlastung in der Werkstatt. Damit wir mal unbeschwert in Urlaub fahren können und nicht ständig den Druck haben, alle Aufträge allein abarbeiten zu müssen. Was, wenn er mal krank wird wie der alte Büttner? Da habt ihr es besser, Hartmut und du. Deine üppige Pension, keine Kinder, die ewig Unterstützung brauchen, keine Verpflichtungen, keinen Ärger. Ihr könnt reisen, wann und wohin ihr wollt, oder?«

»Könnten wir.«

Micha stutzte. »Wieso ›könnten‹?«

In dem Maisfeld, an dem sie vorbeigingen, raschelte es. Sie hatten einen Fasan aufgestöbert, der zwischen den trockenen Stängeln auf Futtersuche war. Gackernd und flügelschlagend suchte er das Weite.

»Ein Fasan in freier Wildbahn. Hab ich seit Ewigkeiten nicht mehr gesehen.« Jana versuchte, um die Beantwortung von Michas Frage herumzukommen. Das Bild von Michas und Claudios Beziehung, die nicht einfach nur funktionierte, sondern auch nach vielen Jahren noch eine romantische Aura verstrahlte, stand im krassen Kontrast zu ihrem eigenen Alltag. Dazu kam das Dilemma, mit dem sie es seit einiger Zeit zu tun hatte: Sollte sie Micha reinen Wein einschenken und riskieren, dass sie sich – wegen Hartmuts politischer Gesinnung – von ihr abwandte? Sollte sie ihre Freundin mit »Erzähl ich dir ein andermal« abwimmeln?

›Jana, du bist noch nie in deinem Leben feige gewesen‹, entschied sie schließlich. ›Sag die Wahrheit. Wenn deine Freundin dann nichts mehr mit dir zu tun haben will, war sie nie deine Freundin.‹

»Der Herr Gatte hat beschlossen, Politiker zu werden.«

»Im Ernst?«

»Seit März sitzt er im Rat. Für die Braunen.«

Micha blieb abrupt stehen.

»Nein! Er ist bei den Schwurbelfaschisten? Was ist denn in den gefahren?«

»Frag mich was Leichteres. Das Ganze muss angefangen haben, als er schon privatisiert hat und ich in London und Amsterdam gearbeitet habe. Ich wusste zuerst nicht einmal, dass er diesem Verein beigetreten ist.«

»Hat er das nicht mit dir besprochen?«

»Nö. Ich habe das erst mitbekommen, als der Mitgliedsbeitrag von unserem Konto abgebucht wurde.«

»Was?! Du hast mir nie erzählt, dass Hartmut mit den Nazis sympathisiert.«

»Hat er früher auch nicht. Allerdings hat er in den letzten Jahren Ansichten vertreten, über die ich mich gewundert habe. Weil sie so gar nicht in unsere Lebensrealität gepasst haben.«

»Wie zum Beispiel?«

»Kritik an der EU und am Euro. Schließlich habe ich in einer EU-Agentur gearbeitet. Er kannte also die Arbeitsweise und auch die Vorteile eines gemeinsamen Vorgehens auf europäischer Ebene.«

»Gegen dein super Gehalt dort hatte er aber nichts, oder?«

»Und dann natürlich die Flüchtlingskrise. Ich dachte manchmal, da sitzt ein Fremder, wenn er sich über Geflüchtete und Asylanten ausgelassen hat. ›Man sollte sie in einen Flieger packen und über dem Mittelmeer auskippen‹, hat er mal gesagt.«

»Hast du ihm nicht Kontra gegeben?«

»Doch. Natürlich habe ich es mit Argumenten versucht. Dass niemand auf der Welt seine Heimat ohne Grund verlässt. Dass die Menschen Leib und Leben riskieren, um vielleicht eine bessere Zukunft zu haben. Dass wir in Deutschland dringend Arbeitskräfte brauchen. Im Handwerk. In der Pflege. Der ist ja nicht blöd, habe ich immer gedacht.«

»Und?«

»Das hat ihn nur zu weiteren aberwitzigen Thesen animiert. Ich bin dann dazu übergegangen, seine Äußerungen einfach zu ignorieren und das Thema zu wechseln. Aber er fängt immer wieder damit an. Wie eine Gebetsmühle. Mittlerweile ist meine einzige Antwort Schweigen. Leider bringt ihn auch das nicht von seinem ewigen Weltuntergangsgeschmarre ab. Die Regierung will uns Deutsche ›ausmerzen‹. Die Merkel strebt die ›Umvolkung‹ an. Die Ausländer ›kriegen alles‹, wir Deutsche ›nichts‹.«

»Wie bitte?«

»Das Schlimmste dabei: Er geht mit diesem Unsinn nicht nur mir auf den Geist. Bei jeder Gelegenheit bringt er den auch bei Freunden, Bekannten, Familienangehörigen und Nachbarn aufs Tapet. Ich möchte manchmal wirklich im Boden versinken. Die meisten sind zu nett und kultiviert, um ihm über den Mund zu fahren. Sie distanzieren sich einfach.«

»Natürlich auch von dir.«

»An Silvester vor zwei Jahren hat er sich so danebenbenommen, dass sein bester Freund und dessen Frau um elf nach Hause gefahren sind. Seitdem ist der Kontakt völlig abgebrochen. Und die beiden Ehepaare, mit denen wir immer nach Speisach zum Bergfest gewandert sind, haben sich letztes Jahr mit Ausreden entschuldigt. Auf Facebook waren dann Bilder. Mit den Vieren. Später hat Carola zugegeben, dass sie sich Hartmuts Parolen nicht mehr anhören wollten.«

»Krass.«

»Seine missionarische Besessenheit treibt mich langsam, aber sicher in die soziale Isolation. Kannst du dir vorstellen, welches Spießrutenlaufen es für mich war, als er an jeder Ecke von den Plakaten für die Kommunalwahlen gegrinst hat? Die Leiterin der Kita, bei der ich ehrenamtlich als Vorleserin einspringen wollte, hat mir klipp und klar gesagt: ›Tut mir leid, Frau Gallwitz. Aber so eine politische Einstellung tolerieren die Eltern nicht.‹«

»Mein Gott. Du Ärmste. Gibt's eine Chance, dass er wieder zur Vernunft kommt? Er muss doch sehen, dass er dir damit schadet.«

»Ist ihm offenbar egal. Vor dem Wahlkampf stand er plötzlich an einem Samstag mit Anzug und Krawatte im Flur. Ich hab ihn gefragt, wo er in diesem Aufzug hinwill. ›Zum Fotografen. Plakatposter machen‹, war die Antwort. Ich hab ihn dann gefragt, ob ihm klar ist, was er mir damit antut. ›Ja‹, hat er ohne zu überlegen gesagt.«

»Das gibt's doch nicht.«

»Ich fürchte, er hat den Punkt bereits überschritten, von dem es kein Zurück mehr gibt. Wenn er jetzt die Richtung ändern würde, wäre das eine Riesenniederlage für ihn. Das verkraftet sein Ego nicht. Außerdem wäre niemand mehr da, der ihn aufnehmen würde. Er hat sie alle vergrault mit seinem Parteieintritt.«

»Entschuldige. Noch mal zum Mitschreiben: Ein Mann riskiert seine seit dreißig Jahren bestehende Ehe, seinen Freundeskreis und ein sorgenfreies Leben für eine Partei von Rechtspopulisten und deren unsägliche Ideen? Hat er komplett den Verstand verloren und sich selbst radikalisiert?«

»Ich weiß es nicht.« Jana hob die Schultern und breitete ratlos die Arme aus.

»Oder steckt da noch etwas anderes dahinter?«

»Hab ich auch schon dran gedacht. Ehrlich gesagt wäre ich froh, wenn er mit irgendeiner Fascho-Tussi abziehen würde und ich meine Ruhe hätte.«

»Und seit wann läuft schon nichts mehr zwischen euch?«

»Seit gefühlten hundert Jahren.«

»Was?«

»Na ja, würde es dich etwa antörnen, wenn dein Mann mit nacktem Oberkörper aus dem Bad kommt, die Unterhose auf halbmast, die *Bild* in der Hand, und sagt: ›Da hast du es wieder. Die Muselmänner nehmen uns die Weiber weg, und die Biodeutschen müssen zölibatär leben. Kein Wunder, wenn da mal einer rabiat wird.‹«

Micha schluckte. »Dann ist wohl nichts mehr zu retten.« Sie schluckte ein zweites Mal. »Ich habe einen Verdacht. Der will dich loswerden. Der will, dass *du* ausziehst. Dann ist er der Märtyrer der Wahrheit. Verlassen von der *eigenen Frau*, die nicht sehen will, wie es wirklich ist.«

Schweigend gingen sie weiter. Nach einer lang gezogenen Biegung führte der Weg wieder in den Wald und zum Wanderparkplatz.

*

In der Einfahrt des De-Angelis-Hauses stand eine rote Vespa.

»Ah, Claudio ist bereits da«, sagte Micha und parkte den Fiat daneben.

»Es riecht auch schon nach Mittagessen«, stellte Jana fest, als sie am Auslass des Dunstabzugs vorbeigingen. »Zwiebel, Knoblauch, Basilikum, Tomaten?«

»Pasta à la Claudio. Ich schau mal, ob meine Assistenz in der Küche benötigt wird. Mach's dir auf der Terrasse bequem. Ich bring uns gleich was zu trinken. Wir essen draußen.«

Micha kehrte mit einem Tablett zurück. Mineralwasser, Eiswürfel, Zitronenscheiben. Und eine Flasche Pinot Grigio. Hinter ihr tauchte Claudio auf. Hatte er seit ihrem letzten Treffen zugelegt? Seine schwarzen Haare waren von silbrigen Strähnen durchzogen.

»*Ciao, Jana, bellissima*. Du wirst immer jünger.« Fast hätte er die Abstandsregeln vergessen und sie umarmt, blieb dann aber doch beim Ellenbogengruß.

»*Ciao*, Claudio. Schön, dich endlich mal wiederzusehen.«

»Noch ein paar Minuten, dann sind die Penne fertig.« Schon war er wieder in der Küche verschwunden.

»Darf ich Claudio einweihen?«, fragte Micha.

»Ich glaube, das Outing hat eine therapeutische Wirkung. Seit ich es dir erzählt habe, fühle ich mich erleichtert. Also – keine Geheimniskrämerei.«

»Und ein Gläschen Wein hebt die Stimmung.« Micha goss ein.

»Luca, in fünf Minuten gibt's Mittagessen. Hilf mal deinem Vater beim Tischdecken. Wir essen auf der Terrasse«, rief sie in Richtung Treppenaufgang.

Wenig später brachte Claudio eine riesige Schüssel mit gemischtem Salat.

»Alles bio. Aus dem Hochbeet dahinten.« Micha deutete auf die beeindruckende Holzkonstruktion mit Foliendach am Ende des Grundstücks, stand auf und ging ins Haus.

»Luca. Hast du nicht gehört? Wir essen gleich.« Offenbar gehörte Mithilfe im Haushalt nicht zu den Einsatzgebieten eines Animateurs.

Micha kam selbst mit Pastatellern, Salatschalen und Besteck zurück. Es folgten die Terrinen mit Nudeln und Sugo und der Parmigiano-Streuer.

Claudio teilte aus und setzte sich, sichtlich zufrieden mit dem Ergebnis seines Kücheneinsatzes.

»*Buon appetito*. Fangt an.«

»Fantastisch«, schwärmte Jana nach den ersten Bissen. »Du hättest statt einer Autowerkstatt auch ein Restaurant aufmachen können. Vielleicht wäre das ja was, wenn du mal mit dem Traktorschrauben aufhörst?«

»Du meinst, ich habe Langeweile in der Rente?«

»Dazu müsste er erst mal in Rente gehen.« Micha lachte. »Claudio ohne Motorenöl und Schraubenschlüssel? Undenkbar.«

»Aber Jana, was machst du den ganzen Tag, seit du nicht mehr arbeitest?«, wollte Claudio wissen.

»Ach, dies und das. Haus, Garten. Da ist viel liegen geblieben, als ich zwischen England und Deutschland gependelt bin. Irgendwie stecke ich noch in der Orientierungsphase. Und die Pandemiebeschränkungen haben es auch nicht einfacher gemacht, wieder eine feste Struktur zu finden. Kein Sportverein, keine kulturellen Veranstaltungen, keine Treffen mit alten Freunden. Ich habe aber so eine Idee, die mir im Kopf herumschwirrt.«

»Ach ja?«

»Einen Roman. Oder einen Krimi.«

»Du willst schriftstellern? Worum soll's denn gehen?«

»Machenschaften, Korruption und Vetternwirtschaft in einer europäischen Behörde.«

»Autobiografisch«, unterstellte Micha.

»Material habe ich genug, das kannst du mir glauben. Aber keinerlei Ahnung, wie man so ein Projekt angeht. Mein Leben lang hatte ich nur mit medizinischen oder juristischen Texten zu tun. Geschichten zu schreiben ist was ganz Neues für mich. Dazu fehlt mir der Werkzeugkasten komplett.«

»Vielleicht kann Micha dir helfen«, schlug Claudio vor. »War ja mal Journalistin.«

Die winkte ab. »Ist zu lange her. Außerdem war ich Reporterin. Fiktion war nicht mein Fach. Aber vielleicht fällt mir jemand ein, der dir unter die Arme greifen könnte. Ein paar Kontakte in die Branche habe ich noch. Ich melde mich bei dir.«

»Noch Pasta?«, fragte Claudio.

»Ich würde ja gerne, aber ich platze gleich. Danke, Claudio, du Meisterkoch.«

»Ruh dich noch ein wenig aus, Liebster. Wir kümmern uns um die Küche«, bot Micha ihrem Mann an.

Die Freundinnen räumten ab und brachten das Geschirr nach drinnen.

»Mama!« Eine zweibeinige Entrüstung stand plötzlich in der Küchentür. »Warum sagt mir keiner, dass es Mittagessen gibt? Ich sterbe da oben vor Hunger.«

»Ich habe dich zweimal gerufen.«

»Hör ich doch nicht mit den Kopfhörern auf!«

»Aber du hast doch zurzeit gar keine Vorlesungen.«

»*Hades*, Mom.«

»Was ist?«

»Sieger bei den British Academy Games Awards.«

Micha rollte mit den Augen.

»Pasta ist genug da, und Sauce ist auch noch übrig.«

Luca pickte eine Nudel aus der Schüssel, tunkte sie in den Sugo und steckte sie in den Mund.

»Genießbar, aber kalt«, stellte er fest.

»Dahinten, junger Mann, neben der Spüle, der silbrige Kasten.« Micha schien langsam die Geduld zu verlieren. »Stell deinen Pastateller dort rein, Drehknopf auf drei, dann ›Start‹ drücken.«

»Alles muss man selber machen«, maulte Luca und lud sich den Teller voll.

»Soll ich dich auch noch füttern, Baby?«, sagte Micha.

»Ich glaub, ich brauch jetzt eine Abkühlung«, wandte sie sich an Jana. »Lass uns eine Runde im Pool drehen. Du kannst dich im Gäste-WC umziehen.«

Als beide in Badeanzügen wieder in den Garten traten, nahm Claudio die Füße vom Gartenstuhl und stand auf.

»*Porca miseria! Due belle ragazze*. Und ich muss arbeiten.« Er gab seiner Frau Abschiedsküsschen auf die Wangen. »Hab mich gefreut, dich wiederzusehen, Jana. *Arrivederci*. Macht euch einen schönen Nachmittag.«

Claudio fuhr mit der Vespa davon.

Jana stellte sich auf die dritte Stufe der Poolleiter. »Frisch, aber angenehm«, befand sie und stieg langsam hinunter. Micha schwang sich ohne Zögern vom Beckenrand ins Wasser.

»Schon toll, so ein Pool auf dem eigenen Grundstück«, gestand Jana nach zwei Runden.

»Ein echtes Privileg. Besonders in diesem Sommer, wo alles wegen Corona geschlossen war.«

»Ja, eine schwierige Zeit für viele«, sagte Jana. »Familien mit Kindern in Großstadtwohnungen. Spielplätze und Kitas zu. Senioren in den Heimen mit monatelangem Besuchsverbot. Homeschooling und Homeoffice zusammen auf engstem Raum.«

»Der Lockdown war für dich bestimmt auch nicht einfach, nach dem, was du mir vorhin erzählt hast. Fortwährend Hochspannung im eigenen Heim und kein Entrinnen.«

»Du sagst es. Zuerst hatten die Schwurbler ja keine klare Positionierung und waren eher in Lauerstellung: Reagiert die Regierung zu lasch und setzt die Bevölkerung einem gefährlichen Virus aus, ohne Gegenmaßnahmen zu treffen? Erst nach Wochen haben sie die Chance gesehen, die unbequemen Entscheidungen der Politiker an den Pranger zu stellen und für ihre Bauernfängerei zu nutzen. Das immer gleiche Schema: selbst ohne Konzept, ohne Lösungen, aber kritisieren, was andere entscheiden. Und mein Mitbewohner mittendrin. So, jetzt ist mir kalt.«

Den Rest des Nachmittags verbrachten die Freundinnen mit Geplauder und Anekdoten aus ihrer gemeinsamen Schulzeit. Die Zeit verging wie im Flug. Jana sah auf die Uhr.

»Schon halb acht. Wann kommt Claudio eigentlich nach Hause?«

»Das kann spät werden. In der Erntezeit tauchen die Bauern oft abends noch mit kaputten Geräten auf. Und die brauchen sie dann natürlich am nächsten Morgen.«

»Ich mache mich jetzt auf den Heimweg. Nachtfahrten sind nicht mehr so meins, vor allem wegen der Rehe hier draußen.«

»Eines noch«, sagte Micha, während sie Jana zur Gartentüre begleitete. »Falls es zu kritisch oder unerträglich wird bei dir zu Hause: Du kannst jederzeit zu uns kommen.«

»Danke, Micha. Und grüß Claudio und Luca von mir.«

›Was für eine glückliche Familie‹, dachte Jana während der Heimfahrt, ›trotz gelegentlicher Nickeligkeiten und Dissonanzen. Die aber nicht boshaft oder aggressiv aufgeladen sind, sondern das Salz in einer sehr bekömmlichen Suppe. Es geht also auch anders. Sogar nach vielen Jahren.‹

Jana parkte den Audi in der Doppelgarage neben dem Mercedes ihres Mannes. Sie schloss die Haustür auf und stellte die Badetasche im Flur ab. Aus der Küche drang Geklapper. Als sie eintrat, stand eine dünne Rothaarige vor ihr, die zwei Sektgläser ausspülte.

»Was ist denn hier los? Wer sind Sie, und was machen Sie in meiner Küche?«

»Wonach sieht aus?«, kam die Gegenfrage.

Hartmut Gallwitz kam aus dem Wohnzimmer herbeigeeilt.

»Hallo, Jana. Wolltest du nicht eigentlich über Nacht bleiben? Ähm, das ist Bogdana.«

»Ach ja?«

Bogdana stellte sich demonstrativ neben Hartmut, verschränkte die Arme vor der Brust und sah Jana herausfordernd an.

»Bogdana erledigt Schreibarbeiten in unserem Fraktionsbüro und so Sachen. Sie ist Dolmetscherin für Russisch.«

»Für Russisch? Das ist ja interessant. Und heute macht sie Überstunden ›und so Sachen‹? In Heimarbeit?«

»Gibt viele wichtige Arebeit für Partei«, sprang die Assistentin ihrem angeblichen Vorgesetzten bei.

»Und damit man den braunen Irrsinn überhaupt aushält, pichelt man sich zuvor mit Schampus einen an. Völlig klar.« Jana nahm das Geschirrhandtuch und rieb die Sektgläser mit großer Sorgfalt trocken. Sie hielt sie prüfend gegen das Licht, ließ sie in den Restmüllbehälter fallen und warf das Tuch hinterher.

»So, Frau Bogdana«, sagte Jana und wusch sich die Hände. »Die Party ist vorbei, das Homeoffice schließt jetzt. Sie dürfen gehen. *Dobrij wjetscher.*« Sie hielt die Tür auf.

Sichtlich irritiert und mit offenem Mund drehte sich die Russin um.

»Nun. Ja. Ähm.« Hartmut Gallwitz trat von einem Bein aufs andere. »Bogdana, ich glaube, es ist besser, du gehst jetzt.«

»*Ich* jetzt soll *gehen*?«, fragte sie zänkisch. »Wohin?« Sie stemmte die Hände in die Hüften. »*Ty sovsem sumasschedschiy!*«, fuhr sie Hartmut an.

»Ach so. Ja. Nein. Ich fahr dich natürlich nach Hause.«

»Ich wusste gar nicht, dass du plötzlich so ein großes Herz für Migrantinnen hast. Ganz neue Züge an dir«, spottete Jana gallig und trug ihre nassen Sachen in die Waschküche.

Beim Aufhängen von Badeanzug und Handtuch stellten sich ihr Fragen. ›Auf wessen Gehaltsliste steht die eigentlich? Auf der vom Ortsverband? Auf der vom Kreml? Sind die Braunen die Fünfte Kolonne Moskaus, wie es neulich in einem Zeitungskommentar hieß?‹

Sie ließ sich aufs Sofa fallen und goss sich ein Glas Domina ein. Ihre Ahnung hatte sich also bestätigt. Sie hielt es für unwahrscheinlich, dass Verschwörungsgeschwurbel, Hetzfantasien und Besessenheit von faschistischen Ideen ausschließlich Hartmuts Hirn entsprangen. ›Hat man eine Venusagentin auf ihn angesetzt? War er in eine Honigfalle getappt? Wie lange ging das schon? Wie oft hat diese Schnepfe in meinem Bett geschlafen?‹ Jana griff nach dem Smartphone. Die Suche nach *Gallwitz Braune Partei* brachte Facebook-Einträge, Tweets, Artikel aus der Lokalzeitung, Pressemitteilungen der Partei. Eine davon bezog sich auf die Kandidatenkür für die letzte Wahl und zeigte ein Foto. In der vordersten Reihe war sie, die Frau, die gerade in Janas Küche Sektgläser gespült hatte. Rechts daneben Hartmut.

›Dieser Drecksack. Das geht schon mindestens zwei Jahre.‹

Jana kippte den Rest des Rotweins hinunter, warf das Smartphone auf den Fernsehsessel und stieg die Treppe hinauf. Im Schlafzimmer öffnete sie das rechte Abteil des Kleiderschranks, stellte sich einige Sekunden lang davor und überlegte. ›Jetzt oder nie!‹ In den Flur flogen im hohen Bogen: der graue Anzug, der schwarze Wollfilzhut, ein Stapel Hemden, eine Handvoll Krawatten, Schlafanzüge, die lächerlichen Lederknickerbocker, Socken und Unterwäsche. Danach riss sie die Schublade aus dem linken Nachttisch und kippte deren Inhalt über den Klamottenhaufen. Tempos, Herpescreme, Manschettenknöpfe. Arcoxia, Ibuprofen, Allopurinol. Nasenhaarschere, Nagelclip und Ohropax. Etwas fiel klirrend zu Boden. Sie hob es auf, betrachtete den Doppelbartschlüssel und grinste. ›Genau‹, dachte sie. Sie ging ins Bad und warf ihn in die Klosettschüssel.

Zufrieden mit sich und ihrem spontanen Entschluss stieg sie die Treppe hinunter. Sie drehte das Küchenradio auf volle Lautstärke, warf den Kopf in den Nacken und schritt zielstrebig zum Spirituosenkabinett in der Schrankwand des Wohnzimmers. In einer Situation, in der Erleichterung den Schmerz besiegte, gab es für sie nur ein Getränk, das angemessen war. Sie stellte ein Glas auf die nach unten geklappte Tür des Barfachs und nahm die schlanke Flasche mit dem mächtigen Stier heraus, der sie, auf einer riesigen Reklametafel am Horizont, bereits vor Jahrzehnten als Touristin begrüßt hatte, kurz nach dem Grenzübertritt von Frankreich nach Spanien in ihrem alten metallicblauen Prinz TT mit der aufgestellten Heckklappe. Sie goss sich einen großzügig bemessenen Veterano Solera ein. Aus der Küche näselte der junge Bob Dylan mit Kopfstimme. *You must leave now, take what you need, you think will last.* Sie hob das Glas gegen die Deckenleuchte, betrachtete wohlgefällig die bernsteinfarbene Flüssigkeit und inhalierte das volle, runde Aroma. *But whatever you wish to keep, you better grab it fast.* Sie nahm einen Schluck und ließ den Brandy im Mund kreisen, ehe sie mit geschlossenen Augen die sanfte Wärme in Kehle und Speiseröhre genoss. Erinnerungen an frühere Urlaube an der Costa Brava flimmerten durch ihren Kopf. ›Wie leichtsinnig und unbekümmert wir doch waren. Vorbei. Unwiderruflich.‹ *Strike another match, go start anew, and it's all over now, baby blue.* ›Genau‹, dachte sie, verzog den linken Mundwinkel und blies sich eine Haarsträhne aus dem Gesicht. Sie nahm ein Blatt Druckerpapier, einen Textmarker und schrieb in Großbuchstaben. Dann klemmte sie das Blatt in den Rahmen des Garderobenspiegels. IT'S ALL OVER NOW, BABY BLUE!

ZWEITER TEIL

7

Karl Niemetz wachte auf, weil ein Panzer durch die Straße vor seinem Haus donnerte. Gelbliche Blitze zuckten durchs Zimmer. Der Heizkörper klapperte in der Aufhängung. Sein Haus war neunzig Jahre alt und stand in einem Erdbebengebiet. Drunten im Tal hatten sie zuletzt Erschütterungen mit einer Stärke von 4,5 gemessen. Aber Panzer? Die Haubitzen vom Kalten Markt? Einmarsch der Russen? Der Panzer war die leichte Steigung am Ende des Dorfes hinaufgerumpelt, und hinter der Kurve verschluckte der Wald den ärgsten Lärm.

Niemetz drehte sich zur Wand und zog die Decke über den Kopf. An ein Weiterschlafen war nicht zu denken. Ein kleinerer Panzer schien nachgerückt zu sein. Metall schrappte über Asphalt und knallte gegen Bordsteinkanten, die gusseisernen Kanaldeckel hüpften in ihren Halterungen. Niemetz wälzte sich aus dem Bett. Neue Lichtblitze, weniger grell. Auf dem Firmenparkplatz gegenüber sah er, wie sein Nachbar Pia mit dem kleinen Schneepflug der Gemeinde eine Gasse durch die Haufen schob, die der mächtige Landkreispflug an die Straßenränder geworfen hatte. Eigentlich durfte der Landkreispflug die Dorfstraße gar nicht räumen, und wenn er es doch tat, hätte er so langsam fahren sollen, dass er die von den Hausbesitzern am Vorabend freigeschaufelten Gehsteige und Eingänge nicht mit dem schweren Pappschnee zubetonierte.

Karl Niemetz litt unter Schlafstörungen. Auf der Leuchtanzeige des Radioweckers las er *Sonntag, 05:45*. Während der Nacht hatte es offenbar stark geschneit; er würde »bahnen« müssen, wie die Einheimischen das Schippen nannten. Er drehte die Heizung auf, ging ins Bad und trank Wasser aus der Leitung. Diese Träume. Ermordung des Vaters, Fluchtversuche mit gelähmten Beinen, Zusammentreffen mit dem Miststück Rosemarie – altvertraute Gespenster. ›Angie‹, dachte er plötzlich. ›Wo ist die Angie?‹ Er machte Licht und rief in den Flur: »An-gie, wo bist du?« Barfüßig ging er hinunter in die Küche. Durchs Fenster fiel der kalte Schein der Straßenbeleuchtung. Pia drückte den Schnee an die Ränder, fuhr mit heulendem Motor vorwärts und rückwärts und drehte fast auf der Stelle. »An-gie?« Wohnzimmer, Arbeitszimmer, Treppenhaus – leer.

Niemetz ging zur Haustür und rieb sich den Kopf mit Schnee ab. Er nahm die Samstagszeitung aus der Halterung, kehrte zurück ins Bad und blickte in den Spiegel. Ein fremder Zausel glotzte ihn grämlich an: nasses Gesicht mit runzeliger Stirn, die tiefen Abwärtsfalten aller Magenkranken um die Mundwinkel, mehrtägige Bartstoppeln und ein paar verklebte Haare um den kahlen Schädel herum. Die karierte Pyjamajacke falsch geknöpft. *Der Menschheit ganzer Jammer.*

Er rubbelte den Kopf trocken und warf das Handtuch in die Wanne. Seine Knie drohten nachzugeben. Er setzte sich auf den Rand. »Mann!«, fluchte er und stützte sich auf den Oberschenkeln ab. Er ließ den Kopf hängen. »Mann! So eine Scheiße. So eine gottverdammte Scheiße.« Angie war weg, für immer. Er schluckte und bekam nasse Augen.

Anfang Januar war sie nicht mehr auf die Beine gekommen. Die Arthrose in den Hüftgelenken war zu weit fortgeschritten. Auf der Wiese gegenüber dem Haus geschah es dann. Sie knickte mit den Hinterbeinen ein. Ihr Blick sagte ihm: Es ist so weit. Nach zwei

Jahren Medikamenten-, Physio- und Elektrotherapie bestand keine Hoffnung mehr. Die Abstände zwischen den Cortisongaben waren immer kürzer geworden, und mit dem Einbau einer flacheren Treppe zum ersten Stock hatte er das Unvermeidliche nur hinausgezögert – um zwanzig Monate, immerhin.

Vierzehn Jahre zuvor hatte Angie ihn nach der Trennung von seiner Freundin aus dem Tal der Tränen geführt. Charlottes zuverlässig kritische Einstellung zu allem und jedem war wohl der Versuch gewesen, sich gegenüber einem deutlich älteren, von ihr so genannten »Akademiker« zu behaupten. Als Karl Niemetz das Gefühl hatte, sein Alltag werde immer stärker von einem ununterbrochenen, nörgelnden Grundrauschen bestimmt, hatte er die Beziehung beendet. Wochenlang grübelte er danach, wie er zu der Entscheidung gelangt war, in seiner Heimat alles aufzugeben und Hunderte von Kilometern weit weg in diese Bergregion zu ziehen, wo ein archaischer Dialekt gesprochen wurde. »Schnee« war *Schnui*, aus »halten« wurde *heben*, »nicht« hieß *itte*. Manche Ausdrücke musste er im Grimm'schen Wörterbuch nachschlagen. *Häs, das*: »Kleidung, die«; *Fiedle, das*: »Hintern, der«.

Gelähmt von Selbstmitleid und Weltenjammer hatte er kaum das Bett verlassen und sich von Fernsehen und Bier ernährt. Veronika, Frau seines Universalhandwerkers, die bei ihm Englischstunden genommen hatte, weil sie im Museumsshop Souvenirs an internationale Touristen verkaufte, schaute eines Tages vorbei, besichtigte das Elend und diagnostizierte: »Du brauchst einen Hund.« Und sie wusste auch schon, welchen. »Die Angie ist acht Monate alt und herrenlos. Sie läuft bei uns im Reitstall als die Kleinste den andern vier hinterdrein. Los, komm mit.«

Das Tier hatte sich in der Scheune verkrochen und musste von Veronika herausgelockt werden. Ein verängstigtes Geschöpf, dessen Rippen sich überdeutlich unterm Fell abzeichneten. Karl Niemetz beugte sich vor und streckte dem jungen Hund den Handrücken zum Beschnuppern hin. Angie würde sich seinen Geruch merken. Sie war ein Mali-Welpe mit großen, spitzen Ohren. Die Belgischen Schäferhunde zählten zu den gelehrigsten und anpassungsfähigsten der Welt. Im ganzen Land hatten Polizei, Zoll und andere Behörden mit Diensthunden begonnen, die teilweise überzüchteten Deutschen Schäferhunde durch Malis zu ersetzen. Karl Niemetz horchte in sich hinein. ›Werde ich lange genug leben? Was ist, wenn ich vor dem Hund sterbe? Wer wird sich dann kümmern? Schon wieder eine falsche Entscheidung?‹

In den Ohren spürte er das Pochen seines Herzens. Hunde nörgeln nicht, wusste er. Wenn du sie ordentlich behandelst, werden sie dich immer lieben. Und sie werden sich jedes Mal freuen, wenn sie dich sehen, egal, in welchem Zustand du daherkommst.

Veronika hatte ihn angesehen. »Und?«, fragte sie.

»Ich fahr jetzt runter zum Tiershop«, hatte er geantwortet. »Ich kaufe alles, was sie braucht. Dann bringen wir beide sie zu mir und schauen, ob es ihr gefällt.« Es hatte ihr gefallen: großes Bett, weiche Decke, Quietschknochen, Igelball, ein alter Turnschuh, Hundebar mit zwei Edelstahlschüsseln, Wasser in der einen, klein geschnittenes Brathähnchen in der anderen.

Vierzehn wunderbare Jahre lang waren er und Angie unzertrennlich gewesen. Sie hatte sich für die Rettung bedankt, indem sie seinen Tag durch dreimaliges Gassigehen bei jedem Wetter strukturierte. Und weil sie auch ihn gerettet hatte, bedankte er sich jeden Tag aufs Neue bei ihr. Arbeitete er an seinen Texten, lag sie auf einem alten Autositzbezug unterm Tisch zwischen seinen Füßen und dem Heizkörper. Sah er fern, hüpfte sie zu ihm aufs Sofa. Ans Mitfahren im Auto musste sie sich gewöhnen, doch nach dem vierten, fünften Ausflug überstand sie auch längere Strecken, ohne sich zu übergeben. Einige Jahre später hatte sie seinen Tonfall so weit verinnerlicht, dass sie ganze Sätze verstand, auch wenn diese nicht von Gesten begleitet wurden. »Geh rüber ins Wohnzimmer und leg dich auf dein Bett. Ich bring dir gleich dein Essen.« Bevor er ins Dorf zum Einkaufen ging, schaltete er das Radio an. Den Satz »Ich komm *gleich* wieder« verstand sie als Versprechen, nicht verlassen zu werden, auch wenn »gleich« zuweilen zwei Stunden oder länger bedeutete. Hatte sie Probleme mit der Verdauung und musste nachts auf die Wiese, kam sie ins Schlafzimmer, schob ihre Schnauze auf die Bettkante und wartete, bis er aufwachte. Hündische Liebe eben.

Jetzt lag sie flach auf der Erde und scharrte vergeblich mit den Vorderbeinen, um Halt zu finden und ihre fünfunddreißig Kilo hochzustemmen. »Langsam, mein Mädchen«, beruhigte er sie, schob seine Arme unter ihren Leib und hob sie vorsichtig hoch. Danach gingen sie gemächlich und mit Pausen zurück zum Haus und zur Garage. Karl Niemetz klappte die Einstiegsrampe für den Kofferraum auf und half ihr hinein. Sie fuhren hinunter ins Tal zur Tierarztpraxis von Dr. Brauchle. »Es geht nicht mehr, Herr Doktor«, erklärte er dem jungen Veterinär. »Ich glaube, wir müssen sie erlösen.« Zu zweit hoben sie Angie auf den Tisch. Der Tierarzt hörte sie ab und betastete Hüfte und Hinterbeine. Er leuchtete ihr in die Augen und maß die Temperatur, dann holte er sich die Behandlungsdaten auf den Bildschirm und atmete tief durch. »Wir haben alles versucht. Sind Sie sicher, Herr Niemetz, dass wir ihr Leiden beenden sollen?« Niemetz nickte.

Er umarmte Angie, hielt sie fest und sein Gesicht in ihr Fell gedrückt, während ihr der Arzt die Spritzen verabreichte. Nach zwei Minuten hörte Dr. Brauchle das Herz ab und sah Niemetz an. Zuvor hatten sie besprochen, dass Angie abgeholt und zum Tierkrematorium gebracht werden würde.

Eine Woche später vergrub Karl Niemetz ihre Asche unter der Fichte vor der Terrasse, nagelte ihr Halsband an den Stamm und errichtete mit Schiefer- und Dolomitbrocken einen kleinen Grabhügel. Anschließend zündete er in seinem Arbeitszimmer eine Kerze an, legte den Kopf auf die Schreibtischplatte und heulte wegen seiner Kaltschnäuzigkeit.

Um neun schaltete er den Rechner ein. Noch immer im Schlafanzug, setzte er in der Küche Teewasser auf und bereitete seine Hausmischung vor: Minze, grüner Jasmin, Kamillenblüten, Ingwer. Er holte Glastasse, Untersetzer und Löffel ungespült aus der Maschine, schwenkte alles unterm Wasserstrahl durch und stellte es auf ein Tablett. Dazu Honig, Zitrone, Süßstoff und Zwieback. Acht Minuten musste der Tee im Netz ziehen. *Kleben und kleben lassen* lautete die Hauptüberschrift auf der ersten Seite der Zeitung auf dem Küchentisch. Es ging um Klimaaktivisten.

Nach einer halben Stunde hatte sich sein fünfzehn Jahre alter Dell sortiert. Im Posteingang lagen ein Angebot des Herrenausstatters für einen nachtblauen italienischen Anzug, eine Service-Erinnerung vom Radhaus Winter und eine Nachricht, abgeschickt um acht Uhr: *Der PCR-Test war negativ. Ich fahre jetzt los und bin in 4 Stunden da. J. G.*

»Sapperlot!«, knurrte er. »Wieso kommt die heute schon? Hatten wir das ausgemacht?« Er sah sich in der Wohnung um: herumliegende Klamotten; Bücher, Zeitungen, Manuskripte; Geschirr in der Spüle, Flaschen und Gläser auf den Tischen; Schuhe mit Matschklumpen in der Garderobe, über die Eichendielen wabernde Wollmäuse, das Schlafzimmer eine Karawanserei. »Kruzitürken!«

Ende des vergangenen Jahres hatte die Redaktion der Wochenzeitschrift *Süddeutscher Kurier* eine Leserbrief-Mail an Karl Niemetz weitergeleitet. Er hatte anlässlich einer Konstanzer Demonstration gegen »das Ermächtigungsgesetz« und »Corona Menschenversuche« einen

Artikel über »spinnerte Querulanten und rechte Trottellummen« geschrieben. Der darauffolgende Shitstorm war erwartbar gewesen: *Wir wissen, wo du wohnst – Guck immer zuerst unters Auto – Aktionswoche des Bestattungsinstituts ›KannWeg‹*. Die krakeelenden Hater waren in der Überzahl, die sachlichen Argumentierer erhielten von ihm eine Antwort; Zuschriften von Trittbrettfahrern, die sich aus durchsichtigen Gründen anbiederten, ignorierte er.

Absenderin der Leserbrief-Mail war eine Michaela de Angelis. Der Name sagte ihm nichts, eine Recherche im Netz erbrachte keine Ergebnisse. Frau de Angelis schrieb, sie könne sich mit seinen kritischen Anmerkungen zur angeblichen »Macht des Weltjudentums« und zum »organisierten Austausch der weißen Rasse« durch eine »gewaltbereite Migrantenpest« identifizieren. Aber Impfskeptiker pauschal in einen Topf mit »querdenkenden Verschwörungsraunern« zu werfen, halte sie für unseriös. Auch dass er eine demokratisch gewählte Parteivorsitzende als »schwule Bodenseewachtel« bezeichnet habe, sei niveaulos.

Niemetz hatte knapp geantwortet und sich für die konstruktive Kritik bedankt. Die »Bodenseewachtel« sei eine Replik auf »Kopftuchmädchen und sonstige Taugenichtse« gewesen. Außerdem bitte er darum, die beanstandete Textstelle noch einmal genau zu lesen: *Dieser dermaßen unsäglich diffamierte Personenkreis dürfte keine vergleichbar breite Medienplattform zur Verfügung haben, um sich zu wehren. Deshalb sei die Frage gestattet, wie sich die Parteivorsitzende wohl fühlen würde, wenn man sie öffentlich als »schwule Bodenseewachtel« bezeichnete.*

Damit war die Korrespondenz für ihn abgeschlossen – für Frau de Angelis nicht. Sie habe seine Rezension von *Unterleuten* gelesen, ihrer derzeitigen Lieblingslektüre, und wollte von ihm wissen, wie man das aushalte, sich als Literaturkritiker, der er ja auch sei, dafür bezahlen zu lassen, dass man ständig andere kritisiere und damit

Existenzen gefährde, ohne – nach ihrem Kenntnisstand – selbst je auch nur eine Gedichtzeile oder eine Kurzgeschichte, geschweige denn einen Roman geschrieben zu haben. Er hatte geantwortet, dass man sich – solange man seine Bewertungskriterien offenlege und sein Urteil nicht als päpstliche Bulle von der Kanzel verkünde – sogar über eine Opernaufführung äußern dürfe, ohne seine Kritik als Arie vortragen zu müssen. Danach hatte er den Gedankenaustausch einschlafen lassen.

Wochen später erhielt er den Anruf einer Frau, die sich als Jana Gallwitz vorstellte und behauptete, sie habe seine Nummer von ihrer Freundin de Angelis erhalten. Der Stimme nach zu urteilen war Frau Gallwitz um die sechzig und aus Süddeutschland. Ihre Ausdrucksweise verriet sprachliche Kompetenz, und sie kam schnell zur Sache.

»Ich habe ein persönliches Anliegen, Herr Niemetz. Ich möchte einen Krimi über Korruption, Machtmissbrauch und kriminelle Strukturen in einer europäischen Behörde schreiben. Es wäre mein erster literarischer Versuch, und ich habe keine Ahnung, wie man Form und Inhalt zusammenbringt. Und was man überhaupt alles beachten muss. Meine Freundin Micha hatte die Idee: ›Warum fragst du nicht Charly Niemetz? Der war mal Dozent an der Journalistenschule und ist auch Rezensent. Der kennt sich bestimmt in dem Metier aus.‹«

Niemetz hatte wegen der Nennung seines Spitznamens kurz innegehalten, dem aber keine besondere Bedeutung zugemessen. In seinem Beruf war man heutzutage rasch bekannt wie ein bunter Hund. Seiner Erinnerung nach hatte er sich grundsätzlich bereit erklärt, Frau Gallwitz behilflich zu sein, und eine Art Workshop vorgeschlagen. Wenn sie ebenfalls geimpft sei, könne sie ihn gern besuchen, sobald es die Corona-Einschränkungen in ihren jeweiligen Bundesländern erlaubten.

Karl Niemetz gähnte ausgiebig, streckte sich und machte sich unfroh ans Werk. Geschirr verschwand in der Spülmaschine, Wäsche in der Waschmaschine, Flaschen kamen im Fußwännchen in den Keller. Beide Schlafzimmer wurden zugesperrt. Im Bad sprühte er Kacheln, Waschbecken und Wanne mit Essigreiniger ein und brauste sie ab; die alten Handtücher schmiss er in den Wäschepuff und legte den Deckel auf. Die Toilette wurde kontrolliert, desinfiziert und neu bestückt. Spüle, Anrichte, Herd- und Tischplatte erhielten eine Oberflächenbehandlung mit Prilschwamm und Küchenpapier. Mit dem Mikrofaserstecken wedelte Niemetz über Lampenschirme und Regale. Danach stellte er den Staubsauger auf maximale Leistung und fuhr im Wohnzimmer in alle Ecken. Er zog die Rollos hoch, riss zehn Minuten lang die Fenster auf, verteilte anschließend großzügig Primavera-Geruchsspray und schob – soweit vorhanden – die Gardinen vor die halb blinden Fensterscheiben.

In der Kellersauna gab es eine Dusche, die man, wenn es eilte, nach Benutzung nicht unbedingt zu säubern brauchte. Als Duftnote für Duschgel und Rasierwasser wählte er die schon fast eingetrockneten Reste jener Herrenserie, die ein bekannter Schriftsteller einst für die paar Dinge auserwählt hatte, die er mitnähme, würde ihn das Schicksal auf eine einsame Insel verschlagen – »keineswegs, um die Moral einer schönen Frau zu erschüttern, sondern zur Stärkung der eigenen Moral«, wie ihn die Produktlyrik zitierte. Schwarze Unterwäsche, dunkle Hose mit Bügelfalten und frisches dunkles Hemd – *bella figura*.

Kurz vor zwölf klingelte es. Als ungeplantes Mittagsmahl sah das Notfallprogramm Spaghetti mit irgendetwas vor. Niemetz hatte gerade das Kochwasser aufgesetzt. Der Blick aus dem Fenster zeigte eine weiße Landschaft in diesigem Licht; es schneite, und der Schneepflug würde sicher noch einmal räumen müssen. Vor dem

Haus stand ein schwarzer Audi mit roten Bremssätteln. Auf dem Weg zur Haustür warf er die ausgetretenen Filzpantoffel die Kellertreppe hinunter und schlüpfte in die schwarzen Lederslipper.

»Hallo, Herr Niemetz. Ich bin Jana Gallwitz. Schön, Sie wiederzusehen.«

Sie hatte einen sauber geschnittenen Bob mit grauen Strähnen und kleine goldene Ohrstecker. Das Make-up war zurückhaltend: ein Hauch von dunkelrotem Lippenstift, kein Eyeliner. Unter dem gesteppten schwarzen Anorak trug sie einen roten Strickpullover, dazu schwarze Jeans. Frau Gallwitz war mittelgroß, vielleicht etwas mollig und hatte eine natürliche, freundliche Art, sich zu präsentieren. Zugleich signalisierte ihr Blick abwartende Distanz, aber auch, wenn nötig, die Bereitschaft zum Gefecht, mit Florett oder Säbel.

»Äh – hallo. Kommen Sie rein.«

»Sollten wir Masken tragen?«

»Nein, das dürfte nicht nötig sein.«

Vor lauter Verlegenheit wusste er nicht, was er seinem Besuch zuerst abnehmen sollte, den Anorak oder die Reisetasche. Er nahm beides gleichzeitig. Jana Gallwitz stampfte sich währenddessen auf dem Abtreter den Schnee von den Stiefeln und zog deren Reißverschlüsse auf.

»Ich bitte Sie«, sagte er, »lassen Sie sie doch an.«

»Kommt nicht infrage«, erwiderte sie, schritt auf bunten Socken zur Treppe und fragte: »Wo geht's hin?«

»Oben links. In die Küche.«

Beim Öffnen der Tür beschlug ihr eine Wasserdampfwolke die Brille. Sie nahm sie ab, marschierte zum Herd, drehte die Heizstufe auf null und schaltete den Abzugsventilator ein. Sie sah das Nudelpäckchen, daneben ein Glas mit grünem Inhalt und lachte.

»Das sieht mir doch stark nach einem opulenten Junggesellenmenü aus.«

»Wie Sie es bloß so schnell erraten haben! Spaghetti mit selbst gemachtem Bärlauchpesto.«

»Sie haben keine Frau?«

»Hatte ich.«

»Was ist passiert?«

»Das Übliche.«

Jana Gallwitz ging zum Kühlschrank und drehte Niemetz den Rücken zu. Sie warf einen Blick ins Innere und fragte:

»Was versteht ein Mann Ihres Alters unter ›das Übliche‹?«

»Na, was denn schon«, fuhr er sie ungnädig an. »Sie hat mich beschissen.«

Sie schob ein paar dubiose Gläser und abgelaufene Joghurtbecher hin und her und tat, als suchte sie etwas Bestimmtes.

»Und seitdem leben Sie allein?«

»Erst seit Angie gestorben ist. Vor einem Jahr.«

»Angie?«

»Meine Hündin. Mein Kind. Die ganz große Liebe.«

»Möchten Sie darüber reden?«, fragte Jana vorsichtig.

»Nur so viel: Hunde sind die besseren Menschen. Mehr gibt es nicht zu sagen.«

Jana drehte sich um. »Haben Sie Parmesan?«

Niemetz sah zum Fenster hinaus. »Gut möglich«, sagte er über die Schulter. »Falls er nicht angeschimmelt ist.«

Sie zog das Gemüsefach heraus.

»Aus dem Ding da könnte ich uns einen Salat machen. Haben Sie Zwiebeln? Essig? Öl?«

Das »Ding da« war ein nicht mehr ganz frischer Kopfsalat, und die Zwiebeln trieben bereits Schlutten aus.

»Wie wär's«, versuchte er ihren bestimmenden Eifer zu unterlaufen, »wenn wir uns erst mal setzen und Tee trinken?«

Die Thermoskanne hatte den Morgentee einigermaßen warmgehalten. Während er zwei saubere Tassen aus dem Geschirrschrank holte und Zucker, Honig, Zitrone und Dosenmilch auf den Tisch stellte, musterte sie ihn. ›Immer noch so groß wie früher‹, befand sie. ›Ein bisschen mager ist er geworden, der Herr Hagestolz. Keine Frau im Haus, dafür ein fast leerer Kühlschrank. *Männer.*‹ Zusätzlich stellte sie fest, dass sich sein Haupthaar deutlich gelichtet beziehungsweise völlig zurückgezogen hatte. Der Tom-Selleck-Schnurrbart war ab, und das Gesicht zeigte Falten eines langen und vermutlich abwechslungsreichen Lebens. Dessen Bürde lastete vielleicht auch auf seinen Schultern und mochte die Ursache für die leicht vornübergebeugte Haltung sein. Er goss ihr ein und setzte sich ans andere Tischende. Beide schwiegen und rührten konzentriert um.

»Sie sagten vorhin etwas von ›wiedersehen‹. Soll das heißen, dass wir uns von früher kennen?«, begann er umständlich.

Auf ihrem Gesicht breitete sich ein Grinsen aus, und in ihren Augen trieb ungehemmt der Schalk sein Wesen. Karl Niemetz fühlte sich auf die Folter gespannt. Hatte er diese Koboldmimik nicht schon einmal bei einer Frau gesehen?

»Früher hieß ich Jana Czech. Micha de Angelis und ich saßen vor vierzig Jahren in Ihrem Leistungskurs.«

Er kniff die Augen zusammen.

»De Angelis?«

»Hieß damals Baumann.«

›Gott im Himmel. Das Duo infernal.‹

Herr Niemetz, was meint der Faust, als er Gretchens Bett betrachtet und sagt: ›Hier möchte ich volle Stunden säumen*‹? Herr Niemetz, haben die Minnesänger tatsächlich nur* singen *wollen und sonst nichts? Sind Sie verheiratet, Herr Niemetz? Was halten Sie von Bundfaltenhosen? Mögen Sie Bata Illic?*

Er schüttelte den Kopf. »Nein. Ich glaub's nicht.«

Jana Gallwitz, vormals Czech, freute sich diebisch über den gelungenen Coup.

»Doch. Ein Teil Ihrer Vergangenheit sitzt gerade mit Ihnen am Tisch, *Charly*.«

Hilflos stand er auf und ging zum Herd. Er schaltete den Ventilator aus, die Kochplatte wieder ein und gab Salz und Öl ins Wasser. Er schnitt die Packung auf und schüttelte eine Handvoll Nudeln auf die Anrichte. Er drehte sich um, verschränkte die Arme vor der Brust und sah sie an.

»Nicht zu fassen. Nach vierzig Jahren.«

Karl Niemetz war Gymnasiallehrer gewesen, die klassische Berufswahl nach einem Germanistik- und Anglistikstudium, wenn man sich nicht mit schlecht bezahlten und befristeten Anstellungsverträgen als »Hilfsbremser« an der Universität abfinden wollte, mit der vagen Aussicht, eventuell nach Jahren die x-te Dissertation über ein Nischenthema schreiben zu dürfen, für das sich nur zwei Personen interessierten. Die Referendarausbildung hatte er großenteils als Zeitverschwendung empfunden. Ein alter Studiendirektor, der gern von seinem Vater erzählte, welcher noch unter Lettow-Vorbeck in Ostafrika gekämpft habe, hatte – wie es sich herausstellte – kurz nach dem Zweiten Weltkrieg schon Niemetz' Französischlehrer ausgebildet: *Kommt er noch immer mit diesen blauen Schulheften daher, aus denen er seine Weisheiten vorliest?* Die jüngeren Seminarlehrer hielt Niemetz für Wichtigtuer und geschwätzige Selbstinszenierer, ihren Lehrstoff für überakademisiert und ohne Praxisbezug. »Was mache ich, wenn sich die Klasse gegen mich solidarisiert, die Mitarbeit verweigert und ich nicht gegen Vorschriften verstoßen will?«, hatte er einmal gefragt. Der Oberstudienrat hatte ihn spöttisch angelächelt und erwidert, er dürfe es halt nicht so weit kommen lassen. »Und wenn während eines Diktats draußen die Panzer aus der US-Kaserne vorbeifahren, müssen Sie die Fenster schließen.«

›Wer hätte das gedacht‹, sinnierte Niemetz. Hielt der Oberstudienrat seine Referendare für Trottel, oder war er selbst einer? Oder beides?

Die drei Grundprinzipien effizienten Unterrichtens hatte er schon im U-Lehrgang »beim Bund« gelernt. Ziel, Mittel, Methode. Nun, zehn Jahre später, propagierte das Staatsinstitut für die Gymnasien »lernzielorientiertes Unterrichten« als revolutionären didaktischen Neuansatz.

Zu seiner eigenen Schülerzeit hatte es im Unterricht wenig zu lachen gegeben. Die Lehrer waren traumatisierte Kriegsversehrte gewesen oder mit Notabitur im Schnelldurchlauf ausgebildet worden. In der Volksschule wurde noch an Haaren und Ohren gezogen und geprügelt. In der Oberrealschule musste man aufstehen und »Herr Professor« sagen. Schule bedeutete Auswendiglernen eines Wissenskanons und machte keinen Spaß. Das wollte er anders handhaben. Spaß sollte sein, aber mit ihm als Entertainer.

»Warum sind Sie eigentlich vorzeitig gegangen?«, fragte Jana Gallwitz, die sich trotz seiner unfreundlichen Weisung – »Gäste haben hier Arbeitsverbot. Setzen Sie sich hin und seien Sie schön!« – die Salatschleuder aus dem Schrank geholt hatte und Blätter im Spülbecken wusch.

»Nach zwanzig Dienstjahren hatte ich einen Verkehrsunfall. Danach saß ich ein Jahr im Rollstuhl und litt ewig unter Kopfschmerzen. Vor einer Klasse zu stehen und sechs Stunden Unterricht am Tag – das ging einfach nicht mehr.«

»Soll ich Knoblauch in die Marinade geben?«

Niemetz gab sich geschlagen.

»Meinetwegen. Essig und Öl haben Sie ja schon entdeckt, Gewürze stehen dort oben im Regal.«

»Würden Sie mir bitte mal die Kräuter der Provence runterholen?«, bat sie extra schnippisch. »Bei meiner Größe komm ich da nicht hin. Und den Dijonsenf.«

Der Schublade entnahm sie das Salatbesteck und komponierte eine Marinade mit einem Teelöffel Honig.

»Wie lange waren Sie in Reha?«, fragte sie, während sie zwei kleine Zwiebeln schälte und in Würfel schnitt.

»Drei Jahre«, knurrte er widerwillig.

»Und anschließend?«, fuhr sie ungerührt fort.

Niemetz schaltete nachdrücklich den Ventilator der Dunsthaube auf Höchststufe, rührte energisch mit dem Bratenwender die Spaghetti um und legte geräuschvoll den Deckel so auf den Topf, dass Dampf austreten konnte und ein Überkochen verhindert wurde.

»Anschließend«, sagte er und schob unter dämonischem Grinsen den Unterkiefer vor, »anschließend habe ich eine ehemalige Schülerin umgebracht, die mir mit ihrem Verhör auf den Geist ging.«

»Ach ja?« Jana Gallwitz konterte die Stichelei mit sichtlichem Vergnügen. »Und in welchem Gefängnis haben Sie Ihre Strafe abgesessen?«

»Ich wurde freigesprochen. Das Gericht erkannte auf Notwehr.«

Sie mussten beide lachen.

Die Spaghetti mit Pesto schmeckten, wie sie sollten. Als Nachtisch schlug er Dosenananas mit Sprühsahne vor, was sie dankend ablehnte.

Während sie im Wohnzimmer die sichere Ankunft telefonisch an ihre Mutter durchgab, räumte er den Tisch ab, trug ihre Reisetasche ins Gästezimmer und drehte die Heizung auf.

»Ich würde jetzt gern meine Sachen auspacken und mich ein wenig frisch machen«, verkündete sie unter der Tür. »Könnten wir später ein paar Schritte gehen? Ich möchte mir die Gegend betrachten, und ein bisschen Bewegung tut mir gut nach der langen Fahrt.«

Das Dorf, an dessen Rand Karl Niemetz lebte, lag auf tausend Meter Höhe. Sie nahmen den Waldweg und stapften hinauf zur Wetterstation; Regen-, Temperatur-, Luftfeuchtigkeitsmesser und Barometer, mit Maschendraht eingezäunt in einer kleinen Parzelle. Der Rotor des Windmessers surrte vernehmlich auf dem Mast. Der frische Ostwind hatte die Schneewolken vertrieben. Durch die Zirrostrati blinzelte die Sonne. Jana Gallwitz zeigte sich vom Ausblick beeindruckt. Eine weiße, sanft wellige Hochebene zog sich kilometerweit von Ost nach West, gesäumt von Waldstücken und durchschnitten von einer einzigen, unbefahrenen Straße. Drei auseinanderliegende Bauernhöfe mit geräumigen Stallungen, eingezäunten Weiden und Hundegebell.

»Das sieht aus wie im Allgäu«, stellte sie fest und zog sich die Kapuze über den Kopf.

»Ja. Die Berge dort hinten am Horizont sind übrigens die österreichischen Alpen.«

»Sind das alles Kuhweiden?«, wollte sie wissen.

»Nein. Das Milchvieh ist hier zwar in der Mehrheit, aber wir haben auch viele Pferde und ein paar schottische Hochlandrinder. Und Schafe. Die Sträucher dort sind Wacholder, deshalb spricht man auch von einer Wacholderheide. Das Fleisch der Schafe soll danach schmecken.«

Aus der Ferne drang unvermittelt ein jämmerliches Geschrei herüber.

»Das sind die Esel. Drei weiße Alttiere und seit Kurzem ein braunes Fohlen.«

»Ach, süß. Können wir da mal hin?«

»Bei dem Wetter sind sie im Stall.«

»Na gut. Dann eben ein andermal. Und was sind das für Hügel mitten in der Wiese?«

»Das sind angeblich Hünengräber. ›Angeblich‹, weil sie noch nie untersucht wurden. Aber es finden sich Spuren keltischer Siedlungen hier.«

Jana Gallwitz blinzelte gegen die verhangene Sonne an. Sie zeigte auf ein lang gestrecktes Gebäude im Westen mit einer Art Turm davor. »Was ist denn das?«

»Das ist unser Flugfeld mit seinem Tower. Im Sommer gibt's immer ein zweitägiges Fest mit allerlei Spektakel: Segelkunstflug, Fallschirmspringer, Rundflüge und Fahrten mit dem Zeppelin, wenn es nicht zu windig ist.«

»Hammer!«

»Und auf dem Feld dort hinten soll Attila der Hunnenkönig begraben sein.«

»Ach ja? Sie wollen mich auf den Arm nehmen.«

»Wäre Richard Löwenherz eher nach Ihrem Geschmack?«

Am Horizont tauchte aus dem Wald ein Skiläufer auf. Sie konnte erkennen, dass er in der verschneiten Spur einer Loipe seine Bahn zog.

»Das ist ja der Gipfel«, sagte sie. »Ein Flugplatz und gespurte Loipen. Laufen Sie auch?«

»Selbstverständlich.«

»Dann bring ich das nächste Mal meine Ski mit.«

Ein andermal, das nächste Mal – was hatte das zu bedeuten? Karl Niemetz verspürte ein Gefühl, das zwischen Beklemmung und Bedrohung changierte. Dagegenhalten? Flucht?

»Kommen Sie, ich möchte Ihnen noch etwas zeigen.«

Der Schnee war verharscht und knöcheltief. Sie mühten sich gegen den Wind ab. Niemetz spurte voraus. Abseits der zugeschneiten Start- und Landebahn gab es in einer Doline eine zweite Wetterstation, eingezäunt wie die erste. »Da«, sagte er.

»Ja, und?«

»Minus 42,4 Grad, vor zehn Jahren. Damals der kälteste Punkt Deutschlands.«

Nach einigen Sekunden beeindruckten Schweigens grinste ihn der Kobold an.

»Jetzt nicht mehr.« Sie hängte sich bei ihm ein. »Kommen Sie. Gehen wir zurück zum Haus.«

Jana Gallwitz hatte nasse Socken und kalte Füße. Niemetz brachte ein Paar Hüttenschuhe und bot ihr an, die Füße auf den Heizkörper zu legen. Er ging in die Küche, klapperte und hantierte und kam schließlich mit zwei Tassen dampfenden Tees und einem Teller mit Butterkeksen zurück.

Sie wärmte ihre Hände an der Tasse und schnupperte.

»Was ist da drin?«

»Erkältungsmedizin nach Art des Hauses. Drachenkopfmelisse, Holunder, Linden- und Malvenblüten, Salbei ...«

»Sie können mir viel erzählen. Ich meinte: Was ist da *wirklich* drin?«

Karl Niemetz beugte sich vor, sah sie scheinheilig an und fragte neugierig: »Haben Sie einen Mann zu Hause?«

»Hatte ich. Warum?«

»Ist er nicht mehr da, weil auch er nie ausreden durfte?«

Sie trank vorsichtig einen Schluck, setzte die Tasse wieder ab und versuchte, das Strickmuster der Hüttenschuhe zu entschlüsseln. Sie hob den Kopf und sah zum Fenster hinaus.

»Er ist nicht mehr da, weil er *un-unter-brochen* redete. Und zwar 24/7.« Sie sprach überdeutlich und wie zu sich selbst. »Und weil das, was er redete, himmelschreiender Blödsinn war und von Tag zu Tag irrer wurde.«

»Er ist Politiker?«

»Ja«, bestätigte sie nach einer weiteren Pause und betrachtete wieder ihre Füße. »Und jetzt seien Sie ein Schatz und fragen mich nicht nach seiner Partei, sondern verraten mir endlich, was in dem Tee ist.«

Karl Niemetz hatte bereits vermutet, um welche Partei es sich handelte. Im Netz hatte er an Janas Wohnort einen Politiker gleichen Namens gefunden.

»*Hartmut* Gallwitz?«

»Ja.« Sie blies in die Tasse und trank sie in kleinen Schlucken leer.

»Mannomann«, sagte er. »Wie haben Sie das ausgehalten?«

»Gar nicht«, sagte sie, ohne den Kopf zu wenden. »Und jetzt hätte ich gern noch etwas von dem Schnaps, der in dem Tee ist.«

Jana Gallwitz beschrieb in groben Zügen, wie es nach dem Abitur mit ihr weitergegangen war. Sie hatte Pharmazie studiert und danach gleich eine Stelle in der Industrie bekommen. Nach kurzer Zeit wechselte sie in eine Landesbehörde, wo sie einige Jahre einer kleineren Abteilung vorstand. Als die European Medicines Agency eine Führungsposition in London ausschrieb, bewarb sie sich, wurde sofort genommen und arbeitete fünfzehn Jahre lang vor Ort.

»Und Ihr Mann?«

»Ist in Deutschland geblieben. Wir hatten in den Achtzigern geheiratet, und er war in der IT-Branche tätig.«

»Sie haben eine Wochenendehe geführt?«

»Ja, die meiste Zeit.«

Seit zwei Jahren war sie nun im Ruhestand und lebte inzwischen allein. Sie habe ihren Mann vor die Tür gesetzt, weil er die gemeinsam geschmiedeten Pläne für einen entspannten Lebensabend »verraten« habe. Reisen hätten sie wollen, sich kulturell betätigen oder sozial engagieren, das Geld sinnvoll ausgeben, das sie beide in ihren Berufen verdient hatten. Stattdessen sei er hinter ihrem Rücken »in diese Partei« eingetreten und habe ein Mandat angenommen. Jetzt halte er Reden »vor ein paar Hanseln« auf Marktplätzen, die er dann ins Netz stelle.

»Reichen Sie mir bitte mal meine Handtasche vom Sofa?«

Sie hatte die Füße noch immer auf dem Heizkörper. Sie legte die Tasche auf den Schoß, holte ihr Smartphone heraus und wischte übers Display.

»Hier«, sagte sie. »Hören Sie sich das an.«

Eine angestrengt klingende Stimme mit entrüstetem Unterton berichtete von einer Sprachnachricht, die Herr Gallwitz »von einer zuverlässigen Quelle aus Thüringen« erhalten habe. Im Nachbarort sei »ein Impfbus« vor der Mittelschule vorgefahren. Das Impfteam sei »fröhlich durch die Schule stolziert« und habe »jedes Schulkind geimpft und geboostert«. Im Beisein der Schulleiterin und ohne die Einverständniserklärung der Eltern. Einem Kind sei es sehr schlecht gegangen, ein anderes sei »direkt umgefallen«.

»O Gott«, sagte Niemetz.

»Warten Sie«, sagte Jana Gallwitz. »Es kommt noch besser.«

Seine Informantin habe das eine »Hinnerfotschigkeit« genannt. Er hingegen halte das Vorgehen für einen Skandal und ein »riesengroßes Verbrechen«. Kindern werde »ein experimenteller Stoff in die Venen gepumpt«. Er habe bereits seit Monaten gewarnt, dass so etwas kommen werde, und er habe mit allem, was er bislang vorhergesagt habe, recht behalten. Jetzt sei es wieder so weit. Kein Wunder also, wenn empörte Bürger den Präsidenten Russlands in einem Brief darum bäten, »Truppen zu schicken, um uns von dieser Verbrecherregierung zu befreien«. Grimmig erteilte er den thüringischen Eltern den Rat, »die Kinder sofort aus der Schule zu nehmen«.

Jana Gallwitz sah Niemetz an.

Der schüttelte noch immer den Kopf. »›Impfbusse‹ vor Schulen, ›Experimente an Kindern‹, Putin soll ›Truppen schicken‹ – wie kommt man denn auf so was? Hat er Paranoia? Ein gelernter Programmierer muss berufsmäßig in Ja-Nein-Kategorien arbeiten. Er muss sich doch dann auch im Alltag fragen können: Ist so was wahrscheinlich – ja oder nein? Hat er sie noch alle?«

»Gute Frage. Aber ich fürchte, er glaubt das alles wirklich. So ging das jeden Tag, von früh bis spät. Doch leider ist er nicht der Einzige, der solchen Unfug in die Welt bläst«, sagte sie. »Er sei ›ein Suchender‹, behauptet er neuerdings. Im Moment scheint er bei Kelten und Germanen nach alten deutschen Traditionen zu suchen.«

Und eine russische Freundin habe er jetzt auch.

»Eine *russische* Freundin?«

»Ja. Hören Sie mal, was die zu sagen hat.«

Die Rednerin pries etwas an, das sie »Sternenlotus« nannte, ein »Tool der neuen Zeit«. Dieses transformiere schädliche Energie aus Quellen wie Mobilfunk, Radar oder Induktionsherden zu »Vitalenergie«. »Sternenlotus führt uns zurück zu was wir sind wirklich«, versprach sie. »Erdet kosmische Schwingungen, damit wir können verankern neue hohe Schwingung auf Erde.« Um was genau es sich beim »Sternenlotus« handelte, wurde nicht klar. Dafür zählte sie konkrete Anwendungsbereiche auf: Lebensmittel und Wasser könne man damit »vitalisieren und harmonisieren«. Im Anwendungsprogramm »Heimeligkeit« könne man in den Raumecken der Innenwände einer Wohnung »Sternenlotus-Tafeln« anbringen, welche beispielsweise Mikrowellen zu »vitalisierenden Schwingungen transformieren«. Das Tool »Auto« wandle Navi- und Radarstrahlen in »positive Energie« mit einem sehr hohen »Bovis-Index« um.

»*Bovis,* das passt«, sagte Niemetz. »Index für Ochsen, Kühe und Rinder.« Er tippte sich an die Stirn.

Jana Gallwitz verstaute das Smartphone wieder in der Handtasche. Ihr Mann habe sich kürzlich ein neues, angeblich abhörsicheres Handy gekauft, fügte sie noch an. Da sei ihr klar geworden, dass sein politisches Engagement auch für sie Konsequenzen haben würde. Nach Ablauf des vorgeschriebenen Trennungsjahres wolle sie die Scheidung einreichen.

»Die Partei wird ja jetzt vom Verfassungsschutz beobachtet«, sagte sie. »Da wusste ich, dass ich mich öffentlich von diesem Blödsinn und seinen Propagandisten distanzieren muss. Wer will denn schon andauernd die Schlapphüte in der Leitung haben.«

Sie schwiegen beide. Jana Gallwitz kannte Vokabular und Argumentation dieser Bewegung schon seit Längerem. Anfangs habe sie versucht, mit ihrem Mann auf der Basis von Fakten und Wissenschaft zu diskutieren. Einmal sei sie sogar zu einer Veranstaltung mitgegangen, habe aber schnell bemerkt, dass sie »weichgekocht« werden sollte. Danach habe sie sich in die innere Emigration begeben, habe sich seinem Geschwafel verweigert und sei lieber mit ihrer Nachbarin ausgiebig »stöckeln« gegangen, um sich »an der frischen Luft zu immunisieren«.

Für Karl Niemetz war dieser Einblick in den Alltag einer mutwillig zertrümmerten Beziehung etwas Neues. Bisher hatte er sich mit krassen Theorien eher abstrakt auseinandergesetzt. Reichsbürger, die Erde als Scheibe, die Mondlandung in Hollywood. Bill Gates und die Chip-Impfung, George Soros und die Rothschilds, die missbrauchten Kinder im Pizzeriakeller – das alles hatte für ihn den gleichen Stellenwert wie »Elvis lebt«. Hielt er sich deswegen für tolerant? Nein. Er machte sich eher den Blick des Zirkuspioniers P. T. Barnum auf die Weltläufte zu eigen: *In jeder Minute wird irgendwo der nächste Trottel geboren,* und: *Je größer der Quatsch, desto besser gefällt er den Leuten.*

Was aber, wenn Elvis jeden Tag aufs Neue lebte und nie starb? Wenn es im eigenen Haushalt ständig um Chemtrails, Klimalügen, Bevölkerungsaustausch und den bevorstehenden Weltuntergang ging, dann dürften die Probleme sehr schnell konkret werden, konnte er sich vorstellen. Was macht eine Frau von etwa sechzig Jahren, wenn sie hautnah erleben muss, wie ihr Ehemann auf unbegreifliche Weise abdriftet und die gemeinsame Altersplanung ohne

Rücksicht auf sie über den Haufen wirft? Stellt sie sich taub und schmerzunempfindlich und klammert sich an die Hoffnung, dass er eines Tages zur Besinnung kommen wird? Ignoriert sie seine Selbstinszenierungen und beißt die Zähne zusammen, um nicht ihre materielle Basis und ihr Haus zu verlieren und verhärmt in einem Heim zu landen? Oder entscheidet sie, dass die angebliche Tugend der Toleranz, wonach man das aushalten müsse, was ein normaler Verstand nicht aushalten könne, sie selbst um ebendiesen Verstand bringt? Und sammelt deswegen alle ihre Kräfte für die Erkenntnis, dass ihr Gemahl sich bereits rettungslos in seiner Sackgasse verrannt hat, dass es kein Zurück geben wird, dass sie sich aber nicht selbst anklagen muss, den Falschen geheiratet zu haben? Damals, vor über dreißig Jahren, hatte er sich schließlich von einer für sie attraktiven und akzeptablen Seite gezeigt. Sonst hätte sie, die schon als Schülerin analytisch denken konnte, ihn doch nicht geheiratet. Oder?

»Haben Sie Kinder?«, fragte Niemetz.

»Zum Glück nicht«, sagte sie nach einer kleinen Pause. »Und Sie?«

»Auch nicht.«

»Könnten wir für heute bitte das Thema wechseln? Ich bin schließlich nicht ein paar Hundert Kilometer durch den Schnee gefahren, um mich bei meinem ehemaligen Lehrer auszuweinen.«

Karl Niemetz schluckte und räusperte sich.

»Davon kann überhaupt keine Rede sein, Jana. Was halten Sie davon, wenn ich schnell zur Tankstelle fahre und uns einen Rotwein besorge?«

»Nix. Ich habe welchen mitgebracht, Charly.«

Während sie hinauf ins Gästezimmer stieg, fragte er sich, welcher Teufel ihn gerade reiten mochte. *Jana? Charly?* Wo sollte das hinführen? Stand jetzt *er* am Eingang einer Sackgasse? Was wollte sie von ihm? Oder wollte *er* etwas von ihr? Bahnte sich da etwas an? Wieso war er überhaupt davon ausgegangen, dass sie gleich über

Nacht bleiben würde? Er glaubte, das Knistern des dünnen Eises zu vernehmen, auf dem er sich gerade bewegte.

Er ging in die Küche und holte zwei Gläser aus dem Hängeschrank. Mit zwei Flaschen in den Händen kam sie wieder. »Hier, bitte«, sagte sie und hielt sie ihm hin. »Und danke für die Einladung.«

Er betrachtete das Etikett, warf den Kopf zurück und lachte geradeheraus.

»*Domina*!« Er sah sie belustigt an. »Der Name ist Programm?«

»Warten wir's ab«, gab sie zurück und lachte mit.

»Na, dann«, sagte er und schenkte ein.

»Auf unser Wohl, Charly«, sagte sie.

»Und auf meines ganz besonders, Jana«, gab er zurück.

»Ach ja?«, fragte sie unschuldsvoll.

»Wie riet doch der berühmte Feminist Nietzsche: ›Gehst du zum Manne, vergiss die Peitsche nicht!‹«, zitierte er falsch und feierlich.

»Die Männer haben doch immer bloß das Eine im Sinn!«, gab sie zurück.

Sie lachten so heftig, dass der Wein bedenklich in den Gläsern schwappte.

Die angebrochene Flasche nahmen sie gleich mit ins Wohnzimmer.

»Wollen wir den Rest des Abends weiter herumeiern, ob wir uns duzen oder siezen?«, fragte sie.

»Sie sind die Frau«, sagte er. »Und als solche hast du das Vorrecht.«

»Der Wein scheint ein bisschen stark zu sein, oder?«, spöttelte sie und zog besorgt die Brauen hoch.

»Deswegen heißt er ja so, wie er heißt.«

»Na schön«, sagte sie. »Ältere Herren geben sich gern ein wenig schwierig. Machen wir's kurz: Ich bin die Jana, und du bist der Charly.«

»Nein.«

Ihre Überraschung war nicht gespielt. »Nein?«

»Nein. Den Charly gibt es nicht mehr«, sagte er großväterlich. »Der ist vor dreißig Jahren von uns gegangen.«

»Und – ruht er in Frieden?«

»Ich denke schon.«

»Denkst du bloß oder ruht er?«

Er gab auf. »Ich bin Karl. Auch nicht *der* Karl, sondern einfach Karl.«

›Karl der Große‹, dachte sie. ›Karl der Nachsichtige. Karl der Humorvolle. Der Lebenserfahrene. Der Mitfühlende. Der Mundschenk.‹

»Darf ich nachgießen?«

Den Rest des Abends schwelgten sie in der Vergangenheit. Er staunte, welche Einzelheiten und Episoden von vor vierzig Jahren er aus den hintersten Winkeln seines Gedächtnisses hervorkramen konnte. Sie, die fast zwanzig Jahre Jüngere, war ihm eine kongeniale Stichwortgeberin.

»Erinnerst du dich noch an unsere Abifahrt nach Holland? An den Segeltörn auf dem Ijsselmeer? Auf der ›Zwarte Molen‹?«

»Ja. Da war doch diese doofe Nuss Franziska von Sass aus eurem Kurs, die mit einem riesigen Kleiderkoffer ankam, den wir gar nicht durch den Niedergang zu den Kojen gebracht haben.«

Die zweite Flasche Domina war längst geöffnet worden. Sie saßen sich in den Sesseln gegenüber, mit roten Gesichtern und glänzenden Augen, und der vom Wein befeuerte Erinnerungsoptimismus förderte immer neue Schwänke zutage, die sich vielleicht genauso ereignet hatten, vielleicht aber auch nicht. Die Butterkekse waren längst alle.

»Weißt du was?«, sagte Jana in einer Verschnaufpause.

Karl nickte ihr ermutigend zu.

»Ich habe im ganzen letzten Jahr nicht so viel gelacht wie heute mit dir.«

Die aufgekratzte Beschwingtheit der vergangenen Stunde fiel von ihm ab. Seine Miene wurde ernst.

»Das ist heftig«, sagte er.

Der Gute-Nacht-Kuss vor dem Gästezimmer zog sich hin.

»Geh du zuerst ins Bad«, bot er schließlich ein wenig außer Atem an. »Und schlaf gut. Bis morgen.«

Im Traum war Karl Niemetz gerade mit einem Heißluftballon in geringer Höhe über ein holländisches Tulpenfeld geschwebt. Der Gasvorrat war aufgebraucht, und der Ballon sank. Der Wind trieb ihn direkt auf eine schwarze Windmühle zu. Niemetz wollte aus dem Korb springen, aber sein Körper gehorchte nicht.

Das nächtliche Problem älterer Männer rettete und weckte ihn. Auf Zehenspitzen, aber mit weichen Knien schlich er ins Bad. Er öffnete das Kippfenster, und Schnee fiel auf seine nackten Füße. Das Außenthermometer zeigte minus fünf, also würde die Menge, die in der Nacht neu gefallen war, liegen bleiben. Die Hangwiese glitzerte im Vollmond. Er sah drei Schatten mit buschigen Ruten, die langsam über die Schneedecke schnürten, ab und zu stehen blieben, tief mit den Schnauzen eintauchten und hektisch mit den Vorderpfoten scharrten. Die Füchse waren wieder da. Gleich nachdem er vor zwanzig Jahren hierhergezogen war, hatte es aufeinanderfolgende strenge Winter mit zweistelligen Frostgraden gegeben. Regelmäßig war frühmorgens ein erwachsener Fuchs aus dem Wald gekommen, immer derselbe, war die Straße heruntergelaufen und hatte in seinem Garten nach Äpfeln und Mäusen gesucht. Überhaupt die Füchse! Seit sie nicht mehr geschossen oder vergast wurden und man die Tollwut erfolgreich mit Impfködern bekämpfte, gab es hier wieder mehr davon. Im Sommer hatte er einmal droben an der Wetterstation ein junges Tier beobachtet, das am helllichten Tag mit zwei Hasen spielte. Es hatte noch keinen Gefahreninstinkt entwickelt. Einen Jagdinstinkt offenbar auch nicht. Bei der klugen Angie, die neben ihm auf dem Boden saß und das Schauspiel interessiert verfolgte, stand der kleine Fuchs offenbar unter Welpenschutz.

Karl Niemetz griff mit beiden Händen in den Schnee auf dem Dach und rieb sich die Schläfen ab. Stresskopfschmerzen, redete er sich ein. Von der Kirche drangen zwei Glockenschläge herüber, das Transistorradio auf der Glaskonsole zeigte halb vier. Er trocknete sich ab und schlich über den Flur zurück. Die Tür des Gästezimmers war offen. ›Sie wird sich in der Küche ein Wasser holen‹, dachte er. ›Zu viel Domina ist eben auch nichts.‹ Er schlüpfte zurück ins Bett und stieß auf unerwartete Gesellschaft.

»Huch, du bist ja ganz kalt«, sagte sie. »Ich konnte nicht schlafen, weil irgendwelche Viecher in der Decke rumoren.«

»Die Mäuse auf dem Dachboden«, sagte er.

»Wie kommen die da hinauf?«

»So wie du in mein Bett. Sie suchen Wärme bei der Kälte.«

»Dann fang ich jetzt auch mal an zu suchen.«

An Werktagen rumpelte der Landkreisschneepflug früher durch die Straße vor dem Haus. Karl Niemetz stand auf, ohne Licht zu machen, nahm den dunkelblauen Frotteemantel vom Haken, ließ die Tür offen und stieg hinab in die Küche. Er drehte die Heizung auf, befüllte den Wasserkocher, gab seine Hausmischung ins Teenetz. Das Tablett belud er mit den üblichen Utensilien und Walker's Shortbread. Er goss das kochende Wasser über das in die Thermoskanne eingehängte Netz und stellte den Küchenwecker auf exakt acht Minuten. So viel Präzision musste sein. Im Alter ist Routine lebenswichtig, wusste er. Sobald man sich davon abbringen ließ, wurde es kritisch. Dem Verlust von Gewohnheiten entsprach der Verlust an Orientierung. ›Und ohne Orientierung beginnt man die unsinnigsten Sachen zu machen‹, ermahnte er sich. Der Wecker klingelte, er entnahm das Netz, drückte es aus und klemmte es an den Wasserhahn der Spüle. Er stellte die Kanne aufs Tablett, öffnete die Küchentür mit dem Ellbogen und schloss sie mit einem sanften Tritt. Er balancierte das Tablett die Treppe hinauf und setzte es auf dem Bettrand ab.

»Guten Morgen, Mylady«, verkündete er blasiert. »Hier kommt Ihr Tee.«

»Danke, James«, gab sie genauso blasiert zurück. Sie hatte die Nachttischlampe eingeschaltet, steckte aber noch bis zum Kinn unter der Decke.

Er schob das Tablett über die Doppelbettbrücke und brachte sein Kopfteil in Sitzposition.

»Rechts von dir am Bettrand ist die Fernbedienung«, sagte er.

Sie tat es ihm gleich, während er wieder ins Bett stieg. Heiter und zufrieden betrachtete sie das Arrangement. Er beugte sich zu ihr hinüber und gab ihr einen Kuss.

»Das Ende von hundert Jahren Einsamkeit«, sagte sie.

»Oder waren es hundert Jahre Enthaltsamkeit?«, schlug er vor.

»Oder beides?«

Er überlegte kurz. Die Beziehung mit Charlotte hatte zwei Jahre gedauert und war vor fünfzehn Jahren zerbrochen. Davor war nichts gewesen, was er erwähnenswert fand, und danach hatte er ein zufriedenes Einsiedlerleben mit Angie geführt.

»Bei mir kommt es so ungefähr hin. Und bei dir?«

Jana rührte ihren Tee um, aß einen Keks und dachte nach. »Meine Einsamkeit war zunächst eine innere, keine räumliche«, sagte sie. »Sie begann kurz vor meiner Pensionierung. Die Gespräche, die wir führten, wurden immer gereizter, bis wir schließlich nur noch das

Nötigste sprachen. Das mit der Enthaltsamkeit begann schon viel früher. ›Bei dir krieg ich keinen mehr hoch‹, hatte er mir mal ins Gesicht gesagt. Betonung auf *dir*.«

Karl Niemetz zeigte sich entsetzt.

»Er wollte dich vorsätzlich demütigen, oder? Warum macht man so was? Habt ihr Krieg gegeneinander geführt?«

Es sei kein offener oder handfester Kampf gewesen, sagte sie. »Mehr so eine Nadelstichelei.« Im Nachhinein glaube sie, »der Hartmut hat sich selbst einen Minderwertigkeitskomplex gestrickt. Wahrscheinlich hat es ihm zu schaffen gemacht, dass ich einen akademischen Titel und doppelt so viel verdient habe wie er. Und dass ich im Rahmen meiner Arbeit in ganz Europa unterwegs war, auf Konferenzen, Präsentationen und Schulungen, mit Ministern, Staatssekretären und lauter wichtigen Leuten. Er hatte halt ›nur‹ sein Ein-Mann-Unternehmen mit Phasen, in denen gar keine Aufträge kamen.«

»Ging es um Macht?«

»Irgendwie schon. Er hat wohl das Frauenbild seines Vaters übernommen. Der hat seine Frau bestenfalls als geduldete Angehörige einer niederen Kaste gesehen. Seinen eigenen Sohn hat der Wilhelm mal öffentlich zum ›Pantoffelhelden‹ degradiert. Und mich zur ›herrschsüchtigen Hexe‹ befördert.«

»Nein!«

»Und zwar in einem Brief an seinen Kumpel, einen Rechtsanwalt, der mich wegen Betrugs anzeigen und dafür sorgen sollte, dass ich enterbt würde. Den Brief hab ich noch.«

Karl Niemetz kratzte sich das unrasierte Kinn. »Wenn ich mir so anhöre«, begann er, »mit welchen Zumutungen du konfrontiert wurdest und noch wirst, dann gibst du dich erstaunlich gelassen.«

Jana wischte ein paar Krümel von der Bettdecke, setzte ihre Brille auf und schaute zum Fenster hinaus.

»Ich bin nicht gelassen«, sagte sie. »Aber mit Jammern komme ich nicht aus diesem Tal heraus. Und Problemlösung kann ich. – Guck mal, da!«, rief sie aufgeregt. Ein rostrotes Eichhörnchen hing kopfüber an einem Ast der Kiefer und holte sich Sonnenblumenkerne aus der Futterampel für die Vögel. »Halten die denn keinen Winterschlaf?«

»Das ist Erik der Rote. Der hält nur eine Winterruhe. Manchmal kommt er mit Björk, einem kleinen schwarzen. Dann spielen sie Fangen, rennen die Stämme rauf und runter, springen von Ast zu Ast und unterhalten sich sogar.«

»Wie bitte?«

»Ja. Es klingt ein bisschen wie Isländisch. Oder wie Taubengurren.«

›Isländisches Taubengurren? Ab wann beginnt das eigentlich im Alter mit Schrulligkeit und Verkauzung?‹, überlegte sie und beäugte ihren Bettgenossen mit klinischem Interesse. Da sie bei ihrer fast neunzigjährigen Mutter noch nie vergleichbare Symptome festgestellt hatte, handelte es sich vielleicht um ein Männerding, möglicherweise chronisch ausgeprägt bei Journalisten und ehemaligen Lehrern, die ja von Berufs wegen alles wissen und zu allem eine Meinung haben müssen.

»Ich beneide dich«, sagte sie milde. »Ich habe meistens nur Spatzen auf meiner Terrasse. Die aber massenhaft.« Sie wohnte in einem Vorort, wo es zwar viele Felder, aber kaum Bäume gab. Natur wie in Niemetz' Umgebung fand sich erst jenseits der Ringstraße mit ausgedehnten Waldstücken und einem Moor.

Karl Niemetz schob das Tablett zum Fußende, lehnte sich zurück und verschränkte die Arme hinter dem Kopf.

»Wie ist eigentlich dein Mann mit seinem Vater zurechtgekommen?«

Wilhelm Gallwitz sei Jahrgang 1920 gewesen, begann sie. Sein Vater wiederum, Hartmuts Großvater, habe als Berufssoldat eine uneingeschränkte Vorbildfunktion für seinen Sohn eingenommen. Wilhelm sei 1938 selbst zu den Gebirgsjägern eingezogen worden, sei im Einsatz in Polen, Norwegen, Russland und Rumänien gewesen. Mit zunehmendem zeitlichen Abstand habe Hartmuts Vater seine militärischen Erlebnisse immer stärker verklärt.

»Er sah sich selbst als Kriegsheld in der Tradition des eigenen Vaters. Seinen Sohn sah er wahlweise als ›Memme‹ oder ›Pfeife‹.«

»Und Hartmut hat sich das gefallen lassen?«, fragte Niemetz nach und dachte an seinen Bruder Konrad.

»Für eine direkte Konfrontation war er zu schwach gewesen. Der Vater mit seinem autoritären Gehabe hat ihm schlicht keine Chance gegeben, aufzumucken. Aber dann hat er es ihm doch noch heimgezahlt.«

»Wie?«

»Da muss ich ein bisschen ausholen«, sagte sie und zog die Knie an. »Sobald er volljährig war, ist Hartmut ausgezogen und hat rigoros jeden Kontakt abgebrochen. Er hatte sich geschworen, dem Alten die ständigen Prügeleien heimzuzahlen und den Fuß nie mehr über die Schwelle seines Vaterhauses zu setzen. Einmal habe ich ihn jedoch überredet, am runden Geburtstag der Mutter bei ihr vorbeizuschauen. Er hatte sich kurz zuvor bei einer Wehrübung den Knöchel angeknackst. Der Fuß war bandagiert, und er bewegte sich auf Krücken fort. Wir standen vor der Haustür, klingelten, der Vater machte auf und teilte gleich aus: ›Ach, der Herr Panzergrenadier! Er lebt ja tatsächlich noch! Hat aber offenbar Probleme mit dem aufrechten Gang. Leidet und kann nicht zur Arbeit.‹ Er ließ Hartmut gar nicht erst zu Wort kommen, sondern schwadronierte gleich los: ›Wenn wir so schlappschwänzig dahergekommen wären, hätte uns der Russe in der Schlacht von Kischinau mit der Fliegenpatsche erschlagen!‹«

»Und Hartmut?«

»Hat dieses Mal Kontra gegeben. Vielleicht, weil ich dabei war. Es lief ungefähr so ab: ›Euch haben sie aber trotzdem den Arsch aufgerissen, und zwar so, dass ihr davongerannt seid wie die Hasen! Anders als dein eigener Vater, der in der Bukowina die Russen zurückgeschlagen hat und dabei gefallen ist‹, hat ihm Hartmut vor den Latz geknallt. Darauf der: ›Was weißt denn du schon vom Krieg, du Pappkamerad!‹ Darauf Hartmut: ›Warum warst du eigentlich nie in Gefangenschaft?‹ Da wusste ich, jetzt geht's richtig zur Sache. Wilhelm kriegte einen roten Kopf und tobte: ›Muss ich mich jetzt auch noch vor diesem Klappstuhl rechtfertigen, weil wir –‹. Hier kam die Mutter dazwischen. Wir standen ja noch immer unter der Haustür. ›Also Wilhelm, ist das jetzt wirklich nötig? An meinem Geburtstag?‹ Ihr Gatte fuhr sie an: ›Du hältst dich da raus, dusselige Kuh, sonst scheppert's!‹«

»Das sind ja Szenen aus dem Tollhaus.« Karl Niemetz setzte sich auf und war entgeistert.

»Es kommt noch besser«, kündigte Jana an. »Hartmut hatte eine zusätzliche Granate in petto. Er begann ganz genüsslich: ›Der Hauptfeldwebel Pusch, damals unser Spieß in der Grundausbildung, war nämlich als junger Schnäpser selbst in der 3. Gebirgsdivision gewesen. Und der hat uns erzählt, dass die von dieser Schlacht Übriggebliebenen alle in Richtung Karpaten davongerannt sind. Da hast du ja richtig Glück gehabt, dass dich das Fliegende Standgericht nicht erwischt hat auf deinem Weg nach Stuttgart, du Deserteur!‹«

»Peng!«, machte Niemetz, schob sich einen Keks in den Mund und drängte seine Bettnachbarin: »Erzähl schon, wie ging's weiter?«

»Na ja«, begann sie. »Der Vater holt aus und will dem Sohn eine scheuern. Der Sohn hebt die Krücke und wehrt den Schlag ab.«

»Und dann?«

»Und dann kommt das furiose Finale. Der Vater faucht mich an: ›Du bist Zeuge, Jana Czech. Ein Sohn erhebt die Hand gegen den eigenen Vater. Jetzt reicht's endgültig. Raus. Du bist nicht mehr mein Sohn. Ich will dich nie wieder sehen. Und du kannst auch gleich mit verschwinden, Jana Czech. Eine Frau mit einem solchen Mädchennamen hat im Hause Gallwitz nichts verloren.‹«

Sie sahen sich schweigend an. Ihr war anzumerken, dass der Film noch in ihrem Kopf lief. Er versuchte zu verarbeiten, was er gerade gehört hatte. Zwischenmenschliche Abgründe taten sich auf. Gefühllosigkeit, Brutalität, Frauenverachtung, Herrenmenschentum. Deutschland im zwanzigsten Jahrhundert. *Der Schoß ist fruchtbar noch.*

»Wie alt ist denn dieser Choleriker geworden?«, fragte Niemetz.

»Mit neunzig lief er mal verwirrt im Schlafanzug auf der Straße herum, zeigte den Hitlergruß, sang *In einem Polenstädtchen* und wurde von einem abbiegenden Lkw überrollt«, sagte sie. »Zu seiner Beerdigung kamen sogar ein paar steinalte Kameraden.«

»Und Hartmut?«

»Nicht.«

Statt zu warten, bis Jana bei ihrem nächsten Besuch die Langlaufski mitbrachte, hatten sie sich ein Paar im Sportgeschäft geliehen und bei Nachbarin Martina dazu passende Schuhe. Es lagen gute zwanzig Zentimeter Schnee; der beständige Ostwind sorgte für eine schwache Eisschicht. Nur an manchen offenen Stellen hatte er die Decke so ausgedünnt, dass sie von Grashalmen durchbrochen wurde. Wegen des von der Gemeinde organisierten alljährlichen Ski-Marathons war die Loipe rund um den Wachtbühl präpariert worden und noch immer gut befahrbar. Fünf Runden à zwölf Kilometer waren für den Wettbewerb ausgeschrieben. Gewonnen hatte – wieder einmal – Brigitte, die sportsüchtige Zahnärztin, die auch beim Bike-Marathon vorne mitfuhr. Niemetz hatte im Vorjahr für die erste Runde fast zwei Stunden gebraucht und durchgeschwitzt aufgegeben. Deshalb hatte er für eine gemütliche Tour mit Jana eine Abkürzung durch den Wald gewählt. Danach waren sie glücklich und mit roten Backen den sanften Hang hinunter zum Haus geglitten und hatten sich in der Sauna aufgewärmt.

Jetzt lag Jana auf dem Bauch und ließ sich massieren. Karl Niemetz hatte das Hautöl mit nach oben genommen und es großzügig über ihren Rücken bis hinauf zum Haaransatz verteilt. Sie hob den Kopf, schnupperte und sagte: »Das riecht nach Wildrose.«

»Das *ist* Wildrose«, bestätigte er und setzte sich auf ihr Hinterteil. Er begann ihre Nackenmuskeln zu massieren, die Problemzone vieler Menschen, die ihren Beruf vorwiegend auf einem Stuhl oder im Auto sitzend ausüben. Sie summte wollüstig, während er sich konzentriert über ihre Trapezmuskeln hinab zum Latissimus arbeitete. Er knetete und lockerte, drückte und klopfte, verrieb neues Öl und ließ sie die Arme ausbreiten. Deltoid, Trizeps und Bizeps waren bei ihr klar definiert, was ihn zu der Frage veranlasste, ob sie jemals Kraftsport betrieben habe.

»Kraftsport direkt nicht«, antwortete sie. »Aber zu Hause habe ich ein paar Foltergeräte, und im Winter geh ich zur Skigymnastik.«

Er widmete sich den Oberarmen und unterzog sie einer intensiven Petrissage.

»Aua«, jammerte sie übertrieben.

»Was nicht wehtut, nützt nichts«, gab er zurück.

Anschließend strich er zuerst die rechte, dann die linke Körperhälfte aus und fragte: »Vielleicht noch eine kleine Reflexzonenmassage, die Gnädige?«

»Das könnte dir so passen.«

»Allerdings.«

»Mach, dass du von mir runterkommst.«

Sie zupfte ihr Pyjamatop zurecht und wälzte sich auf den Rücken. »Danke, du Frauenflüsterer. Ich werde mich revanchieren.« Sie gähnte, streckte sich, rollte sich schließlich auf die Seite, stützte den Kopf auf die linke Hand und betrachtete den Mann neben ihr, der um so vieles älter zu sein schien als sie, aber dann auch wieder nicht. Sie wollte herausfinden, wie er zu dem geworden war, für den sie ihn hielt.

»Wie war eigentlich dein Vater?«, begann sie. »Der müsste doch ungefähr aus der gleichen Generation gekommen sein wie der von Hartmut.«

8

Karl Niemetz war fünf gewesen, als sein Vater Dietrich Anfang Januar aus der Gefangenschaft kam. Den Weg, den seine Mutter und er zum Bahnhof genommen hatten, sah er noch immer vor sich. Durchs historische Schwedentor mit den dicken Holzflügeln waren sie die Stufen hinunter in die Untere Stadt und zum stinkenden Mühlbach gestiegen, in dessen fast strömungslosem Wasser im Sommer halb tote Weißfische reglos auf der Stelle verharrten. Damals führte noch ein Holzsteg darüber; inzwischen hatte man die Abwässer kanalisiert und den Bach zugeschüttet. An der Hand der Mutter ging es zum Fluss, vorbei am Traditionswirtshaus *Freischütz*, berühmt für sein Rauchbier und Stammlokal seines Großvaters, und an der Schreinerei Beranek, aus der es wunderbar nach Leim und frischen Sägespänen roch. Über den Fluss führte eine Betonbrücke mit schmiedeeisernem Geländer, die auf der anderen Seite in die Wassergasse mündete. Die hatte ihren Namen von den regelmäßigen Überschwemmungen im Frühjahr. Eisplatten von drei Flüssen schoben sich am Wehr weiter unten übereinander, und wenn sie dort nicht rechtzeitig von wagemutigen jungen Kerlen mit Floßhaken auseinandergestemmt oder mit Dynamit gesprengt wurden, trat der Fluss über die Ufer und drang in dem schmalen Gässlein in die Keller der alten Fachwerkhäuser. Der Gehsteig auf der Ufermauer war mit einem Stangengeländer gesichert; zwischen den Eisenrohren konnte man aber problemlos durchsteigen und über die in die Mauer eingelassenen Trittkrampen bis hinunter zum Fluss klettern, so wie Karl es schon bei den Großen gesehen hatte. Die Großen waren diejenigen, die Dinge tun durften, für die er noch »zu klein« war. Diese Unterscheidung bezog sich nicht nur auf die Körpergröße. Zu den Großen zählten auch Jugendliche, die schon etwas mitgemacht und Lebenserfahrungen gesammelt hatten, wie zum Beispiel Juri, Kari und Stenzel, auf der Festung einquartierte Flüchtlinge aus dem Osten. Sie gebrauchten Ausdrücke wie *dobry* und *lerge*, *Lorbass* und *perunje*. Sie rauchten, blieben bis Mitternacht auf und wussten über Mädchen Bescheid.

Karl und seine Mutter überquerten den Bahnhofsplatz, seinerzeit eine von Ligusterhecken eingegrenzte Grünanlage, und gingen mit den anderen ins Stationsgebäude. Die Mutter hielt ihn noch fester bei der Hand, damit er vom Gedränge nicht fortgerissen wurde. Es war ein kalter Spätnachmittag. Fotos aus jenen Tagen zeigten, dass Karl wahrscheinlich eine Wolljacke und eine kurze Hose mit langen Strümpfen und Strapsen anhatte. Die gestrickten Handschuhe waren Fäustlinge, die an einer Schnur hingen. Diese wurde um den Nacken und durch die Jackenärmel geführt und sollte verhindern, dass er die Handschuhe verlor. Auf dem Kopf hatte er vermutlich ein Stirnband mit angestrickten Ohrwärmern.

Niemetz konnte sich noch lebhaft erinnern, wie sie auf Bahnsteig eins von der Menge umhergeschubst wurden, weil alle nach vorn drängten und die Hälse reckten, um als Erste verkünden zu können: »Er kommt.« Er kam von Norden, aus einem Gebiet, das später »Ostzone« hieß. Es war ein langer Zug mit vielen Waggons gewesen, gezogen von einer Tenderlokomotive, einem faszinierenden Dampfungeheuer mit Windleitblechen beiderseits des Kessels.

Karl wusste vermutlich nicht so recht, weswegen er mit der Mutter inmitten einer lärmenden, schiebenden und ihn schier erdrückenden

Menschenmasse ausharren musste. Um jemanden abzuholen. Aber wen? In den ruhigeren Zeiten nach dem Krieg hatte seine Mutter ein Fotoalbum mit allen noch verfügbaren Bildern der Familie angelegt. Eines zeigte einen schmalgesichtigen Soldaten mit einem Kopfverband in einem Lazarett. Neben ihm saß eine Frau mit einer Art Herrenhut, dessen vordere Krempe nach oben geschlagen und der mit einem Bändchen unterm Kinn festgebunden war. Hüte seien damals für Frauen wichtig gewesen, erklärte ihm die Mutter später. Sie bewiesen, dass die Frauen im Krieg noch nicht alles verloren hatten. Sie trug einen pausbäckigen Buben auf dem Arm. Da soll er seinen Vater zum ersten Mal gesehen haben. Ein anderes Foto, auf dem Karl auf einer Blumenwiese die Samenkugel eines Löwenzahns anpustete, musste später aufgenommen worden sein. Dieselbe kurze Hose mit Hosenträgern und denselben quer gestreiften Pullover hatte er auch auf den Bildern an, die dokumentierten, dass er schon stehen und gehen konnte. Und noch ein Bild gab es, auf dem er im Matrosenanzug ein Hakenkreuzfähnchen schwenkte. In dem Album fanden sich auch Aufnahmen von brennenden Gehöften oder Dörfern, oder von Frauen mit Gewehren. Unter Letzteren stand handschriftlich mit weißer Tusche auf schwarzem Karton geschrieben: »polnische Flintenweiber«.

An das, was auf diesen Kindheitsfotos festgehalten war, hatte Karl Niemetz nicht einmal eine blasse Erinnerung. Das Erste, was sich für immer in sein Gedächtnis eingebrannt hatte, war, wie er mit der Mutter im Luftschutzkeller im Licht einer blau gefärbten Glühlampe gesessen und geweint hatte, weil sein kleines hölzernes Spielflugzeug unwiederbringlich durch den Gitterrost zu ihren Füßen gefallen war.

Der Zug kam zischend und fauchend zum Stehen. Viele der Wartenden rannten los, weil sie ihre Männer, Söhne und Brüder unter denen erkannt hatten, die sich durch die offenen Fenster quetschten. Erst als sich nach langen Minuten der Bahnsteig etwas geleert hatte, winkte seine Mutter jemandem zu. Ein dünner, nicht sehr großer Mann in einem langen schwarzen Mantel aus dickem Tuch, einer schwarzen Feldmütze auf dem Kopf und mit einer Schachtel unterm Arm kam auf sie zu.

Über die Begrüßung wusste Niemetz nichts mehr. Auch nicht über den Rückweg. Seine Erinnerung setzte erst wieder ein, als sie zu Hause waren. Der Mann nahm an einem Tisch Platz; auf dem Tisch befanden sich Brot, ein Teller mit Wurstaufschnitt und ein Glas Bier, und der Mann aß mit großem Appetit und feuchten Lippen. Sein Sohn Karl stand die ganze Zeit neben ihm und schaute zu, wie es dem Mann schmeckte.

Droben im Wohnzimmer gab es noch den geschmückten Weihnachtsbaum. Karl erinnerte sich, wie der Mann eines Abends auf allen vieren über den Teppich kroch. In dem Glauben, sein Vater wolle mit ihm Hoppe-Reiter spielen, sprang er auf ihn zu. Er wurde unwirsch weggescheucht. Jahre später erfuhr er, dass sich der Vater im Krieg ein schweres Rheuma zugezogen hatte. Ein weiteres Mitbringsel aus Russland war eine Furunkulose im Nacken gewesen. Vater war insgesamt fünf Mal in Panzern abgeschossen worden. Beim letzten Mal hatte ihn ein Infanterieschrapnell getroffen. Seine Kameraden hielten ihn für tot, legten ihn zu den anderen Leichen und deckten ihn zu. Einer wollte allerdings noch ein Zucken bei dem Toten bemerkt haben. Sie deckten ihn wieder auf und brachten ihn ins Lazarett nach Charkow. Dort galt eine Operation so dicht an den Nervensträngen als zu riskant; andererseits begann der Fremdkörper nach einiger Zeit zu wandern. Erst Jahre später wagte es in der Heimat Vaters ehemaliger Klassenkamerad, der inzwischen Chef der Chirurgie am örtlichen Krankenhaus geworden war, den Splitter zu entfernen. Mit zunehmender Gesundung des geschundenen Körpers stabilisierte sich auch die verwundete Seele des Vaters. Seine unberechenbaren Stimmungsumschwünge wurden seltener. Aber vollständig verschwanden sie nie.

An die erste Tracht Prügel konnte sich Karl Niemetz nicht mehr erinnern. Doch weil ihr noch etliche folgten, musste es sie gegeben haben. Er wusste nicht mehr, *warum* er Prügel bekommen hatte, nur *dass* er sie bekommen hatte. Mit einer Ausnahme.

Unter den Kindern der Familie wurden in jährlich wechselndem Turnus Aufgaben verteilt. Spülen, abtrocknen, Schuhe putzen; Milch holen, Staub saugen, Müll raustragen; einkaufen beim Metzger und beim Gemüsehändler. Er war mit Straßenkehren an der Reihe gewesen. Das Haus war ein Eckhaus, und jeden Samstag musste der etwa fünfzig Meter lange Gehsteig gesäubert werden. Diese Arbeit verrichtete er widerwillig, weil er sich vor seinen Spiel- und Klassenkameraden genierte, die ungehindert spielen konnten und ihn auslachten. Um schnell fertig zu sein, fegte er den Kehricht im Rinnstein zu kleinen Häufchen zusammen, die er einfach liegen ließ. Herr Popp, Nachbar und bei der Stadt angestellter Straßenkehrer, würde irgendwann mit seinem Wägelchen vorbeikommen und sie einsammeln. Einmal hatte der Vater im ersten Stock aus dem Fenster gesehen und ihn beobachtet. »Mach die Haufen weg«, hatte er gerufen. »Die kann doch der Popp mitnehmen«, hatte Karl zurückgerufen. Kaum war er durch den Kohlenkeller wieder ins Haus gegangen, brach das Strafgericht über ihn herein. Kinder auf den Kopf zu schlagen galt bei Eltern und Lehrern als nicht korrekt. Der Rest des Körpers war erlaubtes Terrain. Dennoch kursierte unter den Erwachsenen der Spruch, dass »ein paar Watschen noch nie jemandem geschadet« hätten. Da sie die selbst empfangenen Prügel im Nachhinein als für das Leben nützlich umdeuteten, konnten sie mit ihren eigenen Kindern genauso verfahren, ohne ein schlechtes Gewissen haben zu müssen.

Er erinnerte sich, dass er wie am Spieß schrie, als er verdroschen wurde, woraufhin ihm der Vater befahl, sofort aufzuhören zu plärren, und weiterschlug. Schließlich hatten sie einen Laden, und wenn

Kunden das Angstgeschrei eines Kindes auf der Straße hörten, galt dies als geschäftsschädigend.

Es traf nicht nur ihn als den Ältesten. Seine kleine Schwester bekam an einem Sonntag nach dem Kirchgang den Hintern versohlt, weil sie in der katholischen Messe an der Stelle, an der sich alle hinknieten, auf der Bank sitzen geblieben war. Auch das ein geschäftsschädigendes Ausbüxen, obwohl die Kleine erst sechs gewesen war und keinerlei widerborstige Absichten gehegt hatte.

Eines Tages lief der Vater mit grimmiger Miene und einem blauen Auge durchs Haus. Er hatte am Vortag Karls jüngerem Bruder den Auftrag erteilt, wichtige Unterlagen in den Briefkasten des Finanzamts zu werfen. Konrad hatte es einfach vergessen. Als er dafür gezüchtigt wurde, hatte er sich gewehrt und zurückgeboxt. Für den Vater war dies der Untergang des Abendlandes. Versuchter Vatermord durch den eigenen Sohn, das schlimmste aller vorstellbaren Verbrechen, ein Frevel von alttestamentarischer Wucht. Wundersamerweise wurde danach aus dem renitenten Konrad der Lieblingssohn des Vaters, während Karl in seiner Achtung sank.

In der Volksschule hatten sie nach und nach die Prügel sportlich genommen, als eine Art vorgezogenes Männlichkeitsritual, das der viel propagierten »Abhärtung« diente. Wenn man damit rechnete, irgendwann »Sechs hintendrauf« zu bekommen, hatte man sich doppelte Unterhosen angezogen oder Zeitungspapier hineingestopft. Hatte man sicherheitshalber Lederhosen an, gab es die Sechs auf die nackten Rückseiten der Oberschenkel. Als Präventivmaßnahme wurde in der Klasse gehandelt, das Spanische Rohr, das der gefürchtete Lehrer Otto Rascher in der Ablage unter seiner Tischplatte in Dauerbereitschaft liegen hatte, mit Zitronensaft einzureiben. Dann sollte es gleich beim ersten Schlag zerspleißen, was es nicht tat. Die bereits durch die Flucht »abgehärteten« ostpreußischen und schlesischen »Festunger« bissen die Zähne zusammen und ärgerten die Lehrer dadurch, dass sie keinen Mucks von sich gaben.

An einen Vorfall konnte sich Karl Niemetz noch deutlich erinnern. In der dritten Klasse bekamen sie einen jüngeren Lehrer, der ihre Herzen im Nu eroberte. Er ging mit ihnen auf die Wiese vor der Stadt, wo die amerikanischen Besatzer ein Flugfeld eingerichtet hatten. Dort stand oft eine kleine einmotorige Kuriermaschine in Bereitschaft und wurde von einem Soldaten mit Gewehr bewacht. Dieser lehnte zwar den Wunsch ab, er möge doch einmal in die Luft schießen, verteilte dafür aber Chiclets, kleine, in einen weißen Zuckermantel eingepackte Kaugummikissen mit Pfefferminz- oder Zimtgeschmack. Aus dem Bächlein dort füllten sie Bierflaschen mit Wasser fürs Schulaquarium und bestimmten den Härtegrad. Herr Diester machte mit ihnen auch berufskundliche Exkursionen. Er fragte die Gewerbe der Väter ab und führte die Klasse einmal in der Woche zu deren Betrieben oder Werkstätten: zum Bäcker, Schuster, Schreiner, Hufschmied, ja sogar – für Karl schwer erträglich – zum Metzger und in den Schlachthof. Und mit dem Mesner Gottlieb stiegen sie im Kirchturm der Stadtpfarrkirche hinauf bis ins Gebälk, wo in dreißig Meter Höhe die riesigen Glocken hingen, die noch an langen Seilen von Hand geläutet wurden.

Dieser fabelhafte Lehrer vermittelte seinen Schülern nicht nur Wissen, sondern erklärte ihnen auch die Welt, besonders seine. »Wenn jemand die Hausaufgaben nicht gemacht hat, dann will ich nicht hören, dass die kleine Schwester die Schiefertafel abgewischt oder der Hund das Heft gefressen hat«, sagte er beispielsweise. »Ich will die Wahrheit hören. Wenn du sie nicht gemacht, sondern lieber Fußball gespielt hast, dann stell dich hin und sag: ›Ich hab sie nicht gemacht, sondern lieber Fußball gespielt.‹ Wenn du zu faul warst, sagst du: ›Ich war zu faul.‹« Ehrlichkeit sei eine Tugend echter Männer. Folglich sagte Karl eines Tages: »Ich war zu faul.« Er hatte den

Lehrer so verstanden, dass man mit dem Eingeständnis eines Fehlers oder einer Schwäche um die »Sechs hintendrauf« herumkommen würde. Stattdessen bekam er sie auf das unpräparierte Hinterteil. Schlimmer und nachhaltiger war jedoch die Erkenntnis: Der von ihm verehrte Lehrer, der selbst Kinder hatte, mit seiner Familie von einem Hungerlohn in einer armseligen Dachwohnung lebte und in den Ferien nicht bezahlt wurde, war genauso hinterhältig wie andere Erwachsene. Zweite Erkenntnis: Ehrlichkeit wird bestraft.

Später, in der Oberrealschule, war altdeutsche Abhärtung ein weiterhin konsensfähiges Konzept gewesen. Der Schüler Karl hatte das Wort zum ersten Mal vom Großvater väterlicherseits gehört. Melchior Niemetz war schon früh ein Anhänger des Pfarrers Sebastian Kneipp gewesen, welcher Abhärtung durch Hydrotherapie als probates Mittel gegen die seiner Ansicht nach grassierende »Verweichlichung« der ganzen Nation empfahl. Der individuelle Körper zählte offenbar nicht, sondern nur dessen Aufaddierung zum »Volkskörper«. Daraus wurde später die »Volksgemeinschaft«, die aus »Volksgenossen« bestand. In jedem HJ-Heim hing die Parole: *Du bist nichts, dein Volk ist alles.*

Dieser Opa hatte ihn schon als Buben mit kalten Unterarmbädern und Kniegüssen vertraut gemacht. Möglichst oft barfuß zu gehen, am besten über taufeuchte Wiesen, bedurfte keines gesonderten Hinweises. Selbst der Jahrgang von Karls Vater hielt nach dem Krieg noch regelmäßig Klassentreffen ab, bei denen die Einladungen mit »Liebe Barfüssler« begannen. Auch Karl und seine Mitschüler gingen im Sommer in kurzen Hosen und ohne Schuhe zum Unterricht in die Volksschule.

Noch beeindruckender als womöglich gut gemeinte Ratschläge fand Karl jedoch die Lebensläufe seiner beiden Großväter. Opa Melchior war in einem Dorf auf jenem Bauernhof aufgewachsen, wo Karl als Bub manchmal seine Sommerferien verbringen durfte.

In dieser Familie gab es Anfang des vergangenen Jahrhunderts mehr Kinder, als der Hof ernährte. Also erklärten die Eltern dem vierzehnjährigen Melchior, dass er nun selbst zusehen müsse, wie er zurechtkomme. Der Junge schlug sich irgendwie nach Hamburg durch, log über sein Alter und heuerte auf einem Dampfsegler der sogenannten christlichen Seefahrt an, der Frachtrouten nach Southampton und Rio de Janeiro bediente. Beim Ausbruch des Ersten Weltkriegs meldete er sich zur Kriegsmarine und überlebte die Seeschlacht vor dem Skagerrak. Im Sommer 1918 fuhr er mit einem Fahrrad von Hamburg zurück in sein Heimatdorf. Seine Eltern und Geschwister waren gerade auf dem Feld. Mit diebischer Freude erzählte er gern die Geschichte, wie er so lange um das Feld herumgefahren sei und dabei seinen Reservistenstock mit den Mützenbändern geschwenkt habe, bis seine Mutter fragte: »Melcher, bist du das?« Dieser Opa hatte auch ehrlich verdiente Tätowierungen mitgebracht: einen großen Anker mitten auf der Brust, eine Seeschlange auf dem rechten Oberarm, eine barbusige Nixe auf dem linken. Bei der Frage Karls, ob das nicht wehgetan habe, hatte er nur gelacht. Als die Nazis an die Macht kamen, zerstritt sich Melchior, der Hitler-Sympathisant, mit Fritz, seinem Bruder, der sich besonders vom SA-Pöbel abgestoßen fühlte. Danach redeten die beiden kein Wort mehr miteinander. Fritz starb in den Fünfzigerjahren. Melchior ging nicht zur Beerdigung.

Georg, der Mama-Opa, war Landwirt, Weinwirt, Jäger und Waldbauer gewesen, vor allem jedoch Flößer. Wenn im Frühjahr die Schneeschmelze auf den Bergen die Pegel ansteigen ließ, wurden an den Wehren die Flüsse aufgestaut, die geschlagenen Fichten- und Tannenstämme zu Tal gebracht, mit Floßhaken ins Wasser gerollt und an Sammelplätzen zu »Böden« zusammengebunden. Diese wurden zu mehreren hinter- und nebeneinander in den Main und später in den Rhein geflößt, bis nach Holland. Die Rückreise war strapaziös und abenteuerlich. In den Weinanbaugebieten entlang des Mains verkauften die Flößer die Stangen ihrer Floßhaken an die Winzer. Sie wollten schließlich Geld mit nach Hause bringen, wo »die Weiberleut« Hof und Felder bewirtschafteten, in Heimarbeit ein paar Groschen verdienten und nebenbei noch die Kinder aufzogen. Also marschierten ihre Männer großenteils zu Fuß zurück, weil es kaum Überlandverbindungen gab und Postkutschen teuer waren. Im nächsten Frühjahr ging es wieder von vorn los.

Nur harte Männer überstanden solche Belastungen. Karl verstand das. Folgerichtig wurde damals das Unterrichtsfach, das heutzutage Sport genannt wird, als »Leibeserziehung« im Zeugnis aufgeführt. Diese sah in Karls Oberrealschule so aus: Antreten in zwei Linien der Größe nach, im Winter minutenlanges Stillstehen in der ungeheizten »Turnhalle« und Strafliegestütze zur Disziplinierung; die vier Meter hohen Kletterstangen mehrmals hinauf und hinunter; Sprünge über Bock und Kasten, Schwingen am Barren mit nackten Oberarmen auf den Holmen, Abgangsgrätsche vom Reck. Verletzungen und Stürze waren akzeptierte Kollateralschäden. In der Halle wurde Völkerball mit den unelastischen, weil prall gefüllten Weitwurfbällen gespielt. Als Karls Freund »Daisy« einmal gegen die Schikanen aufbegehrte, verprügelte ihn der Turnlehrer, der mit einem steifen Bein aus dem Krieg zurückgekommen war, in der Umkleide mit einem Besenstil. Daisys Mutter beschwerte sich daraufhin beim Direktor. Nach der nächsten Turnstunde bekam Daisy vom Turnlehrer eine Tafel Schokolade.

Ein Freund der Familie Niemetz, Kriegskamerad des Vaters, regelmäßiger Kirchgänger und einer der größten Steuerzahler der Stadt, praktizierte eine besonders eindrucksvolle Methode der Erziehung zur Härte. Er hatte eine geräumige Villa und sechs Kinder, vier Buben, zwei Mädchen. In jedem der Gemeinschaftsräume hatte er in einer Ecke einen Rohrstock deponiert, mit dem er Vergehen oder Widersetzlichkeiten sofort ahnden konnte. Seine Rechtfertigung formulierte er so: »Die sollen lernen, sich im Leben durchzusetzen.«

Das Gift der später so genannten Schwarzen Pädagogik wirkte nach Kriegsende weiter. Die Kindesnatur müsse »ausgemerzt« werden, und zwar nicht mit »Güte«, sondern durch »Zucht«. So formulierte es die Theorie, und so wurde die Leibeserziehung auch zur Geisteserziehung und führte zur Seelenverkrüppelung. Härte wurde sowohl als Selbstzweck angesehen wie auch als unabdingbare, »mannhafte« Tugend für den »Lebenskampf«. Und in diesem würde nur derjenige bestehen, der kein Mitleid kenne, auch nicht mit sich selbst. Der sich ohne zu murren morgens kalt wusch, über den Kasten sprang, die Stangen hochkletterte, vom Reck grätschte und ungerührt zusehen konnte, wie der Georg-Opa einen Wurf Kätzlein in einen mit Steinen beschwerten Sack steckte und im Bach ertränkte. »Wechtun«, sagte man dazu, nicht »ersäufen«. »Tu die Bälger wech!« Oder später auch »wechräumen«. »Diese Terroristen von der *Raff* – gehören alle wechgeräumt!« Als Karl nachfragte, wie man sich das vorstellen müsse, wurde ihm erklärt: »Ganz einfach: die Gefängnistüren offen lassen und dann ›auf der Flucht‹ erschießen.«

* * *

»Um auf deine Frage zurückzukommen«, sagte Niemetz. »Mein Vater war eine zwiespältige Natur. Er konnte großzügig sein und hat viel für soziale Zwecke gespendet, zum Beispiel für Kriegsflüchtlinge oder für die Zigeuner in den Baracken unten am Fluss. Dem jungen Kaplan hat er seine geliebte NSU Max geschenkt, das erste Modell mit Fußschaltung, damit der in unserem großen Landkreis seinen Job machen konnte.«

»War er christlich geprägt?«, fragte Jana.

»Ja«, sagte Niemetz ohne zu zögern. »Hauptsächlich durch seine bigotte Mutter und die katholischen Pfadfinder. Aber er konnte auch vor Jähzorn explodieren und Angst verbreiten.«

»Wie hat sich das geäußert?«

Erneut musste er nachdenken, und sein Gesichtsausdruck wurde ernst. »Als Innungsobermeister war er zum Beispiel für die Vorbereitung der Lehrlinge auf die Gesellenprüfung zuständig. Er hat mich einmal in eine Unterrichtsstunde mitgenommen. Einem der Lehrlinge hat er eine Frage gestellt. Der junge Kerl ist nicht aufgestanden, hat undeutlich genuschelt oder patzig geantwortet, und mein Vater ist zu ihm hin und hat ihm eine geknallt. Oder unser Dienstmädchen, die Anneliese, die unter der Woche bei uns Kost und Logis hatte. Die kommt früh aus ihrem Zimmer herunter in die Küche, ohne ›Guten Morgen‹ zu sagen. Er hat sie angefaucht, sie hat irgendetwas geantwortet, und patsch, hatte sie eine gefangen. Sie hat ihn angezeigt, und er bekam eine Geldstrafe.«

»Himmel!«, sagte seine ehemalige Schülerin und schüttelte sich. »Von solchen Sachen habe ich nie was mitbekommen oder auch nur davon gehört. Ich bin behütet in einem Paradies aufgewachsen und habe das für den Normalzustand gehalten.«

»Wie muss ich mir diesen ›Normalzustand‹ vorstellen?«, wollte Niemetz wissen.

Sie versuchte in Worte zu fassen, worüber sie noch nie abstrakt nachgedacht hatte. Vermutlich war die Grundlage gewesen, wie Eltern und Großeltern miteinander umgingen. Sie konnte sich nicht erinnern, jemals eine durch Rechthabereien vergiftete Atmosphäre oder lautstarke Auseinandersetzungen erlebt zu haben. Sie durfte ihr kindliches Leben in einem beschützten Rahmen selbst gestalten. Nie brauchte sie sich dem Reiz hinzugeben, etwas Verbotenes zu tun, weil sich das, was sie tat, innerhalb der Normen der Erwachsenen bewegte. Nie musste sie lügen, weil sie immer die Wahrheit sagen durfte, ohne Strafe befürchten zu müssen. Mit allen Kindern aus der Nachbarschaft konnte sie spielen, mit Mädchen und Jungen. Freunde mit nach Hause zu bringen bedurfte keiner gesonderten Erlaubnis.

Da der Opa wegen seiner Gicht die Wohnung so gut wie nie verließ, legten sich die Großeltern einen Schwarz-Weiß-Fernseher zu. Die Enkelin durfte – wohldosierte Highlights im Alltag – die *Augsburger Puppenkiste* und *Flipper* gucken. Als die kartonierten Kinderbilderbücher abgelöst wurden durch die von Mutter und Oma beförderte Vorlesephase, entwickelte sich ihre Einbildungskraft immer detailreicher. Um das, was sich in ihrer Fantasie abspielte, angemessen beworten zu können, lernte sie schon vor der Einschulung lesen, womit sie sich die Welt der Märchen, Sagen und Geschichten selbstständig erschließen konnte: Gebrüder Grimm, H. C. Andersen, Otfried Preußler, dazu Reiterhof-, *Bullerbü-* und alle *Pippi-Langstrumpf-*Abenteuer. So hegten die für die Textverarbeitung zuständigen Gehirnareale schon frühzeitig den unkontrollierten Konsum bewegter Bilder ein. Erst nach der Einschulung gab es im Elternhaus ein TV-Gerät.

»Meine Mutter sagt noch heute, sie kann sich nicht erinnern, dass ich eine Pubertät durchgemacht hätte. Ich hätte weder gezickt noch geheult, hätte niemanden mit melodramatischen Stimmungsschwankungen traktiert und sei auch nachts nicht ausgeblieben.«

Ja, eine oder zwei Pflichtzigaretten habe sie mal probiert und danach Rauchen ekelhaft gefunden. Kiffen oder Saufen habe sie nie interessiert. Geräteturnen, Skifahren, Schwimmen und der CVJM seien für ihre Sozialisation hilfreich gewesen.

»Eine Zeit lang durfte ich als Zehnjährige sogar einen kleinen Nachbarsbuben betreuen, dessen Eltern viel unterwegs waren.«

»Wie bist du in dieser Zeit überhaupt mit dem anderen Geschlecht zurechtgekommen?«, wollte Niemetz wissen.

»Total problemlos«, sagte sie und lachte. »Die Jungs waren allesamt leicht auszurechnen mit ihren kindischen Faxen und Angebereien. Ich konnte mich innerlich zurücklehnen und abwarten, was sich der oder jener als Nächstes einfallen lassen würde, um meine Aufmerksamkeit auf sich zu ziehen. Es war sehr unterhaltsam.«

Niemetz war von der offenbar schon frühzeitig angelegten geradlinigen Entwicklung seiner ehemaligen Schülerin beeindruckt. Als hätte sie seine Gedanken gelesen, bestätigte sie:

»Ich kann selbst nicht den *einen* Grund nennen, warum der Großteil meiner Biografie so reibungslos verlief. Gymnasium, Studium, die einzelnen Stationen im Beruf, sogar die ersten Ehejahre – es kam alles genau so, wie ich mir das vorgestellt hatte. Es muss die Summe aller Teile gewesen sein, die das bewirkt hat.«

»Wahrscheinlich«, stimmte Niemetz zu. »Außerdem waren die Zeiten damals ruhiger und die äußeren Umstände stabiler. Wir galten noch immer als Wirtschaftswunderland.«

»Und meine Eltern waren eine ganz andere Generation als deine«, sagte sie. »Vielleicht war das Zusammenleben damals im Sudetenland ein anderes. Meine Eltern sind zum Beispiel nie handgreiflich geworden.«

Jana fröstelte. Sie drehte sich auf den Rücken und zog die Zudecke bis unters Kinn. Beide schwiegen und dachten über das Gesagte und Gehörte nach. Da gab es etwas, das noch in der Luft hing, irgendwie bedrohlich, aber nicht greifbar. Das sie deshalb ins Charakterbild des Mannes neben ihr nicht einordnen konnte, weder historisch noch biografisch. Sie räusperte sich.

»Was mich noch interessieren würde –«, begann sie.

»Ja?«

»Wie hast du diese Gewaltausbrüche in deiner Kindheit und Jugend verarbeitet? Was haben die mit dir gemacht? Warum bist du nicht so geworden wie Hartmut? Offenbar habt ihr beide doch Ähnliches erlitten?«

»Hmm«, brummte Niemetz, schwang die Beine über die Bettkante und rieb erneut sein unrasiertes Kinn. »Ich weiß es selbst nicht so richtig. Irgendwie werde ich es wohl weggesteckt haben.« Er stand auf, zog die Pyjamahose hoch und verhedderte sich in den Ärmeln des Bademantels. »Ich hol mal die Zeitung«, sagte er und ging nach unten.

* * *

Den zweiten Abschnitt seiner Lehrerausbildung trat Niemetz auf dem Land an. Der Zweigschuleinsatz in einer Kleinstadt war gemütlich gewesen: zwanzig hauptamtliche Lehrkräfte, dreihundert Schüler und durchwegs gemischte Klassen. Die Mädchen sorgten allein durch ihre Präsenz dafür, dass sich die Jungs einigermaßen benahmen. Niemetz bekam in Englisch eine fünfte Klasse mit achtzehn Schülern zugeteilt, in Deutsch eine elfte mit sechs Jungen und fünf Mädchen. Seine Betreuer waren unkompliziert und ließen ihn experimentieren. Der Schulleiter war gegen Ende des Krieges Jagdflieger gewesen, war gut vernetzt mit alten Kameraden, die jetzt im Ministerium saßen und seine Personal- und sonstigen Wünsche wohlwollend bearbeiteten. Oberstudiendirektor Dr. Langold mochte seinen neuen Referendar.

»Willkommen in der Provinz, Niemetz«, hatte er ihn begrüßt. »Bei uns geht es etwas rustikal zu, weil wir ein großes Einzugsgebiet haben mit Kindern aus allen Schichten, vom Grafensohn bis zur Bauerntochter.« Im Lehrerkollegium hielten sich Alt und Jung die Waage; die meisten stammten aus der Gegend, und außer Niemetz war noch ein weiterer Referendar im Einsatz. Gerhard Nikol kam aus Regensburg und unterrichtete Mathe und Physik.

Der Direktor – eine eher unpädagogische Erscheinung, kurzhaarig und rasiert, gebügelter Anzug, keine Gesundheitssandalen – war um die fünfzig und fuhr einen silbergrauen Ro 80. Er spielte, wie seine Frau, Tennis in der Regionalliga. Gleich in der ersten Woche rief er die beiden Referendare in einer Pause zu sich. »Niemetz und Nikol – ein Teil eurer Ausbildung bei uns hat sportlichen Charakter.

Wenn ich nicht dienstlich unterwegs bin, treffen wir uns immer freitags nach der sechsten Stunde zum Federball in der Turnhalle. Ihr zwei gegen mich. Ausreden werden nicht akzeptiert. Irgendwann wollt ihr ja verbeamtet werden, oder?«

Beim ersten Mal spielte »Old Lang« mit seinem Tennisschläger die beiden Referendare umstandslos an die Wand. Nach einer Stunde waren sie erledigt. »Ein Gnadenvierer mit einem Minusbalken bis vor die Haustür«, benotete der Chef ihre Darbietung. »An eurer Kondition müssen wir arbeiten. Aber das kriegen wir schon hin. Wir haben ja fast ein ganzes Jahr Zeit. *Arnies Gym* am Stadttor kann ich übrigens empfehlen. Guter Mann, war Schüler bei uns. Und jetzt Abflug ins Wochenende, die Herren, Empfehlung an die Damen und Hals und Bein bis nächsten Freitag!«

Nach dem Referendariat wurde Karl Niemetz an ein staatliches Gymnasium in einer Industriestadt der oberbayrischen Metropolregion versetzt. Das Gebäude war ein siebzig Jahre alter Sandsteinbau. Es hatte hohe Räume mit hohen Fenstern und lange, breite, geflieste und gekachelte Flure. Zum Portikus des Haupteingangs – zwei Steinsäulen und zwei große Flügeltüren – führten fünf flache Stufen. Davor lag der Pausenhof, fünfzig mal fünfzig Meter, eingegrenzt durch einen Zaun mit schwarz glänzenden Eisenspeeren und Steinpfosten. Die Turnhalle war im rechten Winkel angebaut. Früher war hier eine Real- und Gewerbeschule untergebracht gewesen. Nach dem Krieg bewachten die Amerikaner darin gefangene oder verwundete SS-Offiziere. Inzwischen war daraus ein neusprachliches Gymnasium mit naturwissenschaftlichem Zweig geworden. Da Mädchen bis in die Sechzigerjahre das städtische Lyzeum besucht hatten, gab es an Niemetz' Schule erst seit Kurzem gemischte Mittelstufenklassen. Sechzig hauptamtliche Lehrkräfte für rund neunhundert Schüler.

Niemetz unterrichtete zweiundzwanzig Wochenstunden und war nun, in seinem dritten Dienstjahr am Ort, Klassenleiter einer Elften. Die Atmosphäre war großstädtisch respektlos, der Umgangston ruppig bis vulgär. Die Referendarin, deren Betreuungslehrer er war, kam eines Tages aufgebracht ins Lehrerzimmer. »Diese elenden Scheißkerle!«, schimpfte sie, den Tränen nahe. »Stellen Sie sich das mal vor! Ich will denen die Objekt-Subjekt-Verschiebung vom Aktiv zum Passiv erklären und klapp die Tafel auf. Über die ganze Breite des Mittelteils steht: PLEASE WAKE US UP WHEN YOUR LESSON IS OVER. THANK YOU. Und als ich dann frage: ›Wer war das?‹, glotzen sie mich heuchlerisch an und sagen: ›Wir nicht‹. Und der Zäther sagt noch: ›Wir finden Ihren Unterricht doch *süperb*, Frau Weberpals.‹« Als sie zwei Wochen später berichtete, dass die Rüpel in den hinteren Bänken während ihres Unterrichts Karten spielten und sie sich nicht mehr durchsetzen könne, bat Niemetz einen der drei Hausmeister um Hilfe. Weil sein Stundenplan mit dem von Frau Weberpals kollidierte, weshalb er sie durch eigene Präsenz nicht unterstützen konnte, erklärte sich Herr Sczygiel bereit, ab und zu für ihn einzuspringen und für Disziplin zu sorgen. Jeder wusste, dass der Hausmeister früher Amateurboxer im Halbschwergewicht gewesen war. Mit seinen nunmehr fünfundfünfzig Jahren war er noch immer von beeindruckender Statur und konnte vermitteln, dass er notfalls auch handgreiflich werden könnte.

Marlene Weberpals erschien nach den Weihnachtsferien nicht mehr zum Dienst.

Im Januar schneite es tagelang. Die Hausmeister schafften es kaum, die Schneemassen aus dem Pausenhof mit Schubkarren im Fluss auf der anderen Straßenseite zu entsorgen. Jeden Morgen gab es eine Lautsprecherdurchsage zum Straftatbestand »Schneeballwerfen«.

Aus dem Mund des stellvertretenden Schulleiters, eines ehemaligen U-Boot-Fahrers mit einem Schmiss auf der linken Backe, der sich gern eines Kasinotons mit minimalistischer Syntax bediente, klang das so: »Es dürfte klar, dass wenn Schneeball, dann Verweis.« Die Pausenaufsicht wurde verdoppelt und von vier Lehrkräften wahrgenommen. Niemetz hatte sich mit einem Kollegen auf der obersten Stufe unter dem Portikus postiert.

»Grüß dich, Karl!«

»Grüß dich, Reinhard!«

»Na, Wochenende gut verbracht?«

Niemetz hustete ausgiebig.

Karl Niemetz und seine Frau wohnten nur an den Wochenenden und während der Ferien zusammen. Rosemarie Niemetz wollte nicht von ihrer angestammten Umgebung fortziehen. Schon bald nach seiner Versetzung war Niemetz klar geworden, dass ihn täglich dreieinhalb Stunden Fahrzeit zu stark belasten würden. Er hatte sich ein kleines Appartement gemietet, von dem aus er das Gymnasium zu Fuß erreichen konnte. Freitagnachmittag fuhr er mit der Bahn nach Hause, Sonntagabend wieder nach Oberbayern.

Seine Frau hatte ihm eines Samstags beim Abendessen ihr Verhältnis mit einem verheirateten Anwalt gestanden, der zwei Kinder hatte. Sie habe ihn in der HNO-Praxis kennengelernt, in der sie an der Rezeption arbeitete. Er sei Ende dreißig, habe einen Doktortitel und sei Miteigentümer einer Kanzlei. Groß und schlank sei er und trage Maßanzüge. Seine Ehe, so habe er ihr erklärt, bestehe nur noch auf dem Papier wegen der Kinder – ›das übliche Märchen, das einer erzählt, der ein junges, leichtsinniges Ding flachlegen will und sich zugleich die Rückzugsoption offenhält‹, dachte Niemetz. Vollends eingewickelt hatte der Mann Rosemarie, als er sie in seinem Mercedes zu einer Gerichtsverhandlung in Ingolstadt mitnahm, wo sie seinen Auftritt als Strafverteidiger in einem Totschlagprozess bewundern durfte. Hinterher ging man ins Hotel.

Ein Staranwalt mit Doktortitel und Maßanzug. Gegen so einen würde es ein Studienrat mit einem Käfer Cabrio und ein paar Mark auf der Bank schwer haben, wusste Karl Niemetz, auch wenn er ebenfalls groß und schlank war.

Er hatte schon länger gespürt, dass es in ihrer Ehe kriselte, wieder einmal.

Als er im Sommer von einer vierwöchigen Wehrübung in Bergzabern zurückgekommen war, hatte ihn die Nachbarin gefragt, ob sie amerikanische Freunde hätten. Einer, den sie für einen GI hielt, sei mehrmals über Nacht geblieben. Rosemarie hatte ihm damals erklärt, sie sei krank gewesen, und Dave habe ihr Medikamente besorgt und sie »gepflegt«. Sergeant McNeill aus den McGraw Barracks hatten sie auf der Kirchweih kennengelernt. Er saß neben ihnen auf der Bank und war fasziniert von den *beer steins*, den Maßkrügen. Sie kamen ins Gespräch. Er stammte in dritter Generation von irischen Einwanderern ab und war in einem trostlosen Kaff in North Carolina aufgewachsen. Mangels Alternativen hatte er sich zur Army gemeldet und wartete täglich auf seine Abkommandierung nach Vietnam. Sie fanden ihn sympathisch und hatten ihn, mit einigen Bratwurstsemmeln, mit nach Hause genommen.

Zwar war Niemetz nicht aus allen Wolken gefallen, als er erfuhr, dass ihn seine Frau erneut betrog. Trotzdem verspürte er den vertrauten Stich ins Herz. Nach der Affäre mit dem »Zupfer«, wie er den Soldaten inzwischen nannte, hatte er großmütig sein und kein Machotheater aufführen wollen wegen eines Seitensprungs. Jetzt sagte ihm sein Verstand, dass nun endgültig Schluss mit lustig und seine Frau ein »Miststück« war. Und dass er sie rauswerfen sollte. Seine Gefühle hinkten allerdings hinterher. Manche Männer, dachte er, sind offenbar schmerzsüchtig. Masochismus als Droge.

Sie wolle ausziehen, hatte seine Frau abschließend verkündet, um sich »über ihre Gefühle klar zu werden«. Niemetz hatte sie eine Minute lang stumm und ungläubig angestarrt. »Na, bravo«, hatte er dann gesagt. Er war aufgestanden und hatte den Teller mit den inzwischen kalten Würstchen und dem lauwarmen Sauerkraut an die Wand geworfen. Unter der Tür hatte er sich noch einmal umgedreht. »Ich gehe davon aus, dass du bis Freitagabend mit deinen Sachen verschwunden bist.« Rosemarie Niemetz hatte zu weinen begonnen. Er hatte sich ins Auto gesetzt und war noch in der Nacht die achtzig Kilometer zu seiner Einzimmerwohnung am Dienstort gefahren.

»Nicht wirklich«, beantwortete Niemetz die Frage des Kollegen. »Ich hab mich erkältet und wenig geschlafen.«

»So siehst du auch aus, Alter«, sagte Reinhard, klopfte ihm mitfühlend auf die Schulter und holte eine Wollmütze aus der Anoraktasche. »Wie geht's Rosemarie?«

Niemetz wärmte sich die Hände unter den Achseln. »Schau mal, die dort in der Ecke«, sagte er und wies mit dem Kinn zu einer Gruppe älterer Schüler, die mit den Rücken zu ihnen vor einem Schneehaufen standen.

Aus der Flügeltür hinter ihnen drängten kichernde und gackernde Schülerinnen nach draußen. Sie waren aus der 8d, und Niemetz unterrichtete Deutsch bei ihnen.

»Yvonne, du Hüpfdohle, was habe ich dir getan, dass du mich so anrempelst?«, rief Niemetz in gespielter Entrüstung.

Bevor das Mädchen antworten konnte, hatte sie der Schneeball voll getroffen. Yvonne schrie auf, wischte sich den Schnee aus dem Gesicht und hatte Blut an der Hand. Auch an dem zu Boden gefallenen Kieselstein war Blut zu sehen.

»Hast du gesehen, wer geworfen hat?«, fragte Niemetz den Kollegen.

»Ja, der schwarze Langhaarige dort am Zaun.«

»Wickel den Kiesel in ein Taschentuch und heb ihn auf«, bat Niemetz. »Kümmer dich um die Yvonne. Ich kauf mir den Dreckskerl.«

Der Schüler Klaus Zäther war bis zum Ende der Mittelstufe ein ruhiger, höflicher und interessierter Schüler gewesen. Niemetz hatte ihn damals in der Neunten. Der Vater war städtischer Kulturreferent, die Mutter Musiklehrerin an der Realschule. In den letzten großen Ferien musste Klaus eine Verwandlung durchgemacht haben. Zu Schuljahresbeginn wurde allen klar, dass er sich selbst in einer dunklen Periode seiner Existenz verortete. Er hatte die blonden Haare schulterlang wachsen lassen und kleidete sich komplett schwarz. Er schminkte sich bleich und hatte offenbar beschlossen, den Nagel des linken kleinen Fingers nie mehr zu schneiden. Stattdessen lackierte er ihn lila. Stets hatte er eine abgegriffene Ausgabe der *Gesänge des Maldoror* bei sich; seine bevorzugte Musik komme von Amon Düül, wenn er gerade nicht die Gregorianischen Choräle des Benediktinerchors Münsterschwarzach höre, verbreitete er ungebeten.

Jetzt stand er in einem eng geknöpften überlangen Mantel in der Gruppe seiner Jünger, hatte eine Hand aufreizend lässig in der Tasche und betrachtete mit kaltem Amüsement den heranstürmenden Niemetz. Der schob zwei von Zäthers Gesellen rüde zur Seite und baute sich vor ihm auf.

»Was soll die Scheiße, Klaus?«

Zäther gab sich unbeeindruckt. »Wovon reden Sie?«

»Davon, dass du nicht nur einen Schneeball geschmissen, sondern zuvor noch einen Stein reingetan hast. Wir haben dich beobachtet. Spinnst du jetzt völlig?«

»Ich darf korrigieren, Herr Niemetz«, entgegnete Zäther. »Es heißt korrekt: ›Spinnen *Sie* jetzt völlig‹.«

Die Umstehenden lachten. Neue Schüler kamen hinzu.

»Pass auf, mein Freund«, drohte Niemetz. »Ich bin nicht zu Scherzen aufgelegt.«

»Das ganze Leben ist ein Scherz, Herr Niemetz. Sie nehmen alles viel zu ernst. Stimmt's, Leute?«

Ein paar »Leute« johlten.

»Okay«, sagte Niemetz, »dann ist das hier auch nur ein Scherz«, und stieß dem Schüler mit dem Handballen gegen die Nase. Zäther stolperte rückwärts, seine Nase begann zu bluten. Er stürzte zu Boden, der Schnee um seinen Kopf herum färbte sich rot. Immer mehr Schüler kamen herbeigerannt.

»Sie lachen ja gar nicht, Herr Zäther«, sagte Niemetz. »Verstehen Sie plötzlich keine Scherze mehr?«

Zäthers Gesicht war blutverschmiert. Einer aus der Klasse gab ihm ein Taschentuch und half ihm auf. Klaus Zäther beugte sich vor, um das Blut in den Schnee tropfen zu lassen.

»Niemetz«, sagte er mit verstopfter Nase, »du bist ein solches Riesenarschloch.«

Niemetz wollte erneut ausholen, wurde aber von der dritten Pausenaufsicht zurückgehalten.

Der Vorfall schaffte es rasch in die Medien, die Aufregung war enorm. Niemetz verweigerte eine Entschuldigung, obwohl er selbst seinen jähen Gewaltausbruch für unverzeihlich hielt. Bei ihm war eine Sicherung durchgebrannt. Dennoch: *Ein Mann steht für seine Taten ein, redet sich nicht heraus oder macht sich mit einer lahmen und verlogenen Entschuldigung vom Acker,* wie er bei seinem Vater und Herrn Diester gelernt hatte. ›Der Schüler Zäther hat bekommen, was er sich redlich verdient hat.‹ Ein Stein im Schneeball hatte schon in Niemetz' Kindheit gegen jeden Ehrenkodex verstoßen. Und wer dagegen verstieß, musste dafür bezahlen.

Befragungen der Schulleitung ergaben, dass Zäther den Schneeball mutmaßlich zwar präpariert, nicht aber selbst geworfen hatte. Er soll einem Siebtklässler zwei Mark in die Hand gedrückt und gesagt haben: »Da, schmeiß den mal auf die Lehrer dort drüben. Wir decken dich. Wenn du triffst, kriegst du noch mal zwei Mark.«

Zäthers Vater erstattete Strafanzeige wegen Misshandlung eines Schutzbefohlenen und vorsätzlicher Körperverletzung. Außerdem reichte er Zivilklage auf Schmerzensgeld ein. Seinem Sohn konnte nichts nachgewiesen werden, was vor Gericht Bestand gehabt hätte; der bestochene Siebtklässler wurde nie ermittelt. Niemetz erhielt eine Bewährungsstrafe, musste die Kosten des Verfahrens tragen, einen Geldbetrag an eine gemeinnützige Einrichtung und Schmerzensgeld zahlen. Seine Bezüge wurden drei Jahre lang gekürzt, in dieser Zeit durfte er nicht befördert werden. Man legte ihm unmissverständlich nahe, sich »auf eigenen Wunsch« versetzen zu lassen.

9

Jana Gallwitz und Karl Niemetz verbrachten ihre Tage inzwischen nicht mehr vorwiegend mit dem, was einst im Deutschunterricht als »Minnedienst« und »Tandaradei« behandelt worden war. Schließlich hatte man sich ursprünglich zu einem »Workshop« verabredet. Jana wollte einen Kriminalroman über ihre Erlebnisse in der European Medicines Agency schreiben, um sie zu verarbeiten und sich in ihrer Freizeit schöpferisch zu betätigen. Zugleich sollte es für sie eine Ablenkung von den Problemen sein, welche die politische Betätigung ihres Mannes in ihr Leben gebracht hatte. Als Themen für ihre Geschichte nannte sie Korruption, Vetternwirtschaft, Mobbing, Intrigen, Tod durch Überforderung im Beruf und Mord aus Rache. Texte von ihr, die Niemetz im Netz gefunden hatte, waren durchwegs in fachsprachlicher Diktion abgefasst, inhaltlich streng sachbezogen und terminologisch präzise, auf Deutsch wie auf Englisch. Sie hatte noch nie einen erzählerischen Text geschrieben, und seit die digitale Korrespondenz den handschriftlichen privaten Briefverkehr abgelöst hatte, pflegte sie auch in ihren E-Mails einen eher unpersönlichen Stil.

Um eine Geschichte zu erzählen, schreibe ich zu sachlich, hatte sie gemailt. *Ich weiß aber nicht, wie es anders geht*, begründete sie ihre Bitte um Beratung an Niemetz. *Ich würde gern lernen, wie man so etwas macht.* Ihre Freundin de Angelis habe ihr erzählt, dass er Journalist und Literaturkritiker sei, hatte sie geschrieben. Also müsse er doch Kriterien nennen können, die einen guten Text ausmachen.

Karl Niemetz war eitel genug, um sich geehrt zu fühlen. Ihm selbst fiel kein Lehrer aus seiner Schulzeit ein, zu dem er sich hinterher irgendeine Art von Kontakt hätte vorstellen können, geschweige denn, dass er ihn um Rat oder Hilfe gebeten hätte. In seinem jetzigen Beruf hatte man, wie ein Handwerker, irgendwann das Ergebnis seiner Arbeit vor sich liegen. Man prüfte es, befand es für gut oder nicht, verbesserte und verkaufte es. Als Lehrer hatte man es mit Menschen zu tun. Kurzfristiger Erfolg oder Misserfolg der Arbeit mit ihnen zeigte sich in den Zeugnissen, die jedoch hauptsächlich die Beherrschung von Formalia widerspiegelten. Was nach der Schulzeit aus den ehemaligen Schülern geworden war, ob sie etwas »fürs Leben« mitgenommen hatten, erfuhr man in der Regel nicht.

Ihm gefiel die Idee, seine in den vergangenen Jahren erworbenen Kenntnisse gebündelt weiterzugeben und dabei selbst zu profitieren. »Vorher müssen wir aber noch etwas klären.«

»Und das wäre?«, fragte sie und klopfte ihr Ei auf.

Von der Dorfkirche drang das Zwölfuhrläuten herüber. Sie saßen im Freizeitdress am Frühstückstisch. Karl Niemetz belegte sein Knäckebrot mit einem Stück geräucherter Forelle, schenkte sich Tee ein, schaute bedeutsam zum Fenster hinaus und sah dann sie an.

»Unsere Rollenverteilung. Ich möchte nicht, dass ich der notorische Besserwisser bin und du die ahnungslose Schülerin.«

»Warte es doch einfach ab«, sagte Jana. »Ich will ja von dir nur erfahren, wie man eine gute Geschichte schreibt. Also?«

Er stand altmännerhaft auf, ging zum Kühlschrank und holte sich die Meerrettichtube. Er schlurfte zurück, setzte sich und bestrich die Forelle. Jana Gallwitz schnippelte eine Lauchzwiebel und zwei Radieschen in ihren Hüttenkäse.

»Na gut. Eine Möglichkeit ist, die Geschichte vom Ende her zu denken. Was soll rauskommen? Was soll der Leser im Kopf behalten, wenn er das Buch zuklappt?«

»Und die andere?«

»Du schreibst drauflos und lässt die Geschichte sich selbst entwickeln. Das Ende kennst du noch nicht.«

»Wie lange dauert so was?«

»Mindestens zwei Jahre, bis du dein Manuskript an ein Lektorat schicken kannst.«

»Warum so lange?« Enttäuschung schwang in ihrer Frage mit.

»Weil die wirkliche Arbeit erst *nach* dem Schreiben beginnt.«

»Wieso das denn? Es gibt doch jede Menge Rechtschreib-, Grammatik- und Stilprogramme.«

»Es gibt aber handwerkliche Grundprinzipien, die man auch mit künstlicher Intelligenz nicht programmieren kann. Noch nicht. Eines heißt ›Show, don't tell‹, ein anderes ›Don't state the obvious‹.«

»Kannst du sie mir erklären?«

»Das erste bedeutet: Wo immer möglich, sollst du das, was du mitteilen möchtest, am konkreten Beispiel zeigen, statt es abstrakt zu referieren. Das zweite: Offensichtliches brauchst du nicht extra zu formulieren. Der Leser erkennt es auch so.«

Sie überlegte kurz.

»In einem amerikanischen Handbuch für Creative Writing habe ich die Aufforderung gelesen: ›Kill your darlings!‹ Was ist damit gemeint?«

»Die Darlings sind die Einfälle und Formulierungen, die *dir* in deiner schöpferischen Euphorie am besten gefallen, den Lesern aber oft nicht, von den Lektorinnen ganz zu schweigen«, dozierte er.

»Was ist denn an meiner schöpferischen Euphorie so schlecht?«

»Nichts. Aber du schreibst ja nicht nur für dich, sondern du willst auch veröffentlichen. Und da muss man sich an Regeln halten.«

»Und wie erkenne ich meine Darlings, wenn meine Geschichte ein einziger Darling ist?«

»Lass deinen Text ein paar Monate liegen. Dann liest du ihn noch fünf Mal im Ganzen durch und erkennst, was Selbstdarstellung ist und was eine Funktion in der Geschichte hat.«

»Mann«, sagte sie nur bedingt heiter, »du kannst einem ganz schön den Spaß verderben.«

»Im Gegenteil. Ein Roman ist ein Haus. Da braucht es nicht nur einen Hobbyraum zum Basteln, sondern auch ein Fundament, eine Statik und ein Dach. Geschichten schreiben ist Handwerk. Man kann es erlernen, reich wird man nicht, aber es macht Spaß.«

10

Wochen später stieg Karl Niemetz in seinen alten Jaguar und fuhr zum ersten Mal seit vielen Jahren zurück in die frühere Heimat. Zwar wäre ihm eine Zugfahrt lieber gewesen als die ewig verstopfte Autobahn; andererseits schreckte ihn die Vorstellung, wegen der bedrohlich gestiegenen Corona-Neuinfektionen fünf lange Stunden eine Maske tragen zu müssen und sich am Ende doch anzustecken. Der Jaguar war ein schwarzer 92er X300 mit Ledersitzen, Automatik, Schiebedach und beheizbarer Frontscheibe, einer für die damalige Zeit beispiellosen Luxusausstattung. Da es sich um einen ehemaligen Geschäftswagen handelte, hatte er auch eine Freisprechanlage und auf der Mittelkonsole einen imposanten Telefonhörer mit Wähltasten. Ein Navi gab es damals noch nicht in der Grundausstattung. Niemetz vermisste es nicht; er war ohnehin der Ansicht, dass die digitalen Assistenzsysteme maßgeblich zur zunehmenden Verdummung der Menschheit beitrugen. Wer konnte denn noch Karten lesen? Oder sich mit einem analogen Stadtplan zurechtfinden? Jetzt wurde auch noch »autonomes Fahren« als anzustrebendes Ziel vorgegeben. Früher sprach die Werbung von »Freude am Fahren«.

Drunten im Tal waren die Straßen frei; auch auf den Feldern war der Schnee abgetaut, außer in den Schattenlagen an den Waldrändern. »Die Katze« schnurrte sanft nach Norden; mindestens jeder dritte Ortsname endete auf -ingen: Mötzingen, Schwieberdingen,

Waiblingen. Oder es gab so rätselhafte Namen wie Zuffenhausen, Hürbel, Löchgau. Zur Linken erblickte er die Burgruine Weibertreu, nicht weit weg vom Zuhause der verblichenen Charlotte. Er kehrte ihr den Rücken zu und bog ab nach Osten. Der Man in Black begleitete ihn über die Krumme Ebene – *I Walk the Line, A Burning Ring of Fire, It Ain't Me, Babe*. Dörfer und Städte endeten zunehmend auf -feld, -bach oder -berg. Und dann auf -heim.

Jana hatte ihn eingeladen. Pandemiebedingt seien zwar die meisten Events in der Region abgesagt worden, aber er kenne die Gegend ja noch von früher und wisse, dass man schöne Wander- und Radtouren machen könne. Sie sei sicher, dass es ihnen nicht langweilig werde.

Wäre das Wetter zu schlecht für Außenaktivitäten, könnte man sich dem »Dichten« zuwenden, wie sie inzwischen ihren Workshop nannten. Sie habe zwar schon mehrmals versucht, einen »zündenden« Anfang für ihren Text zu finden, sei aber regelmäßig gescheitert und habe frustriert alles wieder weggeworfen. Niemetz hatte ihr einmal von einer Empfehlung für Drehbuchschreiber in Hollywood erzählt: ›Beginne mit einem Erdbeben und höre kurz vor dem Weltuntergang auf.‹ Dieser Maxime zufolge habe sie nur Fehlzündungen produziert.

Seit dem Auszug ihres Mannes lebte sie allein in dem alten Steinhaus in einem Stadtteil, der vor hundert Jahren ein eigenständiges Straßendorf gewesen war. Die Eheleute Gallwitz hatten es fünfundzwanzig Jahre zuvor als Ruine mit verwahrloster Bausubstanz gekauft. Ihnen war klar gewesen, dass ihre Vorstellungen auf eine Kernsanierung hinausliefen. Also machten sie sich daran, Dach, Fenster, Türen, Böden und die gesamte Haustechnik zu erneuern. Da die Fassade denkmalgeschützt war, mussten sie eine Innendämmung anbringen und mit Fotovoltaik und Erdwärme den Kaminofen unterstützen.

Und weil sie Holz als Baumaterial schätzten, setzten sie es ein, wo immer möglich, funktional und dekorativ, für Böden, Fachwerk und Sichtbalken an der Decke. Sie waren beide handwerklich geschickt und hatten genügend Geld, um sich ihren gemeinsamen Traum zu erfüllen. Die Gemeinsamkeit war inzwischen abhandengekommen, der Traum war geblieben und in Erfüllung gegangen, »bis auf ein paar Kleinigkeiten, wo ich noch nachbessern werde«, merkte die Hausherrin an und begann mit der Führung.

Gleich neben dem Eingang gab es einen Raum, den sie als »meine Folterkammer« bezeichnete: Sprossenwand, Hyperextensionsbock, Flachbank mit Langhantel, Ergometer und Zugturm. »Gut für die Figur und zum Aggressionsabbau«, kommentierte sie.

»Gehst du da regelmäßig rein?«, wollte Niemetz wissen.

»Sieht man das etwa nicht?«, fragte sie zurück.

Den angebauten Erdkeller mit Ziegelsteinstufen und trockenem Naturboden samt Felsbrocken, von den Vorbesitzern als Ablage für Gerümpel und Müll genutzt, hatten sie mit einer Zwangsbelüftung und Weinlagersteinen aus gebranntem Ton ausgestattet. Dort stieß Niemetz auf eine alte Bekannte: Domina. Die – wohl beabsichtigte – Kerkeratmosphäre besorgten Schiffsleuchten aus Messing und echte Kerzen in geschmiedeten Haltern an den Wänden. In der Mitte des Raums stand ein gestürztes Eichenfass als Theke für spontane Weinproben.

Eine Wendeltreppe mit Buchenholzstufen führte vom Erdgeschoß in den ersten Stock. Durch die Mattglastüren der Räume fiel Tageslicht ins Treppenhaus. Jana öffnete die mittlere. Volle Bücherregale, Schreibtisch mit Rechner, Drucker auf einem Rollwagen daneben, ein grauer Teppich auf dem Holzboden, Halogen-Spots in der Holzdecke, ein roter Sitzball für Rückenübungen.

»In meinem Arbeitszimmer möchte ich noch die im ganzen Haus verstreuten Bücher in einer Bibliothek versammeln«, sagte sie.

»Wenn das hier nur ein Teil ist, dann kommen da aber schon ein paar Hundert Bände zusammen«, warf Niemetz ein. »Wie willst du die alle in einem Raum unterbringen?«

»Mit neuen, fest installierten Regalen bis zur Decke, und davor Schieberegale mit einer Leiter«, sagte sie.

Niemetz war beeindruckt von der literarischen Qualität der alphabetisch geordneten Bücher. Er fand nicht nur Ausgaben der wichtigsten europäischen und russischen Klassiker, sondern auch internationale Belletristik- und Sachbuch-Bestseller aus vielen Jahren. *Sinuhe, der Ägypter; Vom Winde verweht; Angst vorm Fliegen; Das Peter-Prinzip; Die Gutenberg Galaxis; Perestroika; Das Licht in uns.*

»Wie kommt denn dieses Ding in deine Sammlung?« Niemetz runzelte die Stirn und zog ein abgegriffenes Buch mit blaugrünem Kartoneinband und einem Titel in Frakturschrift aus einem Regal. »*Der Dienstunterricht im Heere*, Ausgabe für den Schützen der MG-Kompanie«, las er vor. »12. Auflage 1940, mit Reichsadler und Hakenkreuz.«

»Was? Zeig her.« Sie nahm es in die Hand und schlug es auf. Ein ganzseitiges Foto von Adolf Hitler als »Oberster Befehlshaber der Deutschen Wehrmacht« auf Seite eins. Auf Seite zwei Fotos von Göring, Keitel, von Brauchitsch und Raeder. Auf dem gegenüberliegenden Schmutztitel ein personalisierter Ex-Libris-Stempel mit dem Namen »Wilhelm Gallwitz«.

»Da«, sagte sie und hielt ihm die Seite hin. »Das gehörte Hartmuts Vater. Sein Sohn hat wohl vergessen, es beim Auszug mitzunehmen. Schmeiß es dahinten in die Schachtel. Da liegt noch mehr von seinem Mist drin.«

Unter dem sogenannten Mist befanden sich Titel wie *Die Blätter von Yggdrasil, Germanische Religionsgeschichte und Neuheidentum, Ásatrú – Die Rückkehr der Götter.* Aber auch die *Edda, Deutsche Heldensagen, Das geduldige Fleisch.* Und *Revolte gegen den Großen Austausch.*

Im Zimmer nebenan deutete sie auf das ungemachte Doppelbett. »Und dieses hässliche Ding fliegt ebenfalls raus, mitsamt allen Erinnerungen. Mir ist es in meinem Alter zu mühselig geworden, quasi auf dem Boden zu schlafen. Ich habe nur die ganze Zeit über noch kein schönes Bett mit einem höheren Einstieg gefunden.«

»Hm«, machte Karl Niemetz, umrundete die Lagerstatt, stemmte die Arme in die Hüften, kniete sich hin, schaute unter die Betten, hob eine Matratze an und rüttelte am Gestell.

»Geht es dir gut, Schatz?«, fragte sie beunruhigt.

»Mhm«, brummte er noch einmal, richtete sich auf und sah sie mit betont nichtssagender Miene an. »Wir bauen uns ein neues«, sagte er.

»Was, wie, ›ein neues‹?« Jana blickte irritiert zurück.

»Ein paar Leimholzbalken und Glattkantbretter, dazu Winkelverbinder und Rundholzstäbe. Drei Tage Arbeit, sobald wir Material und Werkzeuge beisammenhaben.«

»Ja, schon klar«, sagte sie beschwichtigend und zog ihn vom Boden hoch. »Du leidest unter einem Hungerdelir. Komm, wir gehen in die Küche.«

Die Küche hatte zwei Fenster über Eck, die für helle Arbeitsbereiche sorgten. Schränke und Blöcke waren aus Kernbuche, der Frühstückstisch aus Eiche, die Elektrogeräte vom renommiertesten Hersteller des Landes. Auf der Kochstelle stand ein Topf mit Wasser, auf der Granitarbeitsfläche lagen ungeschälte Stangen von weißem Spargel und Kartoffeln.

»Ich dachte, wir könnten uns Spargel mit Schinken und Ofenkartoffeln machen«, sagte sie.

»Super«, sagte Niemetz und zog die Besteckschublade auf. »Ist das schon deutscher Spargel?«

»Ja. Du bist bei der Herfahrt bestimmt an den Feldern mit den Thermofolien vorbeigekommen. Was suchst du in der Schublade?«

»Einen Schäler.«

»Nichts da«, befahl sie und holte eine Flasche Rivaner aus dem Kühlschrank. »Setz dich mal schön auf die Eckbank, probier den Wein, ob er die richtige Temperatur hat, und unterhalte mich.«

»Das wäre nicht die feine englische Art«, widersprach er und schob die Unterlippe vor.

»Was genau, bitte sehr?«

»Daniel Craig würde sich nie auf einer Küchenbank einen hinter die Binde gießen und einer Dame auf den Hintern starren, während sie *Spargel* schält. Das wäre entgegen jeglicher Etikette.«

Während sie vor Lachen nach Luft japste, zuerst »Daniel Craig!« und dann »Spargel!« krähte, nahm er den Schäler aus der Schublade, legte theatralisch eine Spargelstange auf den Daumenballen der linken Hand und zog in einer fließenden Bewegung von oben nach unten die Schale ab.

Jana öffnete die Flasche und goss jedem ein Probierglas voll ein.

»Auf unser Wohl, Nullnullsechs.«

Unter allerlei Geschäker und dem Austausch frivoler Albernheiten bürstete sie die Kartoffeln und schnitt sie in Spalten. Sie verteilte sie auf dem Backblech, beträufelte sie mit Olivenöl, bestreute sie mit Salz, Kümmel, Paprika- und Chilipulver und schob sie in den Ofen. Ins Kochwasser für den Spargel kamen Zucker, Salz und eine Butterflocke; die Scheiben des Krustenschinkens legte sie zu Röllchen zusammen und garnierte sie mit Petersilie. Niemetz bräunte Butter in einer winzigen Pfanne und dekorierte einen Teller mit Mozzarella und aufgeschnittenen Tomaten. Adriano Celentano trug mit der erotischsten Reibeisenstimme aller Zeiten seine Vision einer gelungenen Rasenparty vor. *Allora do una mano a te, e tu la dai.* Sie zündeten zwei Kerzen an und ließen es sich schmecken. Zum Nachtisch gab es Stracciatellaeis mit Eierlikör.

Erschöpft vom guten Essen und beschwingt vom feinen Wein verzichteten sie darauf, für eine Erholungspause die Treppe zum

Obergeschoß zu erklimmen, und beschlossen, es sich auf der roten Ledercouch bequem zu machen. In der Ecke hinter dem Sofa entdeckte Niemetz vier offene Dübellöcher in der Mauer. Der Wandputz war auf einer quadratischen Fläche etwas heller als die Umgebung.

»Was ist denn hier passiert?«, fragte er.

»Tja«, sagte Jana und verzog den Mund. »Tja«, wiederholte sie naserümpfend. »Hier hing der Waffentresor des damaligen Herrn dieses Hauses. Und jetzt hängt er nicht mehr da.«

»Wozu habt ihr einen Waffentresor gebraucht?«, fragte Niemetz ernst.

»Weil der Herr einen Waffenschein hat und der Ansicht war, er müsse sich eine Glock und einen .44er Magnum kaufen.«

»Wozu?«

»Um sich zum Beispiel gegen ›messerschwingende Muselmänner‹ und ›afrikanische Flüchtlingshorden‹ zu wehren, wenn die hier im Rahmen der ›Umvolkung‹ auftauchen und uns alles wegnehmen wollen. Deswegen hatten wir draußen auch Videoüberwachung. In der Garage stand ein riesiges Notstromaggregat wegen der ›erwartbaren dauerhaften Stromausfälle‹. Und im Erdkeller hatte er Gürtel mit eingenähten Goldbarren vergraben, weil ja das Bankensystem früher oder später kollabieren wird, die EU das Bargeld abschafft, Hacker die Geldautomaten lahmlegen und die Regierung die Geldinstitute zusperrt wie damals in Griechenland.«

Niemetz schüttelte ungläubig den Kopf. »Dann funktionieren aber auch die Zapfsäulen an den Tankstellen und die Registrierkassen in den Supermärkten nicht. Will er sich dann vielleicht mit Goldbarren eine Leberkässemmel kaufen? Das ist doch Quatsch!«

»Das war ja meine Rede.«

»Und was hat er geantwortet?«

»Man müsse sich auf den ›Großen Bevölkerungsaustausch‹ vorbereiten. Bei der derzeitigen Einwanderungspolitik der ›Verbrecherregierung‹ werde es zu einem ›Volkstod durch Bevölkerungstod‹ kommen. Es stehe ein ›Genozid an der weißen Bevölkerung‹ bevor. Deshalb sei er in den Schützenverein eingetreten, um sich zu bewaffnen und dem nicht tatenlos zusehen zu müssen.«

Im Übrigen sei es für ihn kein Leichtes gewesen, dem energischen Drängen seiner Frau nachzukommen, »das Ding da« abzumontieren und samt der »Ballermänner« mitzunehmen. Da der Zweitschlüssel nicht auffindbar gewesen sei, habe er voll Ingrimm und mit hochgekrempeltem Hemdsärmel den Doppelbartschlüssel eigenhändig aus dem Toilettensiphon bergen müssen.

Niemetz grinste, als er sich die Situation in dem beengten Raum vorstellte. »Hast du ihn mal gefragt, wer seiner Ansicht nach von einem solchen ›Bevölkerungsaustausch‹ profitieren würde?«

»Da sieht er eine ›globalistische Elite‹ am Werk, George Soros, die Rothschilds, Bill Gates und andere, die mithilfe internationaler Großkonzerne die Weltherrschaft anstreben. Einmal erwähnte er auch die Freimaurer – die übrigens auch schuld sind, dass es in Deutschland keinen Kaiser mehr gibt. Es gehe um Profite und die Manipulierung der Bevölkerung. Araber und Afrikaner seien leichter gefügig zu machen, weil sie nicht so intelligent seien wie die Weißen und sowieso schon in autoritären Kulturen lebten.«

Niemetz fand es unglaublich. Ein IT-Experte als Verschwörungsideologe. Der musste sich doch fragen: Wie würde eigentlich die globale Kommunikation eines »tiefen Staates« funktionieren? Übers Darknet? Haben die »gesicherte unterirdische Leitungen«, wie dieser vogtländische Prinz behauptete? Gibt es geheime Konferenzen? Werden jeden Morgen von der Regierung Chefredakteure angerufen, denen diktiert wird, was sie zu sagen, zu schreiben oder zu zeigen haben? Ohne dass etwas durchsickert, ohne dass sich Leute mit Gallwitz' IT-Kenntnissen in Datenbanken einhacken und Manipulationen aufdecken?

»Und die Chemtrails sind ein Mittel, um die weiße Rasse zeugungsunfähig zu machen«, ergänzte Niemetz.

»Richtig«, bestätigte Jana Gallwitz. »Aber Kondensstreifen gibt es ja auch über Asien und Afrika. Da schaltet dann eine im Auftrag der UNO vom Mossad manipulierte Software rechtzeitig auf einen chemiefreien Treibstofftank um. Denn diese ›niederen Rassen‹ sollen sich ja weiterhin vermehren, um die widerständigen Weißen durch eine ›Sklavenrasse‹ zu ersetzen.«

Niemetz hatte nachgeforscht, wie in jenen Kreisen »widerständig« ausgelegt wurde. Man berief sich auf Artikel 20,4 des Grundgesetzes und konstruierte eine scheinlogische Argumentationskette nach dem Muster faschistischer Rhetorik.

Ausgangsthese war eine von einem notorisch polemischen Parteivorsitzenden erfundene »Invasion«. Die Behauptung, der Bevölkerungsaustausch in Deutschland laufe »auf Hochtouren«, stellte er als solche in den öffentlichen Raum und wiederholte sie bei jeder Gelegenheit.

Einer expliziten und nachvollziehbaren Beweisführung bedurfte es nicht. Denn der verunsicherte Bürger, der eine Moschee, eine Frau mit Kopftuch, einen TV-Moderator mit türkischem Namen, einen dunkelhäutigen Fußballspieler oder arabischen Handwerker sieht, würde sich denken: ›Stimmt.‹ Und für sich befinden: ›Wenn ich eine Invasion nichtweißer Fremder wahrnehme, findet sie auch statt.‹

Eine solche Schlussfolgerung ersparte weiteres Nachdenken, weil sie eine griffige Erklärung für die eigene, reale oder eingebildete Misere anbot: ›Die sind schuld. Für die ist Geld da, für unsereinen nicht.‹

Niemetz musste an Heinz aus seiner Nachbarschaft denken, der sich selbst als »Proletarier« bezeichnete, sein Weltwissen aus einem österreichischen Sender bezog und beklagte, Kartoffeln, Quark und

Radieschen, von denen er sich aus finanziellen Gründen hauptsächlich ernähren müsse, seien schon wieder ein paar Cent teurer geworden. Heinz, gelernter Feinmechaniker, lebte ohne Familie im eigenen Haus mit großem Garten. Er war ein handwerklich geschickter Frührentner, hatte einen Fuhrpark mit Traktor, Motorroller, Moped, Wohnanhänger, zwei alten, aber fahrtüchtigen Autos und rauchte eine Packung Zigaretten pro Tag. Und da war auch Elvira, über achtzig Jahre alt, alleinstehende Millionärin mit Hund und mehreren Häusern, die sich alle vier, fünf Jahre einen neuen Benz leistete. Sie beschwerte sich, dass »die Asylanten« von der Regierung »kostenlose Smartphones« bekämen und die Männer von der Gemeinde »einen Gutschein für den Puff«, damit sie »die deutschen Frauen in Ruhe lassen«. Gleichzeitig verlange der »unfreundliche syrische Hühnerbrater an der Straße« neuerdings »fast neun Euro« für einen halben Hahn mit Kartoffelsalat.

Auf diese Weise mutierte Wahrnehmung per Augenschein zum argumentativen Beweis und führte zur finalen Erkenntnis: ›Die sind die Täter, ich bin das Opfer.‹ Daraus sei abzuleiten: ›Recht und Ordnung gibt es nicht mehr.‹ Folglich gebe es ein überstaatliches Widerstandsrecht, womit nicht nur der Sturm auf Capitol und Reichstag gerechtfertigt sei, sondern auch rassistische Morde – NSU, Breivik, Tarrant, Ernst, Rathjen. Schließlich gehe es darum, das »abgrundtief böse System« als Ganzes zu überwinden, und das gelinge nur mit Gewalt, also beispielsweise mit einem Staatsstreich.

Indem die Neofaschisten traditionell konsensfähige Begriffe auf den Kopf stellten, setzten sie George Orwells bereits 1948 verfasste Dystopie in die Tat um. Sie propagierten einen »Staatsstreich« zur »Wiederherstellung von Recht und Ordnung«. Aus der Freiheit, auch die dümmsten und absurdesten Ansichten öffentlich vertreten zu dürfen, wurde eine »Meinungsdiktatur«: ›Aber *das* darf man ja heute nicht mehr sagen.‹ Aus wissenschaftlich dokumentierten

Wahrheiten zur Pandemie wurden »profitmotivierte Lügen« der Pharmakonzerne. Aus misogynen Mördern wurden »Opfer«, die Migranten umbringen müssen, weil die ihnen sonst die Frauen wegnehmen. Es war wie bei den Nazis: Frustrierte Wichtigtuer wurden zu Schreihälsen, die von ihrer eigenen Rhetorik zu immer radikaleren Aussagen getrieben wurden, denen sie schließlich Taten folgen lassen mussten.

»Was meinst du, warum die Leute einen solchen Schmarrn glauben?«, fragte Jana.

»Ich denke, dass es mehrere Gründe gibt«, sagte Niemetz nachdenklich aus dem Fernsehsessel. Er hatte die Slipper abgestreift und die Beine auf die Fußstütze gelegt. Jana hatte den Eindruck, dass er sich in seinem Element fühlte – als Bildungsbürger, Weltenerklärer und authentischer alter weiser Mann.

»Da ist zum einen die Rhetorik, die wir schon aus den Dreißigerjahren kennen und die auf Scheinlogik und ständige Wiederholung setzt«, holte er aus. »Vor allem Letztere erzeugt einen Wahrheitseffekt, dem man sich kaum entziehen kann. Hitler hat ununterbrochen vom ›Weltjudentum‹ geredet. Goebbels hat den Spruch ›Die Juden sind unser Unglück‹ unablässig wiederholt. Im Oktober 1939 hat er kurz nach dem Überfall auf Polen angeordnet, in öffentlichen Verkehrsmitteln den Hinweis anbringen zu lassen: ›Die Juden sind unser Unglück. Sie haben diesen Krieg gewollt, um Deutschland zu vernichten. Deutsche Volksgenossen, vergesst das nie!‹ Aus dieser unbewiesenen These zog er, wie 1941 in seinem Tagebuch vermerkt, den Schluss: ›Der Weltkrieg ist da, die Vernichtung des Judentums muss die notwendige Folge sein.‹ Und schon hat er einen zwanghaften Ablauf konstruiert: These A plus Beweis B ergibt Konsequenz C. Juden = Unglück = Weltkrieg + Endlösung. Gleichzeitig manifestierte er seinen Anspruch auf Deutungshoheit.«

»Verzeihung«, warf Jana ein, hielt den Kopf schräg und zog die Brauen hoch. »Hatten wir das nicht schon vor vierzig Jahren im Leistungskurs analysiert?«

»Gut aufgepasst, Jana«, gab Niemetz ungerührt zurück. »Und du siehst jetzt, dass das rhetorische Prinzip noch immer funktioniert. ›Weltjudentum‹ gehört als Ausgangsthese schon wieder zum Standardvokabular der Braunen. Dazu kommen noch ›Umvolkung‹, ›Der Große Austausch‹, die ›Neue Weltordnung‹, der ›tiefe Staat‹ und ›Kulturmarxismus‹. Sprechblasen mit vergifteter heißer Luft. So schaffen autoritäre Systeme Feindbilder.«

Jana schwieg, nahm ihre Brille ab und putzte die Gläser mit dem Saum ihres Pullovers. Sie setzte sie wieder auf und sah Niemetz an. »Aber warum ist mein Versuch gescheitert, durch Hinterfragen der Argumentationslogik Hartmut von seinem Geschwurbel abzubringen?«

»Weil Hinterfragen wie ein Brandbeschleuniger wirkt. Jede Gegenargumentation bestärkt ihn in seinem Selbstverständnis als Leuchtturm der Wahrheit im Meer der Ignoranz. Würdest du während seiner Welterklärungen stumm in der *Brigitte* blättern oder hingebungsvoll deine Fußnägel lackieren, wäre er frustriert und persönlich beleidigt. Du versuchst jedoch, ihm mit logischen Spitzfindigkeiten seine Gespenster wegzunehmen, die er über einen langen Zeitraum selbst erschaffen und liebgewonnen hat und die ihn seitdem treu durch seinen Alltag begleiten.«

Niemetz schob die Lippen vor und rieb sich mit dem Zeigefinger unter der Nase. »Vielleicht gibt es auch einen rein persönlichen Grund. Dass ihm deine rationale Denke schon immer auf den Geist gegangen ist und er sich von dir nicht mehr belehren lassen wollte.«

»Rationale Denke. Bei einer Frau. Aha. Das können Männer ja auf den Tod nicht ausstehen.«

»Manche jedenfalls nicht.«

Sie glaubte, den Anflug eines unangebrachten Grinsens bei ihrem Lebensgefährten wahrzunehmen.

»Ganz im Ernst, Jana«, fuhr dieser fort. »Radikalität im Denken und Handeln kommt nicht über Nacht. Eine bestimmte Sicht auf Welt, Politik und Gesellschaft muss bereits vorhanden sein. Die hat Hartmut wahrscheinlich in seinem Elternhaus mitbekommen, und zwar von klein auf. Dazu kommen unreflektierter Medienkonsum und Gruppendynamik. Beispiel: Wenn dir die aus dem Netz oder von rechten Fernsehsendern herangetragene Idee plausibel erscheint, dass zutiefst böse Mächte einen Geheimplan für die Weltherrschaft haben und sich mit versteckten Symbolen wie dem ›Allsehenden Auge‹ auf der Ein-Dollar-Note verständigen, dann wird für dich jeder Rauchmelder zum Überwachungsinstrument und jedes Flugzeug zur Gefahr für Leib und Leben. Auch Corona und die Erhöhung der Energiepreise sind für dich Teil des Plans. Du aber fühlst dich als zu den wenigen Auserwählten gehörig, die die Gefahr erkennen und wissen, was gespielt wird. Du bist in einem beständigen Ausnahmezustand, weil schon morgen deine Welt untergehen kann. Also müssen du und die anderen in deiner Blase das bestehende System komplett überwinden. Und Gewalt ist dann das legitime Mittel der Wahl.«

»Und die Blase immunisiert gegen die rationale Denke?« Sie schien Gefallen an dem Ausdruck gefunden zu haben.

»Ja. Denn auch ›Wissenschaft‹ ist für die Bewohner der Blase nichts weiter als ein Instrument der bösen Mächte. Deshalb sollte man Querdenker, Pegida, Spaziergänger und Co. nicht als Einzelerscheinungen betrachten, sondern als Gesamtphänomen. Dazu kommen noch die Meinungsverstärker aus dem eigenen Umfeld, die zur Abrundung eines Gesamtbildes beitragen.«

»Das heißt: Die wahren Verschwörer sind wir, und die Querdenker sind die wahren Geradeausdenker und Durchblicker?«

»So sieht's aus.«

»Und Trump war ein guter Präsident?«

»Ja. Auch er hat den Durchblick. Inzwischen sieht er sich als einen von Gott Gesandten. Deshalb erteilt er Weisungen an seine Gläubigen unter dem Decknamen QAnon.«

Jana holte tief Luft. »Puh«, schnaufte sie, »mir ist schlecht.« Sie stand auf, ging im Zimmer umher und gestikulierte. »Real hat das in meinem Fall bedeutet, dass ein Hartmut Gallwitz jeden Tag damit begonnen hat, nach Ereignissen und Nachrichten Ausschau zu halten, die seinen durchwegs negativen Blick auf das Leben und die Welt rechtfertigten. Seine Befunde musste er natürlich allen mitteilen, die gerade in Hörweite waren, vor allem seiner Ehefrau. Dazu kamen noch einschlägige YouTube-, Facebook- und Telegram-Posts, die er mir als ›Beweise‹ vor die Nase hielt. Der Abend klang dann aus mit wohlwollend kommentiertem Schwurbel-TV.«

Sie hielt inne, setzte sich und sah Hilfe suchend zu Niemetz hinüber.

»Was glaubst du, Karl: Hätte ich diese Entwicklung der Dinge an irgendeinem Punkt stoppen können?«

Niemetz beugte sich vor, stellte die Füße auf den Boden und stützte sich mit den Ellbogen auf den Oberschenkeln ab. In der Diskussion mit seiner Lebensgefährtin hatte sich in seinem Hinterkopf das Bild eines jungen Mannes aufgebaut, der von seiner ersten großen Liebe in den Arm genommen, von den Traumata seiner Kindheit und Jugend erlöst und als wichtiger Mensch bestätigt werden wollte.

»Ich weiß es nicht«, sagte er, »aber ich glaube es nicht. Es ist nicht die Aufgabe einer Ehefrau, den eigenen Mann fünf oder zehn Jahre auf die Psychocouch zu legen und sich seine Hirngespinste anzuhören. Am Ende hat er dich so weit runtergezogen, dass du selbst in Behandlung musst.«

Jana ließ den Kopf hängen. Sie kämpfte mit den Tränen.

»Weißt du was, Karl?«, fragte sie schließlich schniefend. »Am Ende seines Lebens *muss* so einer doch als total unglücklicher Mensch sterben. Geht ja gar nicht anders. Dieses ewige Überkompensieren von Komplexen und dieses ewige Extremdoping mit Negativem hält doch kein Organismus aus, oder?« Ihre Wangenmuskeln zuckten. »Jetzt brauch ich frische Luft. Komm, wir nehmen die Räder und fahren die Alte Chaussee entlang.«

11

Karl Niemetz war der städtische Verkehr zu nervenaufreibend, um selbst zum Klinikum zu fahren und dort nach einem Parkplatz zu suchen, den es vermutlich nicht gab. Den ÖPNV wollte er nicht benutzen; die Pandemie war noch nicht vorbei. Jana Gallwitz chauffierte ihren Lebensgefährten zu seinem Kontrolltermin in der Orthopädie.

Schon nach wenigen Nächten im neuen Bett – dessen Fertigstellung nicht die vollmundig verkündeten drei Tage, sondern insgesamt vier Wochen gedauert hatte – klagte Niemetz über Schmerzen in der linken Schulter. Geknickt hatte er über einen möglichen Konstruktionsfehler in seiner Bettarchitektur gegrübelt und sich aufwendig untersuchen lassen. Die Kernspinaufnahme erbrachte im Wesentlichen: altersbedingte Verkalkung mit Folgeerscheinungen, unabhängig von Bett und Matratze.

Das Klinikum lag auf einem Hügel mit Blick auf die alte Kaiserstadt und ihren charakteristischen Dom. Bettentürme, Parkhäuser und Verwaltungsbauten formierten sich zu einem riesigen Komplex, in dem alle denkbaren Fachabteilungen untergebracht waren. Niemetz war schon zuvor mehrmals hier gewesen; als seine Mutter in der Onkologie behandelt wurde und als nach deren Tod sein Vater in der Kardiologie einen Schrittmacher implantiert bekam. Er selbst hatte sich vor einiger Zeit einem Eingriff in der Urologie unterzogen.

Im großzügig verglasten und vollen Wartezimmer im fünften Stock bestand Maskenpflicht. Auf dieser Ebene hatten mehrere Spezialisten ihre Behandlungsräume. Niemetz wurde von einer Assistentin zu Dr. Schindhelm geführt. Im Behandlungsraum hingen großformatige Fotos von der Gebirgslandschaft des Hindukusch an den Wänden. Dr. Schindhelm, eine hochgewachsene Endfünfzigerin mit sportlicher Figur, weißer Arztkleidung und Maske, hatte drei Jahre für Ärzte ohne Grenzen in Afghanistan gearbeitet. Sie besah sich gerade die MRT-Bilder von Niemetz' operierter Schulter und bat ihn, Platz zu nehmen.

Sie drehte den Monitor so, dass auch er die Aufnahmen sehen konnte. »Wir haben den Riss in der Rotatorenmanschette geflickt, hier«, sie zeigte mit der Spitze des Kugelschreibers auf die Stelle, »die Supraspinatussehne wieder angenäht, hier, und haben ein Stück des Schulterdachs abgefräst, da. Den Schleimbeutel haben wir entfernt. Der war hier. Sieht alles sehr gut aus.«

Er erkannte nur einzelne Teile seiner Schulteranatomie in unterschiedlichen Graustufen; über Funktion und Zusammenspiel von Knochen, Gelenken, Sehnen und Muskeln wusste er, trotz des Vorbereitungsgesprächs vor der Operation, so gut wie nichts. Er widerstand der Versuchung, wichtigtuerische Fragen zu stellen, und beschränkte sich auf ein zustimmendes »Hmm«.

»Würden Sie bitte mal aufstehen und den gestreckten Arm seitlich heben, auf neunzig Grad? Sehr schön«, sagte Dr. Schindhelm, stellte sich neben ihn und roch gut. »Jetzt das Ganze noch mal gegen den Druck meiner Hand.« Niemetz spürte einen leichten Stich in der Schulter. »Und jetzt den gestreckten Arm nach oben über den Kopf – wunderbar.«

Dr. Schindhelm tastete die Schulter ab. »Tut das weh? Nein?« Die Ärztin zeigte sich zufrieden. »Machen Sie die Krankengymnastik bei uns im Haus?«

»Ja. Zwei Termine habe ich hinter mir.«

»Sehr gut«, sagte Dr. Schindhelm. »Sie hatten ein Impingement-Syndrom. Als ehemaliger Englischlehrer werden Sie sich darunter wohl etwas vorstellen können.« Niemetz konnte spüren, wie dümmlich er dreinsah und dabei rot anlief. ›Woher weiß die –?‹

»Und deshalb gilt«, fuhr die Ärztin verschmitzt, aber bestimmt fort: »Noch vier Wochen lang keine Schlagsportarten, kein Krafttraining, keine Lasten heben oder tragen. Viel können wir nicht mehr reparieren, wenn noch mal was passiert. Okay?«

»Versprochen. Und – danke, Frau Doktor.«

»Keine Ursache.«

Er stand auf und ging zur Tür.

»Und grüßen Sie Jana von mir, Charly.«

Niemetz blieb stehen. Er drehte sich verwirrt um. »Sie kennen ... Sie wissen ... äh ...«, begann er verdattert.

»Ja«, sagte Franziska Schindhelm vergnügt. »Jana und ich waren im selben Abi-Jahrgang. Damals hieß ich von Sass. Ich war beim Segeltörn auf dem IJsselmeer dabei. Und bei StayFriends gibt es eine Niemetz-Fangemeinde mit einer aktuell heftig brodelnden Gerüchteküche. Dort wurden Sie auch schon einmal totgesagt.« Die Ärztin grinste. »Aber danach sehen Sie gerade nicht aus. Jana scheint Ihnen gutzutun!«

Hörte es denn nie auf? Musste man sich noch immer anhören, was man vor vierzig Jahren gesagt oder getan oder unterlassen hatte? Vielleicht noch um Entschuldigung bitten, dass man damals überhaupt auf der Welt gewesen war und angeblich von Berufs wegen ins Leben pubertierender Gänse eingegriffen hatte?

Niemetz ließ sich vom Taxi in die Innenstadt bringen. Die Buchhandlung in der Fußgängerzone hatte ihn informiert, dass die kommentierte Neuausgabe von *Mein Kampf* abholbereit sei. Mit den beiden Bänden in einer Papiertüte schlenderte er in Richtung des Bratwurststandes bei der Brücke. Die von dort herüberziehenden Rauchfahnen rochen gar zu verführerisch.

Er hatte sich gerade in die Kundenschlange eingereiht, als ihm der Infostand jener Partei ins Auge fiel, die lautstark nicht nur gegen »Impfterror« protestierte, sondern auch gegen Tempo 30 und autofreie Zonen in der City. An der Rückseite des Standes forderte ein Plakat: *Mut zur Wahrheit!* Unter dem Sonnenschirm in den Parteifarben unterhielten sich drei Personen an einem Tisch. Ein älterer Herr von höchstens mittelgroßer Statur mit Kinnbart und lichter Frisur, anscheinend der Ansprechpartner für Wissbegierige, scherzte mit einer rothaarigen Frau im langen Folklorekleid, die eine weiße Henkeltasse mit einem Getränk vor der Brust hielt. Ein stämmiger Dreißigjähriger mit schwarzem Kapuzenpullover und ohne Haare sortierte Broschüren und Flyer, steckte Kugelschreiber in einen Becher und legte emaillierte Anstecker auf zwei Stehtischen aus. Niemetz kam er bekannt vor. War das nicht der Mann, der im Parlament randaliert hatte?

Niemetz schlängelte sich durch den Strom von Kaufwilligen, Touristen und Flanierern und stellte sich an den Tisch. Außer ihm interessierte sich gerade niemand für das Informationsangebot der Partei.

»Schöne Tasse haben Sie da«, sprach er die Frau an.

»Ja«, sagte die Frau und betrachtete die Tasse, als sähe sie sie zum ersten Mal. Auf der Vorderseite war eine große schwarzen Eins aufgedruckt. Allerdings ging der Abstrich der Eins nach rechts statt nach links.

»Ist das nicht die Laguz-Rune?«, fragte Niemetz.

»Ja«, sagte die Frau und lächelte stolz. »Sie kennen aus mit Rune?«

»Nicht besonders«, sagte Niemetz, der als Germanistikstudent ein Seminar in Urnordisch belegt hatte.

»Laguz-Rune steht für tiefe Gefühle, für Liebe«, erklärte sie. »Und steht auch für Meer, wo alles Leben kommt her.«

»Ach ja?«

»Laguz-Rune symbolisiert auch Kraft von Mond und weibliche Intuition und alles, was fließt. Wenn Rune Laguz kommt zu uns, sie hat wichtige Botschaft für uns.«

»Zum Beispiel welche?«

»Wie Meer oder Fluss wir sollen kräftig alle Probleme überwinden oder umfließen. Dann kann auch Leben fließen, wie fließen soll. Laguz kann auch Kinder beruhigen in Dunkelheit und schützen vor Verrat. Und kann auch Hellsehen machen möglich –«

Der ältere Herr unterbrach den engagierten Vortrag seiner Mitarbeiterin.

»Entschuldige, Bogdana. Der Herr ist wahrscheinlich nicht gekommen, um über altgermanische Symbole zu sprechen.«

Niemetz kannte den Mann von Fotos, öffentlichen Auftritten und YouTube-Videos, die ihn bei Demonstrationen von Impfgegnern zeigten. Schon seit Langem hatte er die Absicht, ihn um ein Interview zu bitten.

Niemetz lachte. »Da haben Sie recht. Obwohl die Rückbesinnung auf alte Traditionen wieder recht populär zu sein scheint«, fügte er hinzu. »Guten Tag, Herr Gallwitz.«

»Tach auch.«

»Mein Name ist Karl Niemetz, und ich bin freier Journalist. Ich hätte Ihnen gern ein paar Fragen gestellt.«

Hartmut Gallwitz musterte Niemetz mit abschätziger Reserviertheit.

»Sie haben einen Presseausweis?«, fragte er übertrieben sachlich.

»Selbstverständlich, hier, bitte sehr. Und das sind meine Vertragsvereinbarungen der letzten sechs Monate. Unter anderem mit *Radio Thüringen*, was Sie besonders freuen dürfte.«

Hartmut Gallwitz erweckte den Anschein, als prüfte er die Dokumente. Nach einer Minute gab er sie zurück. »Was wollen Sie wissen?«

Niemetz holte die beiden Bände von *Mein Kampf* aus der Papiertüte und legte sie so auf den Tisch, dass seine Gegenüber Verfasser und Titel lesen konnten.

»Die habe ich gerade da vorn in der Buchhandlung gekauft. Was halten Sie davon?«

Hartmut Gallwitz runzelte die Stirn. Er nahm den ersten Band in die Hand und blätterte die Titelei durch. Über die randlose Brille hinweg sah er Niemetz an. »Was soll ich wovon halten?«, fragte er und bemühte sich, verbindlich zu bleiben. »Unsere Partei steht auf dem Boden des Grundgesetzes. Mit Hitler haben wir nichts zu tun.« Spitzfingerig legte er das Buch zurück auf den Tisch.

Die rothaarige Bogdana nickte. »Genau.« Der stämmige Haarlose im schwarzen Hoodie verschränkte die Arme vor der Brust, schob das Kinn vor und versuchte, grimmig dreinzublicken.

»Wenn das so ist«, begann Niemetz gleichmütig, »warum verschickt dann eine Bundestagskandidatin Ihrer Partei Hitler-Bilder per WhatsApp und einer Ihrer Bundestagsabgeordneten Filmchen mit einem tanzenden Hitler und einer mit Hakenkreuzfliesen gekachelten Dusche?«

»Davon weiß ich nichts.« Gallwitz' Tonfall wurde frostig.

»Im Fall der Kandidatin glaube ich Ihnen das nicht, denn die ist ja von hier«, sagte Niemetz nachsichtig und packte die Bücher wieder in die Tüte. »Versuchen wir es mit einem anderen Thema. Zum Holocaust haben Sie schon eine Meinung, oder?«

»Fragen Sie unsere Pressestelle.«

»Ich frage aber Sie.«

»Lass dich nicht provozieren, Hartmut«, mischte sich Bogdana ein. »Kerl ist bestimmt Antifa.«

»Ich rede nicht mit der Systempresse, weil die nur tendenziös berichtet. Das beweist schon Ihre Fragestellung.« Gallwitz' Gesicht war nun leicht gerötet, der Tonfall energisch.

»Ich bin *freier* Journalist«, entgegnete Niemetz freundlich lächelnd.

»Lügenpresse bleibt Lügenpresse!«, sagte Gallwitz nachdrücklich und sah seine Mitstreiter an, die bestätigend nickten.

»Sie haben gerade Joseph Goebbels zitiert. Steht der in Ihrer ›Partei der Freiheit‹ für freie Meinungsäußerung?«

Inzwischen hatte sich ein halbes Dutzend Passanten am Infostand eingefunden und verfolgte die Diskussion. Die Kopfschüttler waren in der Mehrzahl. Der Kahlköpfige im schwarzen Hoodie trat hinter dem Stand hervor und baute sich neben Niemetz auf. »Die Lügenpresse kriegt gleich was in die Fresse.«

Gallwitz hatte einen roten Kopf. »Bitte gehen Sie jetzt!«, forderte er Niemetz auf.

»Einen Moment noch«, bat Niemetz. »Ich mache Ihnen ein Angebot, das Sie nicht ablehnen können: Hier habe ich zwei Aufnahmegeräte, eines für Sie, das Sie behalten dürfen, eines für mich. Wir sprechen über Ihren Facebook-Post zur ›pulverisierten Hausgrille‹, mit der uns die EU vergiften will, oder über die ›Reichsbürger‹, oder vielleicht über die Kommunikationskanäle des ›tiefen Staates‹, wo Sie sich als IT-Spezialist besser auskennen. Wir nehmen das Interview mit beiden Geräten auf. Ich mache davon ein Typoskript und schicke es Ihnen. Sie vergleichen es mit der Aufnahme auf Ihrem Gerät. Wenn ich einen Tag lang nichts von Ihnen höre, drucken wir den Text. Einverstanden?«

»Lügenpresse – in die Fresse!«, rief der Kapuzenmann, schob wieder das Kinn vor und stemmte die Fäuste in die Seiten. Bogdana zog ihn zurück. »Lass das, Rüdiger. Gibt bloß wieder Ärger mit Polizei.«

Rüdiger ging grummelnd zum Tisch, nahm das dort liegende Smartphone und begann die Szene zu filmen.

Gallwitz war von Niemetz' Vorschlag sichtlich irritiert. Er kniff die Augen zusammen und fixierte den freien Journalisten.

»Nein«, sagte er schließlich.

»Warum nicht?«

»Weil Sie ein Lakai unserer Verbrecherregierung sind und mir eine Falle stellen wollen.«

›Der Mann hat ein Problem mit sich selbst‹, dachte Niemetz. Einerseits entpuppte sich Hartmut Gallwitz als duckmäuserischer Phrasomat, der sich seine eigene Meinung in der Parteizentrale abholen musste. Andererseits präsentierte er sich als Wichtigtuer, als Auserwählter, der sich berufen fühlte, eine Weltverschwörung finsterer Mächte aufzudecken. Er war ein deutschtümelnder Don Quichotte im Kampf gegen Windmühlen, die seine Partei selbst in die Landschaft gestellt hatte. Ein Ritter von der traurigen Gestalt. Ein aufgeblasenes Würstchen.

Mit dem seine Freundin verheiratet war.

»Na gut«, sagte Niemetz entgegenkommend, »dann mal ganz ohne Falle und unter uns Männern: die Erde – Scheibe oder Kugel?«

Hartmut Gallwitz riss die Augen auf, atmete heftig und begann zu stottern. »Das ist doch … was erlauben Sie sich … Bogdana, ruf sofort den Sicherheitsdienst!«

»Scheibe oder Kugel, Herr Gallwitz?«

»Das geht Sie gar nichts an. Sie sind ein korrupter Zeitungsschmierer, der … der … Bogdana?!«

»Und Sie, Herr Gallwitz«, sagte Niemetz und nahm seine Tüte auf, »sind ein faschistischer Märchenonkel ohne Rückgrat.«

Hartmut Gallwitz verschlug es endgültig die Sprache. Karl Niemetz ließ ihn stehen und wandte sich mit entwaffnendem Lächeln an den filmenden Haarlosen.

»Rüdiger – wie wär's, wenn wir beide ein Selfie machen? *Die Lügenpresse und der Streiter für Wahrheit.* Einerseits kennt man Sie ja schon wegen Ihres mutigen Auftritts auf der Bundestagstribüne und dem anschließenden Hausverbot. Andererseits würden Ihre Follower euren Erzfeind mal leibhaftig zu Gesicht bekommen, statt immerzu nur das Gerücht davon zu hören. Ein einmaliges Bild von historischem Wert. Tausend Klicks pro Tag dürften drin sein. – Na? Sie trauen sich nicht? – Schade. Sie vergeben eine einmalige Chance.«

Hartmut Gallwitz hatte seine Sprache wiedergefunden. Er rückte mit beiden Händen die Brille zurecht, holte Luft und kam hinter dem Stand hervor. »Sie!«, rief er, der Kopf inzwischen dunkelrot. »Ich zeige Sie an!« Er gestikulierte erregt mit dem rechten Arm und drohte mit wackelndem Finger. »Sie hören noch von mir!«

»Ich bitte darum«, erwiderte Niemetz fröhlich, »und schönen Tag noch allerseits!« Er machte kehrt, ging gemächlich zurück zum Bratwurststand und kaufte sich »Zwei mit Senf«. Er setzte sich auf die Rundbank unter der Platane, aß die vorzüglichen Bratwürste und blätterte in *Mein Kampf.* Gerade als er Pappteller, Tüte und Serviette in den Abfallkorb werfen wollte, verlor eine Ringeltaube auf dem Ast über ihm ein wenig Körperflüssigkeit, die als weißlicher Fladen direkt auf den grauen Einband platschte. Die Taube flatterte davon, und nach einer Schrecksekunde begann Niemetz zu lachen, so lang und laut, dass ihn Banknachbarn und Passanten erwartungsvoll anstarrten. »Der Braunland hat recht, Leute«, keuchte Niemetz und hielt das markierte Buch hoch. »Schaut euch das an!«

12

Im Bergland fuhr man Reifen von O bis O. Dann wurde gewechselt. An Ostern auf Sommer-, im Oktober auf Winterräder. Karl Niemetz war im Verlauf eines langen Autofahrerlebens immer wieder in haarsträubende Situationen geraten und hatte sich beispielsweise eines Novembermorgens auf dem Weg zur Arbeit bereits nach fünf Kilometern in einer Wiese wiedergefunden. In der Nacht hatte es damals bis auf dreihundertfünfzig Meter geschneit. Die Straße ins Tal endete an einer T-Kreuzung. Niemetz wollte nach links, sein Polo nicht. Er rutschte geradeaus, kippte über die Böschung und blieb kurz vor dem Fischweiher auf dem Dach liegen. »Der Sommerreifen heißt nicht deswegen so, weil er von Doktor Sommer empfohlen wird«, hatte der Abschlepper müde geätzt. »Der Tag hat kaum angefangen, und Sie sind schon der Zweite, den ich rumdreh und rauszieh. Mancher lernt's nie.«

Zwar gab es in der Stadt keine nennenswerten Steigungen, und wenn tatsächlich einmal Schnee fiel, bekamen die Winterdienste die Situation schnell in den Griff. Trotzdem wollte Niemetz kein Risiko eingehen und sich jetzt, da er sich entschlossen hatte, seinen Wohnsitz zurückzuverlegen, auch nicht der Möglichkeit berauben, im Winter spontan aufs Land zu fahren, zu dunklem Fassbier und dem sagenhaften Schweinebraten mit rohen Kartoffelklößen von Frau Seitz in den *Hubertusstuben.*

Aus diesem Grunde stand sein alter Jaguar im kühlen Schatten der Herbstsonne im Hof, seitlich angehoben von einem hydraulischen Wagenheber. Vier Sechzehn-Zoll-Räder zu wechseln war in Niemetz' Alter eine sportliche Herausforderung. Die Strafe für Übermut und Selbstüberschätzung hieß Lumbago.

»Na, Karl«, ließ sich eine Baritonstimme von der Straße vernehmen, »was macht der Rücken so? Geht's noch?« Ein großer Mann im Tarnfleck und mit schwarzen Schnürstiefeln stieg aus einem SUV und überquerte die Straße. »Wollen wir uns mal wieder mit der Hexe anlegen?«

Niemetz zog am letzten Rad die Muttern an und legte den Kreuzschlüssel auf den Boden.

»Ha, ha – sehr witzig!«, sagte er und richtete sich ächzend auf. »Mal die Alte nicht an die Wand, Veit. Ich hab noch genug vom Schuss im Frühjahr.« Fast zwei Wochen lang hatte er sich auf dem Bett liegend und mit akrobatischen Verrenkungen abmühen müssen, um sich Socken und Hose an- oder auszuziehen. Als Alternative zu Tabletten hatte ihm die erfahrene Apothekerin Wärmesalbe und Thermopflaster verkauft: »Mein Mann nimmt die auch nach jedem Räderwechsel.«

Nachbar Veit Grumpold war fünfzig und hatte gerade seine allerletzte Wehrübung absolviert. Er war inzwischen Major der Reserve und kam von einem Kurzlehrgang in Munster.

»Und – ist das Vaterland abwehrbereit?«, fragte Niemetz, wohl wissend, dass er damit eine längere Suada auslösen würde über Ausrüstungsmängel, aufgeblähte Bürokratie, unsinnige Dienstwege und ungediente Minister, die eine Maschinenkanone als »dieses Ding da« bezeichneten und einen Maßkrug »Literbecher« nannten.

»Es ist einfach zum Heulen, Karl. Wenn das mit der Kannibalisierung der Kampfeinheiten andauert, dann sind wir bald so weit, dass wir wieder mit Neckermann-Panzern durchs Gelände fahren und Bumm rufen.«

»Worauf der Feind tot umfällt vor Lachen«, ergänzte Niemetz, der in der Grundausbildung an einer Übung zur Panzernahbekämpfung teilgenommen hatte, bei der man – mangels der echten, aber raren M47 von den Amerikanern – Panzerattrappen auf Unimog-Chassis befestigte, mit einer Plastikhalbkugel als Turm und einem Ofenrohr als Geschütz.

»Die Katastrophe beginnt doch schon ganz oben.« Veit Grumpold, dem gern der Spruch »Veit or Flight« von den Lippen kam, hatte sich warm geredet. »Eine Ministerin, die in High Heels und wippendem Daunenmantel eine Ehrenformation abschreitet – wie sieht das denn aus, hm?« Er schlug sich klatschend mit der Hand vor die Stirn. »Da fragt sich doch der einfache Landser: ›Was für einen Vogel haben sie uns jetzt schon wieder vorbeigeschickt?‹« Erneuter Klatsch. »Wo soll denn da ein Respekt herkommen, hm? Fünfzehn IBuKs hat es seit 1955 gegeben, darunter drei Frauen. Von den fünfzehn haben ganze vier was getaugt«, die Grumpold namentlich aufund an den Fingern abzählte.

»Hast du nicht deinen Parteigenossen Schmidt vergessen?«, fragte Niemetz provokant. Die erwartete Reaktion kam prompt.

»Der hunderttausend Haarnetze austeilen ließ und damit Soldaten zu Schießbudenfiguren verstümmelt hat, mit dem besonders blöden Spruch: ›Mich interessiert nicht, was der Soldat *auf* dem Kopf, sondern was er *im* Kopf hat‹.«

Niemetz wollte gerade den fränkischen Baron ins Gespräch bringen, der ihnen schon oft Stoff für hitzige Gespräche geliefert hatte, als das Küchenfenster geöffnet wurde.

»Hallo, ihr Helden«, rief Jana, »wie wär's mit einem Feierabendbier? Wollt ihr nicht reinkommen?«

»Würde ich gern«, rief Veit zurück. »Aber ich muss mich noch bei meiner Holden zurückmelden und mich umziehen. Ein andermal.«

Jana öffnete die Glastür ihres Kaminofens und setzte einen Scheiterhaufen aus Zeitungspapier, Kiefernzapfen und Kienspänen in Brand. Sie ging in die Küche und setzte Teewasser auf. »Warum diskutierst du eigentlich noch mit diesem alten Militaristen?«, fragte sie. »Die ewig gleiche Leier mag doch keiner mehr hören.«

»Eben deswegen«, sagte Niemetz, während er sich im Bad die Hände schrubbte. »Und weil er unser Nachbar und kein schlechter Kerl ist. Außerdem haben Veit und Henriette auch dann noch zu dir gehalten, als Hartmuts Foto schon an jeder Straßenecke hing.«

Veit Grumpold bezeichnete sich selbst als »Sozialdemokraten mit dem Herz auf dem *rechten* Fleck«. Er war mit seiner alleinerziehenden Mutter und ohne Geschwister in einem oberpfälzischen Dorf aufgewachsen. Der katholische Pfarrer hatte dafür gesorgt, dass Veit auf die Realschule und danach aufs Gymnasium wechseln konnte. Nach dem Abitur verpflichtete er sich als Zeitsoldat; mit dem Geld vom Bund und einem Aushilfsjob als Lkw-Fahrer bei einer Spedition konnte er sich anschließend ein BWL-Studium und ein paar Semester Jura finanzieren. Er machte sich als Immobilienmakler und -verwalter selbstständig und verdiente gut, auch an Geschäften mit den Behörden der Bezirkshauptstadt, die während der Flüchtlingskrise dringend Unterkünfte suchten. Aus seiner Abneigung gegen Afghanen, Syrer und Afrikaner machte er keinen Hehl. »Es sind einfach zu viele, Karl«, sagte er. »Die ruinieren den Markt, plündern die Staatskassen und werden aggressiv, weil sie nicht arbeiten dürfen.« Man müsse die Grenzen dichtmachen, wenn man den Rechtspopulisten nicht noch mehr Wähler zutreiben wolle. Mit dem Geld, das man »für die« ausgebe, solle man lieber die Bundeswehr besser ausstatten. »Es geht doch nicht an, dass von sechs U-Booten nur eines schwimmt und wir mit uralten Kisten durch die Gegend fliegen, die es nicht einmal schaffen, unsere Politiker ans Ziel zu bringen.«

Grumpold trat für Recht und Ordnung ein, war leistungsorientiert und diszipliniert im Beruf, trank gern Whiskey und war mit Henriette verheiratet, die es im Verlauf von zwanzig Ehejahren gelernt hatte, nur das zu hören, was sie hören wollte. Sie hatten einen erwachsenen Sohn, der vorgeblich »irgendwas mit Medien« studierte und beschlossen hatte, das Gegenteil seines Vaters zu werden. Lange Haare und eine ungepflegte Erscheinung gehörten ebenso dazu wie eine ausgeprägte Lust am Widerspruch. »Demnächst fliegt er raus aus der Herberge zur billigen Suppe, der Florian«, hatte Grumpold schon wiederholt verkündet.

Jana respektierte Grumpold als hilfsbereiten Mitmenschen, mochte aber seine »martialischen Auftritte« nicht. Kamen die Nachbarn abends auf einen Sprung vorbei, war sie stets froh, wenn Henriette ihren Gemahl zur Haustür bugsierte, bevor er seinen Vortrag über geopolitische Schreckensszenarien begann und dabei das einmalige Aroma des dreifach destillierten Jameson pries, der in Gallwitz' Spirituosenschrank stand.

»Was ich mich frage, ist: Wird man erst beim Militär zu so einem rüden Gesellen, oder muss man da schon eine Charakterdisposition mitbringen?« Sie sah Niemetz an. »Du hast neulich erzählt, dass ihr beim Bund empfänglich gewesen seid für – ich sag mal – allerlei problematisches Gedankengut.«

Karl Niemetz legte sich in den Fernsehsessel, streckte die Beine aus und die Füße auf den Hocker. »Ja. Das war so.«

»Warum war das so?«

An einem kalten Januarmorgen war Niemetz um vier Uhr von Mutter und Schwestern zum Bahnhof begleitet worden. Das erste Kind, das die Familie verließ. Die Verweigerung des Wehrdienstes war für den Abiturienten Karl, der nur wenige Kilometer von der »Zonengrenze« entfernt aufgewachsen war, nie ein Thema gewesen. Auch für Klassenkameraden und seinen Bruder nicht. Wenn sie nächtliche Detonationen hörten, war entweder Wild auf eine Mine getreten oder ein Fluchtversuch gescheitert. Natürlich spielte Geld eine Rolle. Als Freiwillige bekamen sie fünf Mal mehr als die Wehrpflichtigen; schon nach zwei Jahren gab es eine vierstellige Übergangsbeihilfe und noch neun Monate lang zwei Drittel des letzten Gehalts. Wer für zwölf Jahre unterschrieb, durfte vier Jahre davon kostenlos studieren.

Nach zehnstündiger Fahrt in Waggons mit Holzbänken und dreimaligem Umsteigen hielt der Zug in einer Kleinstadt im Südwesten. Vor dem Bahnhof standen olivgrüne MAN-Lkw mit abgeschrägten Motorhauben. Die Fahrzeuge fuhren auf den Appellplatz, die Neuankömmlinge mussten absitzen und »in Linie zu zwei Gliedern« antreten. Jeder bekam einen Laufzettel, identifizierte sein entladenes Gepäck und meldete sich im Geschäftszimmer.

Niemetz wusste von seinem Vater, dass als Erstes ein Besuch beim Kasernenfriseur anstehen würde. Um eine »Barras«-Frisur zu vermeiden, hatte er sich am Vortag zu Hause die Haare schneiden lassen, was jedoch ignoriert wurde. »Reden Sie nicht, Mann«, sprach der Soldat mit den goldenen Winkeln auf den Schulterklappen. »Sie gehen jetzt rüber zum Bader und warten, bis Sie dran sind. Ausführung!«

Damit war ein für alle Mal klargestellt: Hier wurde nicht »geredet« oder gar »diskutiert«; hier wurde »ausgeführt«. Alle Ausbilder trugen über der rechten Brusttasche ein aufgenähtes Abzeichen mit zwei silbernen Schwingen. Deshalb erfolgte die Fortbewegung auch innerhalb der Kaserne vorwiegend im Laufschritt. Disziplinarmaßnahmen waren Liegestütze, Nachappelle am Samstagnachmittag, verschärfte Sportstunden und Alarme.

Unter den Ausbildern waren zwar derbe Witzbolde, aber keine Sadisten, wie sie in amerikanischen Kriegsfilmen vorgestellt wurden.

So empfanden die Rekruten, die wohl mehrheitlich Schlimmeres erwartet hatten, ihren Alltag zunehmend als hinnehmbar. Die Routine hatte ihre Vorteile. Da nicht diskutiert, sondern nur ausgeführt wurde, kamen im Sprachgebrauch keine interpretationsfähigen Dehnungsfugen vor wie »eigentlich«, »vielleicht« oder »irgendwie«, die zu Missverständnissen hätten führen können. Es gab nur richtig oder falsch. Ein Gewehr hielt man so und nicht anders. Die geputzten Stiefel glänzten oder nicht. Die Hemden lagen auf Kante oder flogen aus dem Spind. Diese unkomplizierte Struktur der Kasernenwelt erleichterte es den Rekruten, sich zurechtzufinden.

Rückblickend sah sich Niemetz als jungen, neugierigen Kerl, der sich auf dem Höhepunkt des Kalten Krieges nicht gedrückt, sondern seine Orientierungslosigkeit nach dem Abitur sinnvoll überbrückt hatte. In der Zeit beim Bund war es für ihn wohl darum gegangen, der diffusen Angst vor einem neuen Krieg konkret etwas entgegenzusetzen. Die Erzählungen der Alten von der Brutalität der Russen und Tschechen, die sich an der deutschen Zivilbevölkerung für die SS-Gräuel rächten, hatten ihre Wirkung getan.

Janas Mienenspiel wechselte zwischen Skepsis und Ablehnung.

»Na gut«, sagte sie. »Aber ihr habt ja nicht nur mit Platzpatronen Krieg gespielt, sondern auch scharf geschossen. Also gelernt, wie man Leute umbringt.«

»Richtig.«

»Und das hat euch nichts ausgemacht?«

»Falsch. In den Wäldern bei meinem Heimatort hatten die Amis 1959 in der Berlin-Krise Haubitzen in Stellung gebracht, die Atomgranaten verschießen konnten. Wir hatten die Russen vor der Haustür, die Angst vor einem neuen Krieg war real. Meine Eltern haben ›Zonenflüchtlinge‹ beherbergt, die uns der Pfarrer geschickt hatte. Die haben erzählt, was uns blüht, wenn die Russen kommen. Da fanden wir die Einstellung ›lieber rot als tot‹ unmöglich.«

»Aber viele der früheren Wehrmachtssoldaten sind doch 1955 gleich wieder zum Militär, weil sie außer Soldat nichts gelernt hatten. Gab's da keine Befürchtungen, dass der alte Nazigeist wieder einzieht?«

»In großen Teilen der Öffentlichkeit schon«, sagte Niemetz ernst. »Für mich als Rekrut war glaubhaft, dass die Bundeswehr eine Verteidigungsarmee war. Weil wir keine ABC-Waffen haben durften und in einem Bündnis waren, in dem es keine Alleingänge gab und man sich gegenseitig half.«

»Bei euren ehemaligen Wehrmachtssoldaten waren doch sicher auch Ewiggestrige.«

»Ja. Die wussten aber, dass sie mit Naziparolen nicht nur keinen Eindruck machen konnten, sondern Schwierigkeiten bekamen. Die haben manchmal beim Bier erzählt, wo sie gewesen waren, und angedeutet, was sie erlebt hatten.«

»Und wie hat das auf euch gewirkt?«

»Die Mehrzahl der alten Feldwebel waren eher so die väterlichen Käuze, die uns ›verweichlichten jungen Bettenbauern‹ erklärten, wo es im Leben langgeht und warum der eine überlebt hat und der andere nicht. Richtigen Idioten bin ich aber nicht begegnet. Einer hatte uns Kommandos auf Russisch beigebracht: *stoj!, ruki werch!, na stenku!, dawaj!*«

»Wie bitte?«

»*Bleib stehen! Nimm die Hände hoch! Stell dich an die Mauer! Dalli!* Für den Fall, dass wir Gefangene machen oder selbst gefangen genommen würden. Daheim haben wir damit angegeben, von was für erfahrenen Leuten wir ausgebildet wurden.«

Janas Miene drückte Entsetzen und Fassungslosigkeit aus. »Das gibt's ja wohl nicht! Ihr seid auf einen Krieg gegen die Russen vorbereitet worden?«

»Andersherum. Wir sind darauf vorbereitet worden, dass der Feind ›Rot‹ uns, die ›Blauen‹, angreift. Natürlich war klar, wer ›Rot‹

war. Man hat es bloß nicht ausgesprochen. Die Öffentlichkeit war noch nicht reif für eine diesbezügliche Ehrlichkeit. Und ist es auch heute noch nicht. Bei vielen Alt-68ern gehört es ja weiterhin zum moralischen Reflex, die Nase zu rümpfen, wenn von Militär, Waffen oder Krieg die Rede ist. Mein ehemaliger Nachbar, ein Hauptschulrektor, war so einer. Als die Russen die Krim besetzten, sagte er nur: ›Ich bin grundsätzlich gegen jede Gewalt.‹ Ein Satz, der nichts kostet und nichts bedeutet außer: ›Ich gehöre zu den Guten und brauche nicht nachzudenken oder zu diskutieren, fertig, aus.‹«

Jana holte ihn aus seinem Exkurs zurück. »Aber irgendwann und irgendwie seid ihr doch mit Naziprüchen konfrontiert worden, oder nicht?«

»Das geschah eher durch Unteroffiziere, die sich aus Landser-Heften und Kriegsliteratur etwas angelesen hatten. Die in der klaren Hierarchie beim Grenzschutz und später beim Bund eine Anerkennung fanden, die ihnen in ihrer früheren Umgebung verwehrt worden war. Sie heroisierten Figuren, denen sie nie begegnet waren; deren ideologische Hintergründe blendeten sie aus oder kannten sie gar nicht. Sie wollten einfach *dazugehören*. Und da waren noch alte Reserveoffiziere, die immer wieder den offensichtlich unausrottbaren Unfug herunterbeteten. ›Der Hitler hat die Autobahnen gebaut und von den KZs nichts gewusst.‹ Und ›Frauen konnten nachts allein auf die Straße gehen, ohne Angst haben zu müssen‹.«

»Ja, genau«, höhnte Jana in Erinnerung an Hartmuts Brandreden. »Nicht so wie heutzutage, wo muslimische und afrikanische Vergewaltiger ganze Viertel terrorisieren, sodass man ums eigene Leben fürchten und sich bewaffnen muss.«

Der Tee war kalt geworden. Sie nahm die Glaskanne vom Rechaud.

»Wie hast du als Kriegskind die Nachwirkungen der Nazizeit in der Provinz wahrgenommen?«, fragte sie und schenkte nach.

Niemetz' eigene Familie war zunächst unbeschadet durch die NS-Zeit gekommen. Die Mutter war nicht im BDM gewesen, der Vater bei den St.-Georgs-Pfadfindern geblieben, bis sie verboten wurden. Im Sommer 1939 war er als wehrpflichtiger Reservist zu einer Übung eingezogen worden, aus der dann übergangslos der Polenfeldzug wurde. Vom Krieg erzählte er hauptsächlich Persönliches. Kalt sei es gewesen, deshalb hätten sie unter ihren Panzern auf Zeitungspapier geschlafen. Und wenn sie auf Kothaufen gestoßen seien, hätten sie gleich nach Sonnenblumenschalen geschaut, um herauszufinden, ob »der Russe« in der Gegend war.

Eher befremdlich empfand Karl Niemetz einen Vorfall, dessen Bedeutsamkeit sich ihm erst viel später erschloss. Der Vater hatte im Verlauf eines Gefechts bei Woronesch einmal als Funker in den Kommandeurspanzer umsteigen müssen. Gleich darauf wurde sein vorheriger ›Tiger‹, der versetzt neben ihnen gefahren war, von einer Fliegerbombe getroffen und explodierte. Die eingeweckten Hähnchen, die seine Frau ihm an die Front geschickt hatte, seien mitverbrannt. »Ich muss zugeben«, hatte er gesagt, »dass es mir um die Hähnchen genauso leidgetan hat wie um die Kameraden.«

In den Ohren des Knaben Karl klang das nach gefährlichen Abenteuern, die der Vater erfolgreich bestanden hatte. Der spätere Student Niemetz erkannte in dem Bekenntnis des Vaters, dass es im Nachkriegsdeutschland nicht nur eine kollektive *Unfähigkeit zu trauern* gab. Es gab vor allem eine ausgeprägte individuelle, deren Ursprünge weiter zurückreichten, bis in die Generation der Großväter und Urgroßväter. »Mitleid ist eine Ursünde«, hatte der Führer des Deutschen Reichs einst erklärt. »Mitleid zu haben mit den Schwachen ist Verrat gegen die Natur.« Hundert Jahre danach hat der berufsmäßig vorlaute Führer einer deutschen Rechtsaußenpartei und Reichsjägermeister (»Wir werden sie jagen!«) Hitlers These aktualisiert: »Wir müssen die Grenzen dichtmachen und dann die grausamen Bilder aushalten. Wir können uns nicht von Kinderaugen erpressen lassen.«

In der Oberrealschule hörten sich diese »Abenteuer« anders an.

Der Zeichenlehrer erzählte von einem General der Gebirgsjäger, der seinen Offizieren die Schulterstücke mit den Rangabzeichen abgerissen habe, wenn diese sich weigerten, ihre Leute »zu verheizen«. Soldaten, die vor den Russen zurückwichen, habe er zum Tod verurteilt. Seine Devise sei gewesen, der Soldat müsse »mehr Angst im Rücken als von vorn« haben.

Der Religionslehrer, ein Benefiziat, berichtete, wie sie als Kriegsgefangene im Arbeitslager Workuta bei vierzig Grad Kälte Dachpappe auf ihre Baracken nageln mussten, ohne Handschuhe.

Der Mathematiklehrer war als Sechzehnjähriger zur Kriegsmarine eingezogen und auf ein Flottentorpedoboot kommandiert worden. Wenn Karl und seine Mitschüler keine Lust auf Unterricht hatten, stellte irgendeiner Fragen zum Krieg, zum Beispiel wie es möglich gewesen sei, dass die *Bismarck* das englische Schlachtschiff *Hood* innerhalb von fünf Minuten versenkt hatte. Daraufhin klappte der Lehrer – der solche Fragen gern beantwortete, aber der Form halber »höhöh« machte, »ich durchschau euch schon, ihr staubigen Brüder!« – die Flügel der Tafel auf, fertigte über die ganze Länge der Fläche mit Kreide eine Konstruktionszeichnung der *Hood* an, einschließlich der Lage von Türmen, Aufzügen und Munitionskammern, und markierte die Treffer der *Bismarck* im Achterschiff. Danach war die Mathematikstunde vorbei.

Namen wie Woronesch, Kursk und Kertsch oder der des Gebirgsjägergenerals waren Stichwörter, die man im häuslichen Nachkriegs-*Brockhaus* finden konnte. Die »Abenteuer« verknüpften sich dort mit konkreten Personen, einer völkischen Ideologie und den Verbrechen, die unter diesem System begangen wurden. Nach der Niederlage erfuhr diese Gesinnung bei den Unverbesserlichen eine Umformulierung: ›Blöd zwar, dass wir schon wieder einen Weltkrieg verloren haben, aber wir sind trotzdem die Besten‹.

Wir sind Germanen und beugen uns nicht!, hatte Niemetz neulich in schwarzer Antiqua auf dem Sweatshirt eines fünfzigjährigen Einsneunzig-Mannes mit langen Haaren gelesen, der in grauer Jogginghose, ohne Socken und mit einer Flasche Kräuterlikör vor ihm an der Kasse des Dorfsupermarkts stand.

Was würde wohl geschehen, hatte Niemetz überlegt, wenn er dem Unbeugsamen erzählen würde, dass es »die Germanen« genauso wenig gegeben hat wie die Hobbits von Mittelerde; dass sich in der Völkerwanderung einzelne germanische Stämme untereinander die Köpfe eingeschlagen und die Alamannen – ein Stamm der Sueben, Vorfahren des Unbeugsamen – drei Kriege gegen den Franken Chlodwig verloren hatten, dem sie sich schließlich unterwarfen?

Jana holte Niemetz zurück in die Realität. Irgendetwas rumorte in ihr.

»Ich habe *Platoon* gesehen«, begann sie. »Und *Full Metal Jacket*. Und *The Deer Hunter*. Grässlich. Aber das ist Kino. My Lai 1970 war jedoch Realität. Hättet ihr bei so etwas mitgemacht?«

»Nein. Die US-Armee tickt völlig anders. Keiner von uns hätte das getan, was dieser Leutnant getan hat: Hunderte von unbewaffneten Zivilisten umbringen lassen, einschließlich Frauen und Kinder, dazu noch Massenvergewaltigungen, weil man ihm befohlen hatte, den Feind ›auszuschalten‹.«

»Sicher?«

»Sicher.«

»Warum?«

»Weil wir eben keine Killermentalität hatten. Auch kein rassistisches Gedankengut. Niemand hat von Feinden als ›Untermenschen‹

gesprochen wie die Nazis oder von ›gooks‹ wie die Amis. Und im Krieg einfach Leute abzuknallen ist gegen alle Konventionen. Wenn ein Fallschirmjäger am Schirm hängt, darfst du ihn abschießen. Wenn er sich bei der Landung das Bein gebrochen hat oder sich gleich ergibt, nicht. Und Krieg gegen die Zivilbevölkerung gilt als Verbrechen. Darüber hatten wir damals schon Unterricht.«

Niemetz stand auf, um sich ein Bier zu holen. »Noch ein Beispiel«, rief er aus der Küche. »Der Sohn meiner Nachbarin hat sich letztes Jahr freiwillig zu den Panzergrenadieren gemeldet. Nach vier Monaten haben sie ihn rausgeschmissen, weil er über ›Polacken‹ und ›Kanaken‹ schwadroniert hatte. Die Ausrede, er sei betrunken gewesen, hat ihm nichts genützt. Da hat sich schon was verändert.«

Er setzte sich wieder in seinen Sessel und nahm einen Schluck aus der Flasche.

Jana rüttelte am Ascherost des Kaminofens und legte zwei neue Scheite nach. Sie ging zurück zum Sofa und wickelte sich die Decke um die Schultern. Manches von dem, was sie gehört hatte, war ihr unbekannt gewesen, manches empfand sie als unglaublich. Der Mann, der ihr Lehrer gewesen war und der jetzt in ihrem Wohnzimmer Bier aus der Flasche trank, schien plötzlich voller Widersprüche zu sein. Einerseits hatte er sich freiwillig einer Ausbildung unterzogen, in der sie von ehemaligen Wehrmachtssoldaten und jungen Neonazis für den Ernstfall trainiert wurden und neue elitäre Cliquen bildeten. Andererseits hatte er sich in der Schule klar positioniert und die Dinge beim Namen genannt. Im Unterricht hatten sie *Die Ermittlung* gelesen, sich mit »Befehl und Gehorsam«, »einen Schlussstrich ziehen« und der »KZ-Lüge« befasst, darüber geredet, ob der Tod tatsächlich »ein Meister aus Deutschland« war. Wie passte das zusammen? Wann und aus welchem Grund war er in die Normalität abgebogen und zu dem geworden, der er jetzt war? Warum benutzt der eine seinen Verstand, um sich mit seiner Herkunft auseinanderzusetzen und authentisch zu werden? Warum schafft ein anderer es nicht, ein selbstbestimmtes Leben zu führen, und läuft schwurbelnd in seiner Blase im Kreis herum? Warum schlugen zwei Söhne, deren Väter offenbar ihre traumatischen Kriegserlebnisse in fast gleichartige Erziehungsprinzipien umgesetzt hatten, so gegensätzliche Richtungen ein?

Bei dem, was Jana von ihrem Schwiegervater über die Wehrmacht und von ihrem Ehemann über die Bundeswehr erfahren hatte, waren die jeweiligen Klangfarben unterschiedlich gewesen. Der Grundton von Wilhelms Erzählungen vom Krieg in Rumänien war der Heldentenor. Verluste wurden als unvermeidlich etikettiert, das Leid der Zivilbevölkerung verschwiegen. Bei den Panzergrenadieren in Landshut, immerhin auch ein Eliteverband, schien sich ein großer Teil der Dienstzeit ihres Mannes im »Warm-und-gemütlich«-Modus abgespielt zu haben. Wahrscheinlich aufgrund einer angeborenen Unfähigkeit, rhythmische Strukturen aufzunehmen und umzusetzen, hatte Hartmut Gallwitz vorwiegend in Schreibstuben Dienst getan. Er konnte keinen Gleichschritt halten. Der war jedoch ein Integrationselement: Alle sitzen im gleichen Boot, alle ziehen an einem Strang; alle für einen, einer für alle. Wer da nicht mithalten konnte, zählte auch nicht zur Elite. Das stolze Alpen-Edelweiß am Ärmel, in Silber mit goldenen Butzen, wurde so zum welken Kraut. Wie der Vater, so der Sohn ganz und gar nicht. Wie sollte sich bei einem Unteroffizier, der bei »Waffen und Gerät« im Kasernenkeller saß, ein elitäres Bewusstsein, ja überhaupt irgendein Selbstwertgefühl entwickeln, wenn er auf dem Kasernenhof nicht einmal mitmarschieren konnte? Musste da der Vater, der ehemalige Wehrmachtsoffizier, nicht an sich selbst verzweifeln, weil er einen solchen Sohn gezeugt hatte? Musste da der Sohn eines übermächtigen Vaters nicht zwangsläufig bei seiner Suche nach einem Ausweg auf Abwege geraten?

Aber da war noch etwas, das Jana Gallwitz erklärt haben wollte.

»Du hast mir das Hochzeitsfoto deiner Eltern gezeigt. Dein Vater trägt eine schwarze Uniform mit Totenköpfen auf den Kragenspiegeln. Was hatte das zu bedeuten?«

»Der Papa war damals in Russland. Wer eine Woche Hochzeitsurlaub von der Front bekam, musste in Uniform heiraten, hat er erzählt.« Niemetz schob die Lippen vor und sah zur Decke. »Die schwarze Farbe und die Totenköpfe haben auch mir ganz schön zu schaffen gemacht.«

»Vergangenheitsbewältigung« war in Niemetz' Studentenzeit ein heftig umstrittenes Thema gewesen. Mit historischen Details des Dritten Reiches hatte er sich bis dahin nur oberflächlich befasst. Der Geschichtsunterricht in der Oberrealschule hatte mit dem Jahr 1939 geendet. Im Zug der Kriegsverbrecherprozesse der späten Vierziger- und der Sechzigerjahre tauchten in der Presse Fotos von Tätern in Uniform auf, auch in schwarzen und mit Totenköpfen. War sein Vater in einer SS-Einheit gewesen?

Niemetz begann nachzuforschen und las Standardwerke. *Der Orden unter dem Totenkopf, Der SS-Staat, Das Eichmann-Protokoll, Kommandant in Auschwitz.* Er sah sich mit einer verwirrenden Anzahl von Begriffen konfrontiert: SS-Verfügungstruppe, Allgemeine SS, Waffen-SS, Totenkopf-SS, SS-Wachverbände, SS-Sicherheitsdienst, SS-Freiwilligenverbände. Und ebenso verwirrend waren Dienstgrade, Abzeichen und Uniformfarben.

Weil Niemetz' Vater die Namen Guderian, Wenck und Hoth erwähnt hatte, befasste er sich mit diesen Generälen und ihren Truppen. Einschlägiges Bildmaterial förderte zutage, dass die schwarze Uniform und die Totenköpfe im Fall seines Vaters eine Tradition der kaiserlichen Husaren fortführten und so ihren Weg zur Panzertruppe fanden, der Nachfolgerin der Kavallerie. Um ganz sicher zu gehen, erkundigte er sich noch bei der Berliner Dienststelle für Auskünfte über Wehrmachtsangehörige, die seine Bedenken endgültig zerstreute. Dietrich Niemetz war nie bei SS oder Waffen-SS gewesen.

»Wie hast du dich gefühlt, als du Gewissheit hattest?«, wollte Jana wissen.

»Erleichtert«, sagte er sofort. Und nach einer Pause: »Einerseits.«

Sie ließ ihm Zeit und schwieg.

»Andererseits hätte ich mich gern bei ihm entschuldigt, weil ich ihn leichtfertig schlimmer Dinge verdächtigt hatte. Aber da war er schon tot.«

Karl Niemetz stand auf, ging zur Terrassentür und sah zu, wie zwei Wildtauben dem Spatzengeschwader am Futterhäuschen den Platz streitig machten. Er verschränkte die Arme vor der Brust, holte tief Luft, sprach zum Fenster.

»Vor fünfzehn Jahren hat Günter Grass öffentlich gemacht, dass er bei der Waffen-SS gewesen war. Ein Riesenaufreger. *Ausgerechnet der Grass, der Blechtrommler, das schlechte Gewissen der Nation, als Freiwilliger bei der SS!* Er war als 17-Jähriger vom Reichsarbeitsdienst zur Waffen-SS einberufen worden. Er sagte, die Truppe sei für ihn ›nichts Abschreckendes‹, sondern eine Eliteeinheit gewesen, die man immer dann gerufen habe, wenn es ›brenzlig‹ wurde.«

Karl Niemetz drehte sich um. »Da habe ich mich gefragt, wie ich damals gedacht und gehandelt hätte. Jahrzehnte später macht es sich die Moralpolizei einfach: Sie setzt die Waffen-SS von 1944 mit der SS gleich und erklärt sie zum ultimativen Abgrund alles Bösen. Aus ›einberufen‹ wird eine ›freiwillige Meldung‹. So weit, so billig. Ich habe mich lange mit diesem Abgrund beschäftigt und bin dabei meinen eigenen Abgründen begegnet.«

»Was willst du damit sagen?«, fragte Jana Gallwitz vorsichtig.

»Mit siebzehn bist du damals aufgewachsen in Jungvolk und Hitlerjugend, ob du wolltest oder nicht, und da hat dir keiner was von KZs und Vernichtungskrieg erzählt. Sport, Zeltlager, Geländespiele. Fahrten, Uniform, Leistungsabzeichen. Segelfliegen auf dem Kreuzberg. Marine-, Reiter- und Motor-HJ. Die Erlebnispädagogik der Nazis hat die Jugendzeit zu einem einzigen Abenteuer gemacht. Da hinterfragst du nichts.«

»Damit ich dich richtig verstehe: Du hältst es für möglich, dass du damals als Jugendlicher ausreichend verführbar gewesen wärst, um zur SS zu gehen?«

»Das habe ich nicht gesagt. Aber wenn sie mich zur Waffen-SS eingezogen hätten, wäre ich wahrscheinlich nicht davongerannt.«

»Wahrscheinlich?«

»Ziemlich sicher.«

»*Ziemlich* sicher?«

Niemetz nickte mehrmals vor sich hin. Im Jungvolk hatte es einen Spruch gegeben: *Was sind wir? Pimpfe. – Was wollen wir werden? Soldaten.*

»Sicher«, sagte er schließlich.

»Weil die eine Elite waren?«

»Ja, auch deswegen«, sagte er. »Ich wäre genauso begeisterungsfähig gewesen wie alle anderen.«

Beide schwiegen.

Niemetz verspürte die Anstrengung, die es ihn gekostet hatte, Erinnerungen an Ereignisse und Gefühle zu sortieren, die lange zurücklagen. An Kindheitsepisoden, die sich jetzt als Schlüsselerlebnisse herausstellten. An Bücher und Schriften, denen er zu verdanken hatte, dass er sich eine eigene Meinung über eine Vergangenheit bilden konnte, von der er das meiste aus Erzählungen und nur das bittere Ende aus eigenem Erleben kannte.

»Ich muss meine Frage von vorhin wiederholen«, sagte Jana. »Warum bist du nicht so ein grober Klotz geworden wie Veit?«

»Weil ich mir beim Bund nur die Selbstbestätigung geholt habe, die ich damals brauchte. Fitness, Durchhaltevermögen, Umgang mit Technik. Veit war länger dabei und hat seine Dienstzeit vielleicht eher als eine Chance zur Selbst*verwirklichung* begriffen. Mir war schnell klar geworden, dass soldatisches Gehabe im zwischenmenschlichen Alltag untauglich war. Da hat mich meine Kindheit nachhaltig geprägt. Offenbar hat mir die Mutter in den ersten Jahren ohne Vater eine empathische Grundausstattung mitgegeben. An der sind zwar die ruppigen Erziehungsmethoden des Vaters und vieler Lehrer nicht wirkungslos abgeprallt, deren Ursachen die herzlose Vorkriegserziehung und verstörende Kriegserlebnisse waren. Aber das Fundament ist bis heute geblieben.«

Niemetz räusperte sich und hustete, als hätte er sich verschluckt. Er holte sich die Bierflasche, sah, dass sie leer war, und stellte sie zurück. Er setzte sich in den Fernsehsessel, kippte die Lehne nach hinten und streckte die Beine auf dem Hocker aus.

»Irgendwann habe ich mir auch die Frage gestellt: Warum ist mein Vater nur auf dem Weinfest locker, aber daheim immer bloß angespannt und verkrampft?«

Jana bohrte nach. »Und? Warum?«

»Weil er die Fassade des Ernährers und Beschützers der Familie aufrechterhalten musste. Gefühlsäußerungen und andere Schwachheiten waren da nicht vorgesehen. Ich habe nie erlebt, dass der mal krank im Bett gelegen hätte. Und als die Mutter beerdigt wurde, hatte er noch nicht mal nasse Augen, sondern starrte nur in die Ferne.«

Das Kratzen im Hals zwang Niemetz erneut, sich geräuschvoll Erleichterung zu verschaffen. »Äh, könnten wir jetzt vielleicht –?«, setzte er an.

»Eine allerletzte Frage noch«, unterbrach ihn Jana. »Ich bin eine andere Generation als du und muss sie dir stellen. Weil mir deine Antwort helfen soll, mir bei den aktuellen Entwicklungen ein Urteil zu bilden.«

Niemetz verschränkte die Hände hinter dem Kopf, schnaufte und sah zur Decke. »Schieß los.«

Jana beugte sich vor und versuchte, einen Blickkontakt zu erzwingen.

»Warum bist du nicht bei denen gelandet, die von ›Schuldkultur‹ und ›Auschwitzlüge‹ faseln? Die die Nazizeit weichspülen wollen und sich für die Jetztzeit ein autoritäres System zurückwünschen?«

Niemetz schwieg und suchte an der Decke nach einer Antwort. »Ich war gerade achtzehn geworden«, begann er tonlos. »Wir saßen nach den letzten Abi-Prüfungen zu viert oder fünft in der Eisdiele, haben Ami-Zigaretten geraucht und Cola mit Schuss getrunken. Mit steigendem Pegel wurden die Gesprächsthemen immer philosophischer. Wir waren alle der Meinung: In spätestens zehn Jahren gibt es den nächsten Krieg. Und irgendwann im Verlauf unseres Geredes stellte sich heraus, dass alle unsere Väter, also die, die überlebt hatten, immer nur ein paar persönliche Episoden zu erzählen wussten und sonst nichts. Fünfzig Kilometer von unserem Heimatort entfernt gab es ein kleineres KZ. Die Eltern taten, als hätten sie irgendwann mal davon gehört. Ab und zu seien auch Nachbarn ›verschwunden‹, angeblich ›nach Dachau‹ gekommen. Warum? Achselzucken. Unser örtliches Krankenhaus war mit verwundeten Soldaten von der Ostfront überbelegt gewesen, weshalb viele von uns in Nachbarorten auf die Welt gekommen sind.«

Niemetz brauchte eine Pause. Er schloss die Augen. »Das Gefühl, dass da irgendetwas grundsätzlich nicht stimmte, wurde bei mir immer stärker«, sagte er und machte die Augen wieder auf. »Und dann habe ich das getan, was jeder hätte tun können. Wir hatten damals schon gute Zeitungen und Sendungen, wo man sich seriös informieren konnte – wenn man wollte. Ich wollte, und nach ein paar Jahren war mir klar: Ein ganzes Volk ist auf die perfekte und allumfassende Propaganda eines Verbrecherregimes reingefallen. Und die gleichen Mechanismen und Parolen sehe und höre ich heute wieder. Es scheint ein Gen zu geben, das verhindert, dass Menschen dazulernen, besonders die Deutschen. Ich habe es offensichtlich nicht. Zum Glück.«

Er richtete sich auf und wandte sich Jana zu.

»Und außerdem bin ich älter und hoffentlich auch gescheiter geworden«, sagte er und sah seine Lebensgefährtin Bestätigung heischend an. Die erwiderte seinen Blick und schwieg mit angestrengt nichtssagender Miene.

13

»Musst du wirklich schon morgen wieder zurück?«, fragte Jana und kraulte ihrem Liebhaber unter dem T-Shirt die Brust.

»*Müssen* nicht«, sagte Niemetz, »aber ich möchte ganz gern mein Auto zum Spezialisten bringen. Der Kompressor macht komische Geräusche, und René aus der Werkstatt fährt selbst einen Jaguar und hat einen direkten Draht zum Ersatzteilversand.«

Jana drehte sich demonstrativ von Niemetz weg und sprach zur Wand: »Er ist wie alle andern, Mama. Er liebt seine Karre mehr als mich. Und ich dumme Kuh habe mir eingebildet, ältere Männer seien einfühlsamer und rücksichtsvoller als diese pickeligen Digitalkomiker. Aber die fahren wenigstens keine so alten Kisten, bei denen dauernd der Kompressor oder noch Schlimmeres streikt – falls sie überhaupt einen Führerschein haben ... Auaaa!«

Niemetz hatte sie in die Seite gezwickt. »Lass dich nicht unterbrechen, Liebste«, sagte er. »Die Litanei hat doch gerade erst angefangen.« Er küsste sie auf den Nacken und massierte ihre Schultern. »Jetzt müsste die Strophe kommen, dass *Er* noch nicht mal den Unterschied zwischen Tinder und Twitter kennt, auch kein Smartphone unfallfrei bedienen kann, dafür aber dauernd kalte Füße hat und schwer hört. – Nein?« Er schob ihr Pyjamaoberteil hoch und strich mit den Fingerspitzen über ihren Rücken. »Allerdings ist *Er* ein erfahrener Erotiker und so was von zärtlich«, hauchte er ihr ins Ohr, »wie ich es bei seinen hundert Vorgängern noch nie erlebt habe.«

Jana Gallwitz strampelte, zappelte und schlug vor Lachen mit den flachen Händen auf die Matratze. »Du Scheusal!«, keuchte sie. »Du machst dich über mich lustig!«

»Ach, nennt man das heutzutage ›sich lustig machen‹?«, fragte er und widmete sich den Rückseiten ihrer Oberschenkel. »Nun sag mal dem Onkel, welcher Kummer dich wirklich plagt«, säuselte er voll mitfühlender Boshaftigkeit.

»Erpresser«, gab sie zurück. »Du willst doch nur hören, dass ich dich vermissen werde.«

»Richtig«, gab Niemetz zu. »Warum sagst du es dann nicht gleich, mein Schatz?«

»Weil man das als Frau halt so machen muss. Man muss einen Stolz haben, weil die Männer sonst denken, sie könnten alles umsonst kriegen und müssten nichts dafür tun.«

»Ahh – ja«, machte Niemetz und tat, als kramte er im hintersten Winkel eines verkalkten Hirns. »Da ist doch diese sympathische Theorie vom *Dressierten Mann*, einer rundum bedauernswerten Spezies. Es gab sogar Autoaufkleber mit *Ich bremse auch für Männer.* Diese armen Menschen müssten sich ihren Status als Liebhaber erst erkämpfen, die Frauen brauchten dagegen nur ihren Hintern rauszustrecken und zu warten.«

»Ach ja?«, gab Jana zurück. »Und wer, bitteschön, ist Hunderte Kilometer durch Schnee und Eis gefahren, um einen Mann zu besuchen, der in seiner Küche saß und sich den Hintern an der Heizung gewärmt hat?« Sie drehte sich zurück auf die Seite und blickte ihn herausfordernd an. »Naa?«

»Tor!«, sagte er und lachte. »Unhaltbarer Fallrückzieher ins linke obere Eck. Ausgleich, eins zu eins.«

Sie legten sich auf den Rücken, hielten sich schweigend an den

Händen und schauten zur Decke. ›Zwanzig Jahre Altersunterschied sind nicht nichts‹, sinnierte Niemetz zum wiederholten Mal. ›Ich werde nicht jünger, und eines Tages ist es so weit, dass aus dem lieben Karl der Patient Niemetz wird, der Windeln braucht, im Rollstuhl sitzt, ins Pflegeheim oder auf die Intensive muss und seiner Umgebung zur Last fällt.‹

Zwar hatten sie das Thema schon sehr früh angesprochen, als ihnen klar geworden war, dass sie ihr schicksalhaftes Zusammentreffen nicht als One-Night-Stand abhaken wollten. Und in den ersten E-Mails danach stellte sich heraus, dass es sich zwischen ihnen nicht um eine Affäre welcher Art auch immer handeln würde, sondern um eine anspruchsvolle Beziehung auf Augenhöhe. Zwar hatte er verkündet, er werde sich über Qualität und Dauer ihres Verhältnisses nicht *ihren* Kopf zerbrechen. Und mit der Grandezza des gereiften Gentlemans hatte er ihr empfohlen, sie solle ihr weiteres Leben *ohne* ihn planen. Tatsächlich hatte er aber schon beim Formulieren den hohlen Klang seiner Phrasen vernommen, und tief in seinem Innern rumorte nicht nur die geschmeichelte Eitelkeit, von einer deutlich jüngeren Frau begehrt zu werden, noch dazu von einer ehemaligen Schülerin. Es begannen sich auch längst tot geglaubte Schmetterlinge im Bauch zu regen.

»Woran denkst du gerade?« Jana brach das Schweigen als Erste.

»An den Spruch vom alten Baum, den man nicht verpflanzen soll«, antwortete Niemetz. In seiner Stimme schwang das männliche Unbehagen mit, wenn es darum ging, über Gefühle zu sprechen, vor allem über die eigenen. Er wusste, was in nächster Zeit auf ihn zukam. Um nicht wie sein Vater zu enden, wollte er seinen Führerschein freiwillig und rechtzeitig abgeben. Jede zweite Woche achthundert Kilometer mit dem Auto zu fahren würde von Mal zu Mal riskanter werden. Die Alternative, auf dem zugigen Bahnsteig der Kleinstadt im Tal zu stehen und auf Züge zu warten, die immer zu spät oder auch gar nicht kamen oder eine Strecke befuhren, auf der er dreimal umsteigen musste, erschien ihm auf Dauer zu unattraktiv. Entweder blieb er in seinem Dorf und wartete dort aufs Unvermeidliche, oder er verkaufte sein geliebtes altes Haus und zog zu Jana in die Stadt. Gesunde Luft, großer Garten, intakte Landschaft, Skilaufen, Joggen, Waldspaziergänge – das alles hatte er im Dorf direkt vor der Haustür. In der Stadt waren Freizeitwert und Lebensqualität deutlich schlechter. Aber es gab eine gut funktionierende Infrastruktur auf allen relevanten Gebieten.

»Dann verpflanzen wir die alte Eiche halt nicht«, schlug seine Lebensgefährtin vor. »Wir haben genug Geld, um deine Einsiedelei so aufzurüsten, dass sie locker noch zwanzig Jahre übersteht. Und danach sehen wir weiter.«

»Das heißt konkret?«

»Ich verkaufe mein Haus und zieh zu dir.«

»Das würdest du tun?«

»Selbstverständlich.«

»Und deine Mutter? Dein Freundeskreis?«

»Solang die Mama noch lebt, führen wir eben zwei Haushalte. Dein Freundeskreis wird dann auch der meine. Und wenn man ein Smartphone bedienen kann, lässt sich auch der Kontakt zu den alten Freunden weiter pflegen.«

»Zwei zu eins«, gab Niemetz neidlos zu.

»Der ging jetzt ins rechte obere Eck und war kein Fallrückzieher, sondern ein Distanzschuss von der Mittellinie, weil der Herr Tormann zu weit vor seinem Gehäuse stand und mit seinen trüben Gedanken woanders war.« Jana Gallwitz grinste übers ganze Gesicht. »Tja, mein Lieber«, legte sie nach. »Wo die Liebe hinfällt, sterben die Bedenken.«

»Rosamunde Pilcher?«

»Jana Czech.«

Niemetz breitete die Arme aus. »Komm her, du Mittelstürmerin, lass dich festhalten.«

14

Niemetz hatte einen Behördentermin in der Stadt und war spät dran. Er schritt zügig aus und marschierte vom Zentrum zu einem der Vororte. Als sich die Häuserreihen lichteten und der Verkehr abnahm, ließ er Angie von der Leine. Sie blieb zunächst an seiner Seite, begann dann aber kreuz und quer zu streunen, hier zu schnuppern und dort zu markieren. In der Ferne tauchten plötzlich andere Hunde auf; sie liefen frei, kläfften, bellten und jagten einander im Kreis. Angie steuerte auf die Meute zu, zuerst abwartend, dann immer zielstrebiger. »Angie, bleib hier!«, rief er. »Komm her, mein Mädchen!« Das Tier reagierte nicht, sondern humpelte zu seinen Artgenossen. Niemetz wollte hinterherrennen, seine Beine weigerten sich. Er verlor Angie aus den Augen, rief ihren Namen und irrte vergeblich zwischen Häusern und Schrebergärten umher. Sie blieb verschwunden. Er spürte, wie ihm die Angst die Kehle zuschnürte. Angie, seine geliebte Hündin, sein Kind, sein Ein und Alles. Davongelaufen nach all den gemeinsamen Jahren. Zurück zu ihresgleichen.

»Karl!«, rief jemand laut. Er wurde von hinten an den Schultern gepackt und geschüttelt. Er wehrte sich und stieß mit den Ellbogen um sich. »Karl, wach auf!«

Jana hatte sich über ihn gebeugt. »Steh auf, dein Auto brennt!«

Es dauerte einige Sekunden, bis Niemetz sich orientiert hatte. Der Wecker zeigte 2:30. Er bemerkte den flackernden Feuerschein an den Schlafzimmerfenstern, sprang aus dem Bett und sah, wie die Flammen an den Seiten seines Oldies emporzüngelten. Bald würden die Fenster platzen und der Motor und der zum Glück fast leere Tank brennen. Für ihn der klassische Fall von Brandstiftung: Grillanzünder auf den Reifen. Das erste Martinshorn war zu hören.

»Wo ist der Feuerlöscher?«, fragte er.

»Drüben in der Werkstatt.«

»Hol ihn und stell dich innen hinter die Fenster, falls sie zerspringen und das Feuer übergreift.«

Er stieg in die Jeans, warf sich den Bademantel über und rannte barfuß zur Haustür. In den umliegenden Häusern gingen Lichter an, Nachbarn standen in Pyjamas unter ihren Haustüren.

Alle vier Reifen seines Wagens waren platt, und die Flammen hatten bereits den Innenraum erreicht. Schwarzer giftiger Rauch und der Geruch nach brennendem Lack, heißem Gummi und verschmortem Leder verpesteten die Luft. Die Feuerwehr traf mit zwei Löschfahrzeugen ein und machte sich schnell und erfolgreich an die Arbeit. Zwei Streifenwagen der Polizei stellten sich quer und riegelten die Straße ab. Nach einer Viertelstunde waren die Flammen erstickt, und der schöne alte schwarze Jaguar mit fünf Erdumrundungen auf dem Tachometer war nur noch ein erbärmliches, schaumbedecktes Blechskelett. Der Straßenbelag wies Ölflecken und Brandspuren auf. An Hauswänden und Fensterscheiben gab es keine sichtbaren Schäden, was sich möglicherweise bei Tageslicht ändern würde.

Niemetz teilte der ranghöchsten Streifenführerin seinen Verdacht auf Brandstiftung mit, worauf diese den Kriminaldauerdienst verständigte. »Die Kollegen vom KDD machen sich gleich auf den Weg«, sagte die Kommissarin. »Die werden ein paar Fragen an Sie haben. Vielleicht möchten Sie sich inzwischen umziehen?«

»Dürfen wir Ihnen einen heißen Kaffee anbieten?«, fragte Jana, die im Jogginganzug aus dem Haus getreten war.

»Nein, danke. Sehr nett von Ihnen, aber wir müssen jetzt unseren Berichtskram erledigen.«

Jana nahm den sichtlich verstörten Besitzer eines noblen Schrotthaufens bei der Hand und zog ihn ins Haus. »Alles gut, Liebster«, sagte sie. Und fügte hinzu: »Manche Probleme lösen sich oft ganz von selbst.«

Niemetz ließ sich übellaunig in einen Sessel fallen. »Ach ja?«

»Ja. Der Kompressor und die Rückfahrt morgen früh. Magst ein Bier oder einen Whiskey?«

Er schüttelte den Kopf. Die wahre Dimension des nächtlichen Geschehens ging ihm allmählich auf. Es stellten sich Fragen, die man klaren Sinnes prüfen musste. War es wirklich Brandstiftung? Das würde die kriminaltechnische Untersuchung ergeben. Wenn nein: Was hatte das Feuer ausgelöst? Eine Selbstentzündung in der Nacht? Wenn ja: Wer kam als Täter infrage? Gab es einen Zusammenhang mit dem haarlosen, aber aggressiven Rüdiger am Infostand? Der Niemetz' Namen kannte und Fotos von ihm hatte? Und wenn sich – wie seine kluge Gefährtin sagte – manche Probleme oft ganz von selbst lösten: War der Vorfall nicht ein deutlicher Wink der Vorsehung, sich *kein* neues Fahrzeug zuzulegen, sondern endgültig in die Stadt zu ziehen und sich chauffieren zu lassen?

»Sag mal, Jana, hattest du mir nicht etwas von Überwachungskameras im Außenbereich erzählt?«, fragte er.

»Ja. Die Kameras sind noch da. Die Aufzeichnung der Bilder hat aber nie richtig funktioniert. Deswegen habe ich die Anlage nach dem Auszug des Paranoikers stillgelegt. Aber jetzt solltest du dir was anziehen. Und am Vormittag informieren wir die Versicherung.«

Die beiden Beamten des Kriminaldauerdienstes hatten Brandort und Fahrzeugwrack aus mehreren Blickwinkeln fotografiert und die unmittelbare Umgebung ergebnislos nach verwertbaren Spuren abgesucht. Sie hatten die CCTV-Kameras gleich bemerkt und sich enttäuscht gezeigt, dass sie stillgelegt waren. »Wir hätten so gern noch ein paar Bilder von denen gehabt. Es scheint sich immer um dieselbe Gruppe zu handeln. Sie haben sich auf Oberklasseautos spezialisiert, oder auf solche, die sie dafür halten.« Der Hauptkommissar schmunzelte verlegen, und Niemetz wusste, wie es gemeint war.

»Wir werden das Wrack in unsere KTU-Werkstatt bringen und genauer untersuchen lassen«, sagte sein Kollege. »Sie sehen selbst, dass es nur noch Schrottwert hat, aber wir finden heraus, was die Brandursache war.«

Eine Woche später wurde Niemetz von einer Beamtin des Kriminalfachdezernats informiert, dass es tatsächlich ein Anschlag war. Da es sich dabei um ein Offizialdelikt handele, bedürfe es keiner Anzeige seinerseits. »Hauptkommissar Bartlmess vom KFD 1 würde jedoch gern mit Ihnen über den Verdacht sprechen, den Sie in der Tatnacht gegenüber unseren Kollegen angedeutet haben. Er ist gerade unterwegs, aber ich soll Ihnen seine Telefonnummer geben für eine Terminabsprache.«

Silvio Bartlmess stand von seinem Schreibtisch auf und kam Niemetz einen Schritt entgegen. Er war groß und von kräftiger Statur. Niemetz schätzte sein Alter auf fünfzig. Er hatte volles, dunkles Haar mit wenigen weißen Strähnen, war unrasiert, trug eine schwarze Lederjacke, einen grauen Rollkragenpullover, graue Cordjeans und schwarze Sneakers. Die dunklen Augenringe zeugten wohl von Schlafmangel. Die Stimme war ein kratziger Bass, wie ihn manche Raucher hatten.

»Bitte, nehmen Sie Platz«, sagte der Hauptkommissar und deutete auf den Stuhl beim Aktenschrank. »Das ist gerade alles ein wenig spartanisch bei uns, weil unsere eigentlichen Büroräume neue

Thermostate für die Heizkörper kriegen. Aber ich könnte uns einen Kaffee besorgen.«

Niemetz lehnte dankend ab. Nach seinen Verdachtsgründen gefragt, rekonstruierte er den Verlauf des Interviews am Infostand in der Fußgängerzone und beschrieb den haarlosen Hoodieträger. »Er wurde von den anderen mit ›Rüdiger‹ angesprochen, und er hat mich gefilmt und kennt meinen Namen.«

»Das wird Rüdiger Ladig sein. Eine sehr meinungsstarke Figur. Er war schon mehrmals unser Gast.« Der Gesichtsausdruck des Hauptkommissars war nichtssagend. »Wir haben Ihr Kfz-Kennzeichen recherchiert und festgestellt, dass weder Sie noch Ihr Fahrzeug hier gemeldet sind. Schöne Gegend übrigens dort unten, wo Sie wohnen. Wie kommen Sie mit dem Menschenschlag zurecht?«

»Gut. Als ›Reingeschmeckter‹ habe ich Exotenstatus und werde dementsprechend geduldet.«

Das feine Kopfnicken des Beamten und den Anflug eines Grinsens interpretierte Niemetz als Kenntnis von Land und Leuten.

»Was wir uns fragen: War dieser Anschlag Teil einer Serie oder hat er Ihnen ganz persönlich gegolten? Falls Letzteres zutrifft: Woher wussten der oder die Täter, dass und wo Sie sich gerade in unserer schönen Stadt aufhalten?«

Niemetz wand sich. »Diese Frage kann ich Ihnen nicht beantworten.«

»Aber Sie können mir sagen, warum Sie Ihren Wagen in jener Nacht gerade vor diesem Haus geparkt haben.«

»Das kann ich«, sagte Niemetz. »Ich bin seit Längerem mit der Bewohnerin dieses Hauses liiert und lebe momentan als Gast bei ihr.«

»›Seit Längerem‹ heißt?«

»Seit über einem Jahr.«

»Und ›momentan‹ heißt?«

»Wir wohnen wochenweise abwechselnd bei mir oder bei ihr.«

Silvio Bartlmess tippte mit zwei Fingern auf die Tastatur seines Rechners und blickte dann auf seinen Bildschirm.

»Als Bewohner dieses Hauses sind Jana und Hartmut Gallwitz gemeldet.«

Er sah Niemetz an. Niemetz erwiderte den Blick und sagte: »Hartmut Gallwitz ist ausgezogen.«

»Dann hat er sich noch nicht umgemeldet«, stellte der Hauptkommissar nach einem Blick auf den Bildschirm fest. »Sie sind freier Journalist, Herr Niemetz. Was muss ich mir darunter vorstellen?«

»Ich suche mir meine Themen selbst, bearbeite sie und schreibe Texte, die ich unterschiedlichen Medien anbiete. Die kaufen sie dann oder nicht. Honorar bekomme ich nur für das, was veröffentlicht wird.«

»Davon kann man leben?«

»Ich nicht. Man braucht andere Einnahmen oder jemanden, der die alltäglichen Fixkosten übernimmt.«

»In Ihrem Fall ist es –?«

»Ersteres.«

Der Hauptkommissar deutete ein Kopfnicken an, als wüsste er Bescheid, und brummte. »Hmm. Auch ein *alter* Jaguar kostet, nicht wahr?«

»Gut angelegtes Dozentenhonorar von der Journalistenschule.«

»Ich bitte Sie, Herr Niemetz!« Bartlmess hob abwehrend die Hände. »Wir sind hier nicht bei der Steuerfahndung.« Er räusperte sich. »Sie bearbeiten auch politische Themen?«

»Ja.«

»Wo würden Sie sich politisch einordnen? Eher rechts, links oder in der Mitte?«

»Wenn Sie meinen Namen googeln, stoßen Sie schnell auf einen Text von mir, der Ihre Frage beantwortet.«

Bartlmess parierte die kleine Stichelei routiniert. »Dann versuch ich es mal so: Würde das Programm der Partei, deren Infostand Sie in der Fußgängerzone besucht haben, im Wesentlichen Ihre persönlichen Ansichten widerspiegeln?«

»Nein.«

»An diesem Infostand waren drei Vertreter dieser Partei. Vermutlich Rüdiger Ladig, eine Frau mit Vornamen Bogdana und ein Herr Gallwitz. Korrekt?«

»Korrekt.«

»Herr Gallwitz ist Mandatsträger dieser Partei und heißt mit Vornamen Hartmut.«

»Korrekt.«

»Er ist der Ehemann Ihrer Freundin.«

»Ja.«

Hauptkommissar Bartlmess lehnte sich auf seinem Stuhl zurück, verschränkte die Arme vor der Brust und sah mit dem amüsierten Blick des Menschenkenners zum Fenster.

»Ich formuliere es jetzt mal etwas volkstümlich, Herr Niemetz.«

›In einem Amifilm legt er gleich die Füße auf den Schreibtisch‹, dachte Niemetz.

»So wie ich die Sache sehe, haben Sie Herrn Gallwitz nicht nur Hörner aufgesetzt, sondern ihm auch noch vor Publikum die Hosen runtergezogen.«

»Letzteres ist nicht korrekt. Er hat sie sich selbst runtergezogen.«

Der Polizeibeamte begann das Gespräch zu genießen. Er schlug die Beine übereinander und wippte mit dem linken Fuß. »Aufgrund Ihres fortgeschrittenen Alters sind Sie ein Mensch mit großer Lebenserfahrung, Herr Niemetz, wenn ich das so sagen darf. Können Sie sich vorstellen, dass ein Mann, der deutlich jünger ist als Sie, ein Problem damit hat, dass Sie ihm zuerst die Frau ausspannen und ihn dann auch noch coram publico zum Larry machen? Dass es auf diese Weise vielleicht eine Verbindung zwischen dem Politiker einer bestimmten Partei, einem leicht erregbaren Ordner ebendieser Partei, einem Journalisten von ganz anderer Couleur und dem Brandanschlag auf einen alten Jaguar geben könnte? War Ihre Katze eigentlich das 3,2- oder das 4-Liter-Modell?«

Karl Niemetz war beeindruckt von der hinterhältigen Professionalität, mit der Silvio Bartlmess das Gespräch führte. Distanzierte Coolness einerseits, gespielte Zugewandtheit andererseits; konzentriert und tatsachenbezogen, dann wieder scheinbar leutselig und interessiert an abwegigen Details. Von diesem Beamten verhört zu werden war alles andere als eine freundschaftliche Plauderei.

»Ein XJR-Sondermodell, 3,2 Liter, sechs Zylinder mit Kompressor.«

»Automatik?«

»Ja.«

»Toll. Ein Traum. Jammerschade.«

»Sie sagen es. Und was meine Vorstellungskraft angeht: Die ist trotz meines fortgeschrittenen Alters noch immer sehr lebhaft. Deshalb halte ich es nicht für ausgeschlossen, dass Sie den Katzenmörder finden.«

Silvio Bartlmess stand auf, lachte und geleitete seinen Besucher zur Tür. »War nett, Sie kennenzulernen, Herr Niemetz. Wir melden uns, falls wir etwas herausfinden. Machen Sie's gut.«

15

Karl Niemetz nahm den Mittags-IC nach Stuttgart, der nur acht Minuten Verspätung hatte. Der Andrang auf dem Bahnsteig hielt sich in Grenzen. Er stieg in der Zugmitte ein und konnte sich ohne größere Probleme nach hinten durchschieben. Er hatte einen Rollkoffer mit Übernachtungssachen bei sich, dazu zwei Zeitungen, in den Manteltaschen ein englischsprachiges Nachrichtenmagazin und Frank Schätzings Bestseller. In den vorsintflutlichen Zeiten, als es Bordrestaurants sogar in den einfachen ICs gab, hätte er es sich dort bei einem Kännchen Kaffee gemütlich gemacht – falls die Kaffeemaschine funktioniert hätte. Der Zug nahm Fahrt auf, und Niemetz musste sich immer wieder an einer Sitzlehne festhalten. Das Abteil war nur mäßig besetzt. Er hatte schon den Türgriff zur Ersten Klasse in der Hand, als er hinter sich eine ihm bekannte Stimme hörte.

»Na, so was, Herr Niemetz!« Der Mann schien ehrlich erfreut zu sein. »Sie fahren mit dem Zug?«

Niemetz drehte sich um. »Zu Fuß wär's doch ein wenig weit«, erwiderte er ebenso überrascht.

Silvio Bartlmess saß allein am Fenster und hatte ein Buch und sein Smartphone vor sich liegen. »Also«, sagte er bedauernd. »Der Katzenmörder läuft noch immer frei herum, und die Jagd auf ihn wird wohl demnächst abgeblasen werden. Es gibt keinen hinreichend Tatverdächtigen.«

Karl Niemetz zuckte gleichmütig die Achseln.

»Sie haben noch keinen Ersatz für Ihren Jaguar?«, fragte der Hauptkommissar.

»Nein«, sagte Niemetz. »Und Frau Gallwitz hat gerade eine Augenoperation hinter sich und fällt als Chauffeurin aus. Außerdem überlege ich ernsthaft, ob ich meinen Führerschein nicht endgültig abgebe.«

»Was einerseits ja sehr vernünftig wäre, andererseits aber auch einen Einschnitt im Alltag und ein verändertes Selbstverständnis bedeutet.«

»Wem sagen Sie das«, seufzte Niemetz. »Aber ich habe das sehr unrühmliche Beispiel meines eigenen Vaters vor Augen.«

»Ach ja?«

»Er holt meine Mutter und noch eine Patientin aus dem Krankenhaus ab. Übersieht ein Stoppschild an einer Bundesstraße. Wird von einem Lkw gerammt. Alle drei Passagiere sind verletzt, die Mutter muss mit einem Beckenbruch zurück in die Klinik, das Auto ist Schrott.«

Bartlmess nickte wissend. »Du lieber Himmel. Wie alt war Ihr Vater?«

»Über achtzig. Nur der Deal mit dem Staatsanwalt hat ihn vor einer Bewährungsstrafe bewahrt: Führerschein abgeben, dafür nur eine Geldstrafe.« Bei der Erinnerung, wie er danach seine Mutter in der Klinik besucht und als abgemagerte, kaum bewegungsfähige Person angetroffen hatte, die sich von ihm füttern ließ, schüttelte es ihn innerlich.

»Wenn hier noch frei ist – dürfte ich mich zu Ihnen setzen, Herr Bartlmess?«

»Sehr gern.«

Niemetz verstaute seinen Rollkoffer, zog seinen Mantel aus und nahm gegenüber dem Hauptkommissar Platz.

»Ich verkaufe gerade mein Haus und muss in Stuttgart umsteigen«, informierte er sein Gegenüber. »Termine beim Makler und Notar.«

»Ich steige in Stuttgart aus. Im Innenministerium gibt es einen Fortbildungskurs über Kriminalprävention.« Bartlmess versuchte gar nicht erst, seine Neugierde zu kaschieren. »Sie verkaufen Ihr Haus und ziehen bei Frau Gallwitz ein?«

»Ja.«

»Und Herr Gallwitz?«

»Hat eine russische Freundin mit dem Vornamen Bogdana.«

»Ach. Ist sie der Trennungsgrund?«

»Nein«, erklärte Niemetz bereitwillig. »Der Trennungsgrund war letztlich sein heimlicher Eintritt in diese unaussprechliche Partei und seine Kandidatur hinter dem Rücken seiner Frau. Stellen Sie sich vor, Sie fahren eines Tages ahnungslos zum Einkaufen, sehen plötzlich an jeder Kreuzung ein Wahlplakat mit dem Konterfei Ihres Ehepartners und müssen sich garstige Kommentare Ihres Umfelds anhören.«

Bartlmess blickte zum Fenster hinaus. Die feinen Wassertröpfchen des Nieselregens bildeten bei zunehmender Geschwindigkeit des ICs waagrechte Schlieren auf der Scheibe. »Einerseits ist das natürlich ein eklatanter Vertrauensbruch«, sagte er. »Andererseits ist Herr Gallwitz in eine demokratische Partei eingetreten und in einem demokratischen Verfahren gewählt worden.«

Niemetz rümpfte die Nase und sah den Beamten misstrauisch an. Jeder wusste, dass diese Partei bei der Polizei eine große Anhängerschaft hatte.

»Interessantes Buch lesen Sie da gerade«, sagte Niemetz und zeigte auf *Deutschland schafft sich ab*.

»Ja, in der Tat«, sagte Bartlmess. »Mit ein paar Parolen Ängste unter den Leuten zu schüren oder jede andere als die eigene Meinung zu disqualifizieren ist einfach. Aber dieser Autor bringt Fakten und Statistiken, die seine Thesen untermauern. Und er legt Vorschläge auf den Tisch, wie wir die Situation wieder so in den Griff bekommen können, dass sie beherrschbar wird. Haben Sie es gelesen?«

»Ist schon eine Weile her. Ich erinnere mich allerdings, dass seine Auslegung von Statistiken kritisiert und manche seiner ›Fakten‹ für falsch erklärt wurden. Und da ich selbst früher im Bildungsbereich gearbeitet habe, fand ich seine These abenteuerlich, wonach beispielsweise muslimische Türken genetisch dümmer seien als christliche Deutsche.«

»›Genetisch dümmer‹ halte ich auch für fragwürdig. Aber betrachten Sie mal die Gesamtsituation aus unserer Perspektive als Polizei. Flüchtlinge aus Syrien oder Afghanistan, aus der Türkei oder aus Afrika kommen in großer Zahl nach Deutschland, ob legal oder nicht. Dabei sind viele Kinder ohne Eltern. Die haben ihre Papiere verloren oder verbrannt und kennen nur das Wort ›Asyl‹. Sonst verstehen sie nichts oder tun wenigstens so. Was machen wir also mit ihnen? Zurückschicken – aber wohin zurück, wenn wir nicht mal wissen, wo sie herkommen?«

»Wir stecken sie in Aufnahmelager und bieten ihnen Deutschunterricht an.«

»Dafür brauchen Sie für den Anfang zertifizierte Dolmetscher und speziell ausgebildete Lehrer. Da müssen Sie erst mal jemanden finden, der arabische Dialekte oder Paschtu oder Yoruba spricht und beeidigt ist. Also kommen sie in eine deutsche Schule, und weil wir sie inkludieren und integrieren sollen, gibt es keine Sonderklassen, sondern sie besuchen eine normale. Dann stellen Sie sich mal den Unterricht vor, wenn fünfzehn von zwanzig Schülern nicht Deutsch als Muttersprache haben und die Hälfte von denen die lateinische Schrift nicht lesen kann. Das ist die Lage nicht nur in den Großstädten.«

»Ich kann nachvollziehen, was Sie beschreiben, Herr Bartlmess. Ich habe selbst einige Jahre an der VHS ›Deutsch als Fremdsprache‹ unterrichtet. Unsere schwierigsten Studenten kamen damals übrigens aus dem christlichen Portugal, und die mit der raschesten Auffassungsgabe waren die Koreaner, die auch eine andere Schrift haben. Wenn wir also die Flüchtlinge nicht zurückschicken können, müssen wir eine Integration wenigstens versuchen.«

»Was sehr oft nicht gelingt. Die Alten schotten sich ab und bilden Parallelgesellschaften, die Jungen, die in der Schule nicht mitkommen und dann wegen mangelhafter Sprachkenntnisse keinen Arbeitsplatz kriegen, langweilen sich und rutschen ab in die Kriminalität. Also wäre es doch am besten, wir ließen nur die rein, die wir gebrauchen können.«

Niemetz überlegte.

»Wissen Sie vielleicht, warum wir die Flüchtlingsströme nicht dadurch kanalisieren, dass wir in den Herkunftsländern Einwanderungsbüros eröffnen, die vor Ort und nach einem Punktesystem Einreisevisa ausstellen oder eben nicht?«

»Weil die Herkunftsländer nicht mitmachen«, antwortete Bartlmess sofort. »Die sind doch froh, wenn sie die Hungerleider und Unzufriedenen los sind. Und wir müssten die Transportkosten übernehmen.«

›Wenn man es, besonders wie der Polizeibeamte in einer Großstadt, Tag für Tag mit kriminellen Ausländern zu tun hat, mit Einzeltätern, Dealerringen und Familienclans, die nach ihrer Festnahme von bestbezahlten Anwälten wieder aus der U-Haft geholt werden, hat man – nachvollziehbar – eine andere Sicht auf die Praxis von Recht und Ordnung in diesem Staat‹, überlegte Niemetz.

»Ich will Ihnen ein Beispiel aus unserem Kripo-Alltag erzählen. Wir sind iranischen Drogenhändlern auf die Spur gekommen, die bei uns am Hauptbahnhof das Meth- und Koksgeschäft kontrolliert haben. Um gerichtsfeste Beweise zu sammeln, haben wir die Autos von Verdächtigen verwanzt. Einer von denen fuhr runter zum Hafen von Marseille. Am übernächsten Tag fuhr er wieder zurück und hatte nichts dabei. Der Mann war von uns rund um die Uhr überwacht worden. Sie können sich den personellen und logistischen Aufwand vorstellen. Alles, was wir abgehört hatten, musste anschließend transkribiert und übersetzt werden, von Farsi nach Deutsch. Und dann stellt sich heraus, dass er im Puff war, sich mit ein paar Leuten im Hafen über scheinbar belangloses Zeug unterhalten hat, hier was gegessen, dort was getrunken, auch mal getankt hat und ohne Fracht zurückgekehrt ist. Mit so was sind bei uns schnell zwanzig Leute beschäftigt, was ja ins Geld geht und Überstunden generiert. Und wenn wir unsere Protokolle dann dem Staatsanwalt vorlegen, lacht der uns aus. Und dann sollen wir auch noch die Bekifften aus den Bahnhofsunterführungen vertreiben, weil das dem Image der Stadt als Touristenmagnet schadet. Da ist es kein Wunder, dass manche Kollegen nach einem autoritären Staat rufen, der durchgreift und aufräumt.«

Nicht nachvollziehbar war jedoch für Niemetz, dass man mit der Sympathie für diese Partei auch deren unaufhörliches Geraune von aberwitzigen Verschwörungen in Kauf nahm. Dass man bewusst jene Vernunftareale im Gehirn abschaltete, mit denen man auch als normaler Mensch den schwurbelnden Unfug hätte entlarven können.

»Weil Sie gerade vom Staat sprachen: Glauben Sie als Polizeibeamter, dass es bei uns so etwas wie einen ›tiefen Staat‹ gibt? Dass unsere Regierung aus dem Hintergrund von Geheimdiensten, Großkapital und Juden gesteuert wird?«

Silvio Bartlmess wirkte unschlüssig. Er wiegte den Kopf hin und her und sah zum Fenster hinaus. Der Zug fuhr in den Bahnhof Schwäbisch Gmünd ein. Das Paar mit dem quengelnden Kind von der anderen Seite des Waggons versuchte, sich fürs Aussteigen fertig zu machen. Das Mädchen hopste um seine Eltern herum und trällerte einen unverständlichen Singsang. Der Vater zerrte zwei Rucksäcke aus der Ablage und reichte einen an seine Partnerin weiter. Die packte das Mädchen mit der freien Hand und sagte energisch: »Jetzt ist aber gut, Leila.« Die Kleine zeigte sich unbeeindruckt. »Ich will aber nicht aussteigen!«, verkündete sie trotzig, stampfte mit dem Fuß auf und begann zu plärren. Die Mutter gab ihrem Begleiter den Rucksack zurück und hob die Tochter auf den Arm.

Die während des Zwischenhalts durch ein- und aussteigende Reisende bedingte Unruhe legte sich wieder, und der Zug fuhr an. »Beim ›tiefen Staat‹ weiß ich nicht, was ich davon halten soll«, nahm Bartlmess den Faden wieder auf. »Ich glaube allerdings, dass hinter den Kulissen vieles abläuft, wovon wir nichts mitbekommen. Wer die Drahtzieher sind, weiß ich nicht. Aber dass Immigranten einen Duldungsvorschuss seitens der aktuellen Politik bekommen, glaube ich schon. Dafür wird es ja wohl einen Grund geben. Und genau dieser Bonus ist es, der unsere Arbeit erschwert und die Bürger sauer reagieren lässt. *Die Flüchtlinge werden gepäppelt, und wir müssen uns von denen anpöbeln lassen* – das ist die Meinung vieler Kollegen. Und ›Flüchtling‹ darf man auch nicht mehr sagen, sondern nur noch ›Geflüchteter‹. Können Sie mir den Unterschied erklären, Herr Deutschlehrer?«

Bartlmess' Handy brummte. Er nahm das Gespräch an. »Hallo, Irene«, sagte er erfreut. »Lange nichts mehr von dir gehört.« Stirnrunzelnd warf er Niemetz einen Blick zu und hob entschuldigend die Schultern.

Karl Niemetz winkte mit einer verständnisvollen Handbewegung ab, stand auf und zog mit Mantel und Koffer in die Erste Klasse um. Er setzte sich auf seinen reservierten Sitzplatz, streckte die Beine aus und schlug das Buch auf. In seinem Roman stellte der Autor eine Dystopie vor, in deren Mittelpunkt ein globaler maritimer Superorganismus stand. Dessen Bestreben war es nicht, wie bei Bienen oder Ameisen, Synergien zum Wohl des eigenen Volkes freizusetzen, sondern zum Wohl des Planeten, um diesen von den Menschen zu befreien. Schätzings »blau leuchtendes Wesen« Yrr funktionierte über einen kollektiven Verstand, der durch die Verbindung von Einzellern entstand. Yrr erschien deshalb auch als »blaue pulsierende Wolke«. Nach und nach war Niemetz eine Idee gekommen, an der er zusehends Gefallen fand. Warum sollte es, falls es tatsächlich eine Schwarmintelligenz gab, nicht auch eine Schwarmdummheit geben? Eine irre blaue Wolke von Vielzellern, deren Denkweise von Betrügerzellen bestimmt wird, welche die Kooperation ehemals unabhängiger Wesen zum eigenen Vorteil ausnutzen und so eine kollektive Verblödung bewirken. Deren Pulsieren darauf ausgerichtet ist, ein ganzes Volk zu spalten und in Aufruhr zu versetzen, es global zu diskreditieren und den eigenen Wohlstand zu zerstören. Die nach dem besonders dummen Brexit einen noch viel dümmeren Dexit propagieren. ›Geschichte wiederholt sich‹, dachte Niemetz. ›Zwei Weltkriege angezettelt, zwei Weltkriege verloren. Die Schwarmintelligenz von Lemmingen, die sich *unerschütterliche Wahrheiten* zurechtfantasieren und sich mit ihnen von Klippen stürzen, *in Treue fest* ihren Führern hinterher – ein frustrierter Postkartenmaler der eine, ein Geschichtslehrer der andere, der, anstatt Lehren aus der Geschichte zu ziehen, lieber Geschichten über die Geschichte erfindet.‹

Niemetz' Smartphone meldete sich mit einer Nachricht von Jana: *Das war's. Ich fahr jetzt heim und erledige das Nötigste. Wir sehen uns am Wochenende.*

Er atmete tief durch, einmal, zweimal. Hartmut Gallwitz war tot. ›Wie wird sie es verarbeiten? Dreißig Jahre Ehe löscht man nicht mit einem Tastendruck. Auch dann nicht, wenn die letzten Jahre unerträglich waren.‹

Der braune Don Quichotte, einer der wahrhaft Aufrechten, unbeirrbar in seinem Rigorismus, nun niedergestreckt von seiner selbst betriebenen Windmühle. Auch er ein armer Hund, der sich nicht aus eigener Kraft erlösen konnte.

Erlösung. Was für ein Konzept sollte das überhaupt sein? Voodoo? Man nagelt einen Menschen an ein Kreuz, um alle armen Hunde dieser Welt zu erlösen? Kreaturen, die leiden und nicht wissen, warum. Sie haben Arthrose und Geschwüre, werden blind und taub, können nicht mehr aufstehen, geschweige denn sich selbst umbringen. Oder sie treten als selbst ernannte Heilsbringer auf, sehen Gespenster, schreien ihre Komplexe in die Welt, fangen Kriege an und stürzen sich und Millionen Landsleute in Abgründe.

Würfelt Gott womöglich doch?

Oder sind wir nur Sternenstaub, Abfall aus der Hexenküche von Physik und Chemie, verdammt zu leben und zu sterben?

›Ich weiß es nicht‹, dachte Niemetz. ›Ich bin auch nur ein Mensch, und mir fehlen die Worte. Die Grenzen unserer Sprache sind die Grenzen unserer Welt, sagt der Philosoph. Und: Worüber wir nicht sprechen können, darüber müssen wir schweigen.‹

Der IRE verließ den Bahnhof Richtung Süden.

›Wie wird sie es verarbeiten?‹

EPILOG

»Komm schon, du Faultier«, ruft Jana aus dem Bad in Richtung Wohnzimmer. »Zieh dich an. Wenn ich eines hasse, dann ist es, zu spät ins Kino zu kommen. Die Leute werden grantig, wenn ihnen ein Schatten durchs Bild läuft, und ich bin grantig, weil ich den Anfang verpasst habe.« Sie frottiert Kopf und Haare mit dem Handtuch, nimmt Rundbürste und Fön, um die feuchten Strähnen in einen kinnlangen Bob mit Pony zu verwandeln. Eine volle Stunde war sie beim Workout in ihrer Ü50-Pilates-Gruppe; sie will die Haltungsschäden korrigieren, die sie sich im Beruf erworben hat. Besonders das Iliosakralgelenk im unteren Rücken meldet sich immer wieder schmerzhaft. Übungsleiter ist Jochen Schick, fünfunddreißig Jahre alt, Physiotherapeut, dunkle Haare und durchdefinierter Körper. »Happy«, wie ihn alle nennen, kam vor drei Jahren bei den internationalen Meisterschaften der Bodybuilder in Santa Susanna auf einen beachtlichen vierten Platz in der Klasse bis neunzig Kilogramm. Jana mag seine zugewandte, motivierende Art. Er konzentriert sich bei ihr auf die Kräftigung der Beckenbodenmuskulatur und die Lösung von Blockaden. Bei Bridging-Übungen hilft er ihr, Wirbelsäule und Gesäß in die Brücke zu heben.

»Geht's um vier oder um halb fünf los?«, ruft sie in Richtung Wohnzimmer. »Kannst du mal nachgucken, bitte?« Im Stadtteilzentrum läuft *Volksvertreter*, eine Dokumentation über »Nazis, die keine

Faschisten sein wollen«. Sie stellt den Fön auf die mittlere Stufe und bläst und bürstet ihre Haare in Form. Es dauert, bis sie mit dem Ergebnis zufrieden ist und das Gerät zurück in den Halter steckt.

»Was hast du gesagt, Schatz?«, will sie wissen.

»Nichts«, antwortet Karl Niemetz. Er liegt in Jogginghose und Sweatshirt auf dem roten Ledersofa und blättert im *Spiegel*.

»Ich hab dich aber gefragt, wann der Film anfängt?«

»Ich hab aber nichts gehört, weil dein Fön einen Krach macht wie ein Staubsauger.«

»Kann es sein, dass Seine Spektabilität das neue Hörgerät schon wieder nicht im Ohr hat?«

Niemetz fühlt sich ertappt und setzt sich mit einem stummen »Himmelarschundzwirn!« auf. Die teuren, mit einer App steuerbaren Minicomputer liegen auf dem Couchtisch. Er klemmt sich die Dinger hinter die Ohren und steckt die winzigen Lautsprecher in seine Gehörgänge.

»Also, wann fängt der Film an: um vier oder um halb fünf?« Niemetz hört die süffisanten Untertöne, die ihm verraten, welchen Spaß es seiner Lebensgefährtin bereitet, ihn ein wenig zu piesacken und aus seiner greisenhaften Lethargie aufzuschrecken.

»Genau«, sagt er mit dem matten Versuch einer Riposte.

Auf dem Weg zum Kleiderschrank gibt er Jana einen Kuss. »Wir nehmen einfach den Weg durch den Südfriedhof, dann brauchen wir nicht zu hetzen, egal, wann der Film anfängt.«

»Dann würde ich an deiner Stelle aber damit aufhören, mir die Frisur zu ruinieren.«

Die Geschichte des Friedhofs lässt sich bis zu den großen Pestepidemien im sechzehnten Jahrhundert zurückverfolgen. Früher wurden die Toten in der Kirche begraben, vor allem die mit einem herausragenden sozialen Status. Normale Bürger hatte man innerhalb der Burg- oder Stadtmauern beerdigt, beispielsweise auf dem »Kirchhof« oder dem »Gottesacker«. Als aber wegen der vielen Leichen die hygienische Situation in der Stadt untragbar geworden war, ordnete die Obrigkeit, im Fall des Südfriedhofs Kaiser Maximilian höchstselbst, Bestattungen grundsätzlich am Stadtrand an, anfänglich gegen den Willen der Geistlichkeit. Die an Pest oder Lepra Verstorbenen wurden auch gänzlich außerhalb der Stadt begraben, bei den Gehenkten und Selbstmördern. Das durchschnittliche Grab verschloss man früher mit einem genormten rechteckigen Sandsteinblock, auf dem bestenfalls ein Name stand, oft aber auch nur ein Zunftzeichen wie bei unverheirateten Handwerksgesellen ohne Anhang. Nur die Reichen konnten sich Grabmäler oder -stätten mit Epitaphien leisten.

Am Eingang des Südfriedhofs kommt man an zwei neueren Zweckbauten mit Flachdächern vorbei, dem Blumengeschäft und der Verwaltung. Etwas abseits davon hat ein Steinmetz seine Werkstatt unter freiem Himmel. Hinter dem mächtigen Zugangstor mit den zwei schmiedeeisernen Flügeln steht ein rechteckiges Wasserbecken aus Sandstein; darüber hängen an einer Stange Gießkannen, die mit Vorhängeschlössern gesichert sind. Dahinter verrotten verwelkte Blumen und Gestecke auf dem Komposthaufen.

Der geschotterte Hauptweg führt geradeaus zu einem halbrunden Portikus mit den Patriziergräbern. In seiner Mitte steht der spätgotische Rundbau der Kapelle, die auch als Aussegnungshalle dient. Alte Rotbuchen und Kastanienbäume säumen den Weg. Viele Grabstellen sind schon mit Tulpen, Narzissen und Primeln geschmückt.

»Ich zeig dir mal was«, sagt Jana und deutet auf einen großen polierten schwarzen Grabstein. Beiderseits des Reliefs eines Engels mit ausgebreiteten Flügeln sind Namen in goldener Frakturschrift eingraviert. Die ersten Geburts- und Sterbedaten sind noch aus dem neunzehnten Jahrhundert, die jüngsten vom Ende des zwanzigsten.

»Ein Familiengrab«, sagt Karl Niemetz. »Wenn es so alt ist und noch immer unterhalten wird, müssen das wichtige Personen gewesen sein, diese ›Stegers‹.«

»Schau mal genau hin, dort, bei ›Pablo Steger, gest. 1921‹.«

»Da ist eine kleine Krone neben dem Namen.«

»Richtig. Er sei ›der deutsche Zigeunerkönig‹ gewesen, hat mir meine Oma erzählt. Damals durfte man das Wort noch verwenden.«

»Das waren noch Zeiten.«

Er hat seine eigenen Gedanken zum Sinn dessen, was als *political correctness* bereits Anfang der 90er aus den USA nach Deutschland geschwappt ist. Amerikanische »Dicke« sollten *metabolically challenged* heißen, »Kleinwüchsige« *vertically challenged* und »Blinde« *othervisioned.* Doch genauso wenig, wie die Ächtung des N-Wortes die tatsächlichen Lebensbedingungen der nichtweißen Bevölkerung dort verändert hat, so wenig werde die Tabuisierung des Z-Wortes die der Sinti und Roma hierzulande verändern, glaubt Niemetz. ›Wem also nützt diese angebliche politische Korrektheit?‹, überlegt er. ›Den Betroffenen eher nicht. Wem dann? Denen, die ihre besonders hohen moralischen Ansprüche weithin sichtbar vor sich hertragen und sich als Sprach- und Moralpolizei gerieren? Den Medien, die vorauseilend die Schere im Kopf ansetzen, um sich rechtzeitig auf der richtigen Seite zu positionieren und Umsatz für die *Sache der Guten* zu generieren? Die Neofaschisten sind es, die am meisten profitieren, indem sie die einsammeln, denen diese Bevormundung auf den Geist geht‹, ist er überzeugt.

Sie schlendern weiter und lesen amüsiert die Berufsbezeichnungen auf den alten Gräbern. *Kgl. bayr. Posthauptsekretär. Brigadier des Gendarmeriepostens allhier. Bestattungsunternehmerswitwe.*

Der Weg ist von Buchenhecken gesäumt. »Komm, setzen wir uns auf die Bank«, sagt Jana, nimmt Niemetz bei der Hand und führt ihn zu einer Nische unter einem Kastanienbaum. »Wir haben noch ewig Zeit.« Sie stören eine Elster auf, die ihren Beobachtungsplatz auf einem Ast über ihnen verlässt und sich gegenüber auf dem provisorischen Holzkreuz eines noch nicht eingefassten Urnengrabes niederlässt.

»Schöner Friedhof«, sagt Niemetz. »Hier hat man bestimmt seine Ruhe.« Er verschränkt die Arme vor der Brust, streckt die Beine aus, lehnt sich zurück und blinzelt vergnügt gegen die Sonne.

Seine Freundin sieht ihn misstrauisch von der Seite an. »Wie – Ruhe?«

»*Himmlische* Ruhe«, gibt er zurück und grinst.

Hat sie da einen provozierenden Unterton gehört? Sie verspürt gerade keine Lust, dem nachzugehen.

»Was soll denn einmal auf deinem Grabstein stehen?«, fragt sie nach einer Weile.

»Vielleicht: ›Hier ruht in Frieden Karl der Flache‹?«

Sie stößt ihm den Ellbogen in die Rippen und sieht ihn streng von der Seite an. »Über so was macht man keine Witze, Karl!«

Unvermittelt schaut sie an Niemetz vorbei. Ihr Blick richtet sich auf eine Gestalt, die aus einem Seitenpfad in den Hauptweg einbiegt. Eine schlanke Frau mit einem mitternachtsblauen Buckethut aus Samt, dunkelroten langen Haaren und einem offenen Parka in Übergröße über einem schwarzen Rollkragenpullover stöckelt zielstrebig in ihre Richtung. Sie trägt goldfarbene Creolen, eine doppelt um den Hals geschlungene Kette aus dem gleichen Material und schwarze Jeans. An der linken Schulter schaukelt eine beige Umhängetasche. Die Augen verbirgt sie hinter einer Sonnenbrille; ihre Wangenknochen sind ausgeprägt; sie hat Sommersprossen und schmale, dunkelrot geschminkte Lippen. In der rechten Hand hält sie einen in Altrosa gehaltenen Trauerstrauß mit Lilien und Nelken.

Niemetz ist ebenfalls auf die Besucherin aufmerksam geworden, die sich jetzt dem Grab mit dem Holzkreuz nähert.

»Die hab ich schon mal gesehen«, sagt er. »Die kenn ich doch.«

Die Elster sitzt noch immer auf dem Querbalken und ist gerade damit beschäftigt, ihr Gefieder zu putzen. Als ihr die Dame mit dem dunklen Hut bedrohlich nahe kommt, schlägt sie mit den Flügeln und fliegt auf, nicht ohne auf dem Namen des Verstorbenen einen Abschiedsgruß zu hinterlassen.

Die Frau ist sichtlich aufgebracht und schimpft. Was sie sagt, können Niemetz und Jana nicht verstehen. Die Frau legt die Blumen ins Gras, wühlt in ihrer Tasche und bringt ein Kleenex zum Vorschein. Sie stellt die Tasche neben dem Grab ab und versucht, den Querbalken des Kreuzes sauber zu wischen, zuerst von der Seite, dann von hinten. Als ihr das nicht gelingt, geht sie in die Hocke. Sie spuckt auf das Papiertuch, fährt über das Holz, verschmiert dabei den Fleck großflächig, nimmt ein neues Tuch und wischt über das Verschmierte. Sie versucht es noch ein drittes Mal. Dann richtet sie sich auf, legt den Strauß mittig aufs Grab, tritt versehentlich mit dem linken Fuß in die lockere Erde und schimpft erneut. Sie bückt sich, zieht den Schuh aus und streift, auf einem Bein stehend, die Erde im Gras ab.

»Sag mal«, beginnt er, »ist das nicht –?«

»Tja«, sagt Jana trocken. »Schwer wegzukriegen – so ein Schmutzfleck.«

Sie streckt Niemetz die Hand hin und zieht ihn von der Bank hoch.

»Komm«, sagt sie, »gehen wir ins Kino, Faschisten gucken.«

»Na gut«, sagt er leicht verstört. »Hinterher lad ich dich auf einen Wein ins *Wiener Café* ein. Die sollen einen wunderbaren Alter Berg vom Leithagebirge haben.«

»Weiß ich, mein Schatz«, erwidert sie und hakt sich bei ihm unter. »Aber grad heut mag ich nichts Blaufränkisches.« Sie verzieht den Mund und bläst sich eine imaginäre Haarsträhne aus dem Gesicht.

»Tätst du mir auch einen Fiaker spendieren, mit einem doppelten Cognac drin?«

»Guten Tag, die Herrschaften«, werden sie von Ivo begrüßt. »Schön, dass Sie uns wieder einmal beehren, Frau Doktor.«

Jana nimmt den Ball auf, den ihr der Kellner so formvollendet zugespielt hat. »Karl, das ist Ivo, der höflichste Ober weit und breit«, sagt sie mit der dazugehörigen Handbewegung. Und: »Ivo, das ist Herr Niemetz, von Beruf ebenfalls Gentleman.«

»Guten Tag, Sir.«

»Hallo, Ivo.«

Alle drei müssen lachen. Der Gentleman hilft Jana aus der Jacke und reicht sie an Ivo weiter, der sie zum Garderobenständer trägt. Dann rückt Niemetz seiner Gefährtin den Stuhl zurecht, bevor er selbst Platz nimmt. Aus den Lautsprechern kommt gedämpfte Musik.

»Mei«, sagt Jana. »Was geht's mir heute wieder gut! Gleich von zwei Charmeuren werde ich betüddelt.«

»Wissen Sie schon, was ich Ihnen bringen darf, oder möchten Sie die Karte?«, fragt Ivo mit dienstbeflissener Coolness, die weiße Serviette über dem angewinkelten linken Unterarm.

»Der Herr hätte gern ein Viertel Alter Berg. Und für mich bitte einen Fiaker mit einem doppelten Cognac.«

Ivo hält den Kopf leicht schräg und zieht die Brauen etwas hoch.

»Wieder ein besonderer Anlass, wenn Sie mir die Frage verzeihen, Frau Doktor?«

»Ja, in der Tat. Herr Niemetz und ich beginnen ein neues Leben – gemeinsam«, sagt Jana und ergreift Niemetz' Hand.

Niemetz wirkt verlegen, weil sich ein paar Gäste umdrehen.

»Ich gratuliere und wünsche Ihnen beiden alles Gute für die Zukunft«, sagt Ivo lächelnd und zieht sich mit einer angedeuteten Verbeugung zurück.

Die Getränke kommen und werden von rechts serviert. Ivo sagt »Zum Wohl« und widmet sich drei Damen, die gerade am Nebentisch Platz genommen haben.

»Ja«, sagt Jana. »Auf unser Wohl, Schatz.« Beide verkosten sie ihre Bestellungen mit Kennermiene und nicken sich zufrieden zu. »Und auf unser neues Projekt«, ergänzt sie.

»Welches neue Projekt?«, fragt Niemetz und stellt sein Glas bedächtig zurück auf die weiße Tischdecke.

Jana lässt ihrem Schalk freien Lauf und Niemetz zappeln. »Eigentlich ist es ja das alte.«

»Na, komm schon. Sag's mir.«

»Ja, ja, das Kurzzeitgedächtnis. Du scheinst es tatsächlich vergessen zu haben. Unser Krimi-Projekt. Meine Vergangenheit ist nun endgültig beerdigt. Und damit ist Platz für Neues. Neues Projekt. Neuer Mann. Neues Glück.«

Zufrieden mit sich und der stilistischen Eleganz dieser weltläufigen Feststellung lehnt auch sie sich zurück, sieht zum Fenster hinaus und schaut dem Treiben der Wildenten auf dem Fluss zu. »Für Ersteres habe ich jetzt auch einen Anfang«, verkündet sie nebenbei.

»Nein! Lass hören.«

»Guck dir das an!«, sagt Jana und zeigt zum Fluss. »Der Enterich probiert's doch glatt auf dem Wasser.«

»Jana, Süße, Königin meines Herzens, bitte –«

»›Der Tote lag im seichten Wasser auf der Seite. Sein Gesicht war aschfahl, die Lippen bläulich verfärbt, die grauen, schütteren Haare klebten nass und strähnig am Schädel‹«, zitiert sie, ohne den Blick von dem liebestollen Ganter zu wenden.

»Hmm«, macht Niemetz, verschränkt die Arme und wartet, bis Jana seine Anwesenheit wieder wahrzunehmen geruht. »Du beginnst ein neues Leben mit dem Tod, Schatz?«

»Womit denn sonst?«, gibt seine Lebensgefährtin kurz angebunden zurück. »Der Tod gehört zum Leben.«

Niemetz ist über Janas brüsken Ton verwundert und trinkt einen Schluck Wein. Dann verfolgt er scheinbar interessiert, wie Ivo am Nebentisch seines Amtes waltet. Auf dem Teller in seiner rechten Hand liegt nicht, sondern steht ein Stück Schwarzwälder Kirschtorte, auf dem in der linken ein Stück Käsesahne, und vom linken Unterarm nimmt er einen Teller mit einem Stück Sachertorte – beim Servieren begleitet von »Bitte sehr, Frau Magister, die Schwarzwälder mit echtem Kirschwasser. Unsere wunderbare Käsesahne mit frischem Topfen für Sie, Frau Professor. Und für Sie, Frau von Schmedl, ein ganz besonderes Stück Wien. Danke sehr, die Damen.«

»Sag mal«, sagt Niemetz, wendet sich wieder Jana zu und flüstert. »Was treibt denn dieser Bursche da? Dich redet er mit Frau Doktor an, die andern mit Frau Professor oder Magister oder Frau Von-und-Zu? Wegen Trinkgeld?«

»Das wahrscheinlich auch. Aber Ivo hat zuvor im *Café Schwarzenberg* in Wien gekellnert. In Wien macht man das halt so. Und das hier nennt sich ja *Wiener Café*, oder?«

Niemetz nippt aus Verlegenheit an seinem Wein.

»Aber was hat er vorhin gemeint mit ›*Wieder* ein besonderer Anlass‹?«

Jana hält sich das Fiaker-Glas unter die Nase und zieht das Aroma ein. Mit einem lang gezogenen »Ahh!« atmet sie aus und trinkt. Sie stellt das Glas zurück und tupft sich sorgfältig mit der Serviette die Sahnereste von den Lippen.

»Irgendwas wird er schon gemeint haben, der Ivo«, sagt sie und sieht den Mann an ihrer Seite mit großen Augen an. »Kannst ihn ja mal fragen.«

›Was hat sie denn bloß?‹, überlegt er. So kratzbürstig wie in den vergangenen Tagen hat er Jana noch nie erlebt. ›Hat sie die Begegnung auf dem Friedhof verstört? Hat sie Schuldgefühle, die erst jetzt aufbrechen? Bereut sie es, sich mit einem zwanzig Jahre älteren Mann eingelassen zu haben, statt einen letzten Versuch zu unternehmen, um das scheinbar besiegelte Scheitern ihrer Ehe doch noch abzuwenden?‹

Ein beunruhigender Gedanke macht sich in seinem Kopf breit, eine schmerzhafte Erinnerung, die klares Denken blockiert.

›Braucht sie beziehungsweise möchte sie oder hat sie sich vielleicht schon entschieden –?‹

Karl Niemetz räuspert sich und setzt sich in Positur: Oberkörper gerade, Hände um den Stiel des Weinglases gefaltet, direkter Blickkontakt.

»Äh«, beginnt er und hält diesen Auftakt selbst für gründlich misslungen. »Was ich mich frage, ist –« Auch nicht besser.

»Ja?«, sagt Jana kokett, um das Gestotter nicht ausufern zu lassen.

»Also, ich meine: Brauchst du beziehungsweise möchtest du vielleicht eine Auszeit, mein Schatz?«

Jana hält den Kopf schief und nickt zum Lautsprecher. »Hör mal, was die Piaf da singt.«

»Ich versteh nichts bei dem Geschnatter am Nebentisch.«

»Das haben wir gleich«, sagt Jana. Sie holt ihr Handy aus der Tasche, ruft die Hörgeräte-App auf, wählt die Einstellung »Restaurant« und regelt für beide Ohren die Lautstärke hoch.

Non, rien de rien, hört Niemetz. *Non, je ne regrette rien. Ni le bien, qu'on m'a fait, ni le mal, tout ça m'est bien égal …*

»Na schön«, sagt er und rutscht auf seinem Stuhl herum. »Aber die Piaf beantwortet meine Frage von vorhin nicht.«

»Meine Antwort auf deine Frage von vorhin ist: Ja.«

Niemetz verspürt den erwarteten Stich im Herzen. ›Na, bravo!‹, denkt er. ›Das wär's dann wieder mal.‹ Er unterdrückt den Impuls, aufzustehen und zu gehen. Stattdessen hebt er die Hand und sieht sich nach Ivo um.

»Ich bin hier, Schatz«, sagt Jana und strahlt ihn an. »Guck mal, was ich da habe.« Sie holt einen Flyer aus ihrer Handtasche und legt ihn auf den Tisch.

Hundepension Tirschenrodt liest Niemetz. Das Foto auf der ersten Seite zeigt ein frei stehendes Gehöft in einer felsigen Hügellandschaft. Ein älteres Ehepaar in Jeans und Karohemden ist von einer wedelnden Hundemeute umringt, die vermutlich gerade mit Leckerlis gefüttert wird.

»Ja, und?«, fragt Niemetz.

»Das sind Erika und Hans Förtsch«, sagt Jana. »Die Besitzer.«

»Das seh ich. Es steht ja da.«

»Zieh das Ding doch mal auseinander und schau dir die anderen Fotos an.« Niemetz' Blick wandert über einen »Eingangsbereich« mit Collie Mira. Im »Pensionszimmer« liegt Husky Hermann in einem mit einer Flauschdecke ausgelegten Hundebett. Auf dem Boden des gefliesten »Gruppenbereichs« erkennt er verstreutes Spielzeug, bereit für Retriever Quennie, Dobermann Chico und die Irische Wolfshündin Lady.

»Ja«, sagt Niemetz und legt den Flyer auf den Tisch. »Alles schön und gut. Aber was hat das mit uns zu tun?«

»Die Besitzer lassen sich scheiden.«

»So was kommt vor.«

»Henriette hat es mir gesagt. Die bringen immer ihren Flocky dort unter, wenn sie nach Griechenland in Urlaub fahren.« Jana zieht den Flyer wieder auseinander und legt ihn mit der Rückseite nach oben hin. »Beziehungsweise sie haben ihn bisher immer dort untergebracht.«

Niemetz sieht noch mehr Bilder von glücklichen, sauberen und wohlgenährten Tieren und eine Preisliste.

»Wieso ›haben‹?«, fragt er. »Ist Flocky gestorben?«

»Nein«, sagt Jana lächelnd. »Die Förtschs trennen sich und geben die Pension auf.«

»Was gibt es da zu grinsen?«, fragt er misstrauisch. »Ist doch eine traurige Angelegenheit, vor allem für die armen Viecher.«

»Ich grinse über einen älteren Herrn, der beharrlich auf der Leitung steht.«

Niemetz betrachtet sein inzwischen leeres Weinglas, nimmt es in die Hand und rollt den Stiel zwischen zwei Fingern hin und her.

»Äh – du meinst – äh – wir sollten uns einen Hund zulegen?«

Jana schüttelt den Kopf, lacht, nimmt ihm das Glas aus den Fingern und legt ihre Hand auf seine.

»Nein«, sagt sie. »Wir kaufen die Pension und übernehmen alle.«

Es dauert, bis sich Niemetz erholt. ›Eine Hundepension‹, denkt er, ›die hat mir in meinem Leben noch gefehlt. Na dann. Wir beginnen ein neues Leben mit Angies Artgenossen. Sie vertreiben die braunen Gespenster aus unserem alten Leben.‹

Er nickt versonnen vor sich hin, brummt und summt, räuspert sich und kratzt sich am Kinn. Dann lehnt er sich auf seinem Stuhl zurück und streckt die Beine unter den Tisch.

»Machen wir«, sagt er, hat rote Wangen, verschränkt die Arme und sieht Jana an. »Machen wir! – Ivo?«